Friedrich Dürrenmatt

Werkausgabe
in dreißig Bänden

Herausgegeben
in Zusammenarbeit
mit dem Autor

Band 1

Diogenes Taschenbuch 20831

de
te
be

Friedrich Dürrenmatt

Es steht geschrieben
Der Blinde

Frühe Stücke

Diogenes

Umschlag: Detail aus ›Folterszene‹ (Es steht geschrieben) von Friedrich Dürrenmatt.
Es steht geschrieben erschien erstmals 1947 in der Schweizer Reihe der Sammlung Klosterberg, Schwabe, Basel.
Der Blinde erschien erstmals 1960 im Verlag der Arche, Zürich.
Aufführungs-, Film-, Funk- und TV-Rechte:
Weltvertrieb: Reiss AG, Theaterverlag, Sprecherstraße 8 CH-8032 Zürich.

Vertrieb für Deutschland: Felix Bloch Erben, Verlag für Bühne, Film, Funk, Hardenbergstraße 6, D-1000 Berlin 12.
Vertrieb für Österreich: Theaterverlag Eirich GmbH, Lothringerstraße 20, A-1030 Wien.
Der Doppelgänger erschien erstmals 1960 im Verlag der Arche, Zürich.
Untergang und neues Leben und das Fragment aus *Thogarma* werden hier erstmals veröffentlicht. Die vier *Anmerkungen* hat Friedrich Dürrenmatt eigens für diese Ausgabe geschrieben.
Die Texte wurden für diese Ausgaben durchgesehen und korrigiert. Redaktion: Thomas Bodmer.

40/91/29/4
ISBN 3 257 20831 6

Inhalt

Es steht geschrieben

Ein Drama

Vorwort

Vielleicht wäre noch zu sagen, es sei nicht meine Absicht gewesen, Geschichte zu schreiben, wie ich denn auch Dokumenten nicht nachgegangen bin, kaum daß ich einige wenige Bücher gelesen habe über das, was sich in jener Stadt zugetragen. In diesem Sinne mag die Handlung frei erfunden sein. Was mich rührte, war die Melodie, die ich aufgenommen habe, wie bisweilen neuere Instrumente alte Volksweisen übernehmen und weitergeben. Inwieweit sich heutiges Geschehen in ihr spiegelt, sei dahingestellt. Es wäre jedoch der Absicht des Verfassers entsprechender, die mehr zufälligen Parallelen vorsichtig zu ziehen.

Personen

Drei Wiedertäufer
Der Mönch
Maximilian Bleibeganz
Zwei Straßenkehrer
Eine Wache, später Nachtwächter
Johann Bockelson
von Leyden
Bernhard Knipperdollinck
Judith
Katherina
Mollenhock
Ein Mann
Der Bischof Franz
von Waldeck
Gemüsefrau
Zwei Bürger
Weib mit Tochter
Ansager
Zwei Soldaten
Jan Matthisson
Rottmann
Krechting
Johann von Büren
Hermann von Mengerssen
Wächter
Trommler
Diener
Kaiser Karl der Fünfte
Zeremonienmeister
Chronometrischer Türke
Landgraf von Hessen
Seine beiden Frauen
Wirt
Ein Weib
Ein Kind
Landsknecht
Koch
Scharfrichter

Geschrieben Juli 1945 bis März 1946
Uraufführung im Schauspielhaus Zürich
am 19. April 1947

Zu Beginn knien drei Wiedertäufer auf der Bühne. Sie sind hager, haben lange Bärte, ungekämmte Haare und unbeschreibliche Kleider am Leib, die Wangen hohl, die Augen schwarz umrandet, doch kann vom durchdringenden Zwiebelgeruch abgesehen werden. Man braucht diese sauberen Brüder nicht so wichtig zu nehmen, daß für sie eine eigene Szenerie gebaut würde – Gott bewahre –, es genügt, sie vor dem bloßen Vorhang auftreten zu lassen, wie denn auch während des ganzen Spiels der Regisseur und die Schauspieler sich viele Einfälle erlauben dürfen, denn wir geben nicht mehr als einige dürftige Noten und Farben zu einer kunterbunten Welt, die gestern genau so war wie heute und morgen.

DER MITTLERE WIEDERTÄUFER Gott verhüllte sein Antlitz,
da erlosch die Sonne im Meer und die Schiffe brannten über den Wassern.
Die Wale wurden ans Land geschwemmt.
Die Berge sanken und die Wälder öffneten sich, aus der Tiefe brach Feuer.
Die Leichen der Menschen deckten die Ströme und hingen an den Ästen der Bäume.
Die Totenvögel mästeten sich.
Sie wurden feiß wie Säue, daß sie nicht mehr fliegen konnten.

Die Verdammten verließen die Höhle, welche sich zur Mitte der Erde hinabsenkte.
Ihre Leiber schoben sich vor die Gestirne der Nacht.
Sie glitten von den Felsen gleich Drachen der Mitternacht, vom Geklirr ihrer Schwingen erbebten Himmel und Erde.

DER WIEDERTÄUFER ZUR LINKEN Sie erhoben sich, zu töten, und zogen aus wider die Täufer.
Diese aber sind reinen Leibes, und der Herr hat unter ihnen seinen Tempel errichtet.
Sie haben alle Sünden von sich geworfen, wie der Bräutigam seine Kleider von sich wirft, wenn die Nacht der Hochzeit gekommen.
Sie sind die Heiligen, erwählt, zur Rechten des Herrn zu sitzen.
Sie sind getauft, wie Johannes es tat mit dem Gott.
Jedes Ding ist ihnen gemeinsam, und wenn der Bruder spricht zum Bruder: Gib mir dein Kleid, mich friert, so bekommt er das Kleid, und wenn er spricht: Gib mir dein Brot, mich hungert, so bekommt er das Brot, und wenn der Bruder zum Bruder also redet: Gib mir dein Weib, daß ich Kinder Gottes mit ihm zeuge, so wird ihm das Weib zuteil.
Aber Gott gefiel es, seine Knechte dem Bösen auszuliefern, denn so einer ein Schwert will, hält er das Eisen ins Feuer.

DER WIEDERTÄUFER ZUR RECHTEN Die Verdammten warfen sich über die Täufer, wie Wölfe sich über die Schafe werfen in der Winternacht.
Sie wurden in Käfige gezwängt und ersäuft, in den Boden gegraben bis zum Hals und einen Kessel über den Kopf und zwei Ratten unter den Kessel.

Sie verbrannten an Pfähle genagelt und mit Pech bestrichen. Die Männer wurden entmannt, und den Weibern stießen sie glühendes Eisen in den Schoß.
Ihre Augen wurden gestochen, ihre Hände abgehauen und ihre Zungen herausgerissen.
Tausende und Abertausende sanken dahin, denn der Herr prüfte sie.

DER MITTLERE WIEDERTÄUFER Die Täufer fanden Gnade vor Gott.
Sein Zorn wandte sich gegen die, welche sprechen: Es ist kein Gott, oder ihn lästern und falsche Lehren verbreiten und Götzen anbeten, welche sie Heilige nennen. Er hat sie in die Hände der Täufer gegeben, denn er will, daß seine Knechte das Unkraut verbrennen.
Die Täufer sollen die Verdammten austilgen und ihren Samen erwürgen.
Ihre schwangeren Weiber sollen sie an die Wände nageln und ihnen die Kinder aus dem Bauch schneiden und die Ungeborenen hineinpressen in die aufgeschlitzten Wänste der Pfaffen.
Den Töchtern der Hölle sollen sie die Kleider vom Leibe reißen und mit ihnen tun, wie man mit Huren tut, und sie den Hunden vorwerfen, daß die Hunde satt werden am Hurenfleisch.
Der Erdkreis in seiner Unermeßlichkeit wird in die Hände der Täufer fallen durch die Macht seiner Knechte, die unwiderstehlich ist, wie der Blitz, der vom Himmel fällt, und wie der Strom, der zum Meere fließt.

DER WIEDERTÄUFER ZUR LINKEN Der Herr schmiedete sein Schwert und sah, daß es gut war.

Zum Zeichen des Bundes gab er seinen Knechten eine Stadt, von der sie die Erde bezwingen werden und wo ihnen ein neuer Salomo entstehen wird.

Also ziehen die Täufer aus allen Ländern gen Münster in Westfalen.

Gesegnet sei die Stadt, die vor uns liegt in der Abendsonne.

Gesegnet ihre Türme und Dächer, vergoldet vom späten Strahl des Lichts.

Bald werden die letzten Ungläubigen aus ihr fliehen, und der Bischof wird mit seinen Kebsweibern und Lustknaben den Tempel seiner Götzen verlassen.

Die erbärmlichen Lutheraner werden ihr entweichen wie Schelme.

Aus der Stadt aber werden einst die Täufer brechen, tausend mal tausend und zehn mal hunderttausend, die Feinde mit dem Schwert zu überwinden und das Meer mit ihrem Blute zu färben.

DER WIEDERTÄUFER ZUR RECHTEN Dann endlich wird der Tag kommen, der verheißen ist, wo er, allen sichtbar, in feuriger Wolke sitzen wird, Gericht zu halten über Gerechte und Ungerechte.

Er wird den ehernen Spruch fällen, der gelten wird von Ewigkeit zu Ewigkeit.

Die Ungläubigen und Irregeleiteten wird Er zu ewiger Qual verdammen, daß sie hinabsinken in die Nacht.

Die Täufer aber werden Gnade finden vor seinen Augen. Ein neuer Himmel wird sein und eine neue Erde. Eine neue Seele und ein neuer Leib.

Wir werden eins sein mit Ihm, der wiedergeboren ist in uns.

Ehre sei Gott in der Höhe!

Die drei, welche gegen das Ende ziemlich ins Feuer geraten sind, treten ab, doch wird es das Orchester nicht unterlassen können, ihnen einige parodistische Töne nachzusenden. Darauf erscheint ein Mönch vor dem noch geschlossenen Vorhang, der aber, während jener spricht, sich öffnet, so daß eine Szene sichtbar wird, die dem Folgenden zu entnehmen ist.

DER MÖNCH Ihr werdet mir zugeben, meine Damen und Herren, ihr werdet mir zugeben, daß jene drei, die eben noch an dieser Stelle so entsetzlich geheult, ungehobelte und recht ungepflegte Kerle gewesen sind.
Daher wird es jedermann verstehen, wenn ihr euch über die Täufer eine schlechte Meinung gebildet, und ihr habt im großen und ganzen ja recht.
Es sind Tröpfe, ich weiß, arme Tröpfe,
Anhänger einer Sekte, die von Bäckermeistern, Goldschmieden, Kürschnern und verworrenen Predigern erfunden wurde, deren Dummheit euch nur insofern in Verlegenheit bringen kann, als ihr nicht wißt, ob ihr lachen sollt oder weinen.
Doch müssen mir Kenner unter euch beistimmen – gesetzt, es sitzen einige in diesem Saal –, daß mit solchen Schreihälsen wunderbar Weltgeschichte gemacht werden kann.
Was mich nun selbst betrifft,
so heiße ich Maximilian Bleibeganz
oder, wie man mich im Kloster zu nennen liebte, dem ich entlaufen: Bruder Maximus,
einerseits geboren am 31. Dezember 1499, anderseits am 1. Januar 1500,
in jener Mitternacht also, in der das alte Jahrhundert

Gott sei Dank ein Ende und das neue leider Gottes einen Anfang nahm. Ich bin nicht historisch, ich habe nie gelebt und dies nie bereut, im Gegenteil, ich bin überzeugt, daß jede Art von Existenz mit Nachteilen verbunden ist, die nicht wieder wettzumachen sind. Ich komme denn auch in diesem Spiel nur selten vor, vielleicht zwei- oder dreimal,
ja, es trifft bisweilen zu,
daß ich überhaupt nicht aufzutreten brauche, weil der Regisseur mich wegläßt, um das Stück zu kürzen, oder weil er gerade einen Schauspieler zu wenig hat:
Und auch jetzt, indem ich zu euch rede,
bin ich nicht viel anderes als eine Verlegenheitspause, da der Vorhang zwar hinter meinem Rücken in die Höhe gegangen ist, aller Augen auf die Bühne geheftet sind, aber niemand recht weiß, wie es weitergehen soll. Doch hoffe ich ein wenig – und es könnte euch und uns viel helfen, wenn es zuträfe –, daß der Name der Wiedertäufer durch all die Jahrhunderte, die zwischen meiner Zeit und der eurigen als eine undurchdringliche Mauer liegen – denn wer könnte zurück in Vergangenes –, daß dieser Name also jenen gewissen Klang bewahrt haben möge,
der euch dafür Gewähr schenken könnte,
daß ihr genügend Blutbäder, Kriegsgeschrei, Folterszenen, erlaubte und unerlaubte Liebe für euer Geld zu sehen bekommt,
und ich kann euch versichern,
daß ihr Karl den Fünften sogar, den Kaiser, höchst natürlich auf dem Thron werdet sitzen sehen.
Richtet also die Blicke, wenn ich bitten darf, auf diese Hauswand, euch in voller Breite gegenüber,

samt jener Ecke, mir zur Rechten, um die sich eine Straße krümmt.
Wir befinden uns in Münster,
einer Stadt in Westfalen,
nicht sehr groß, so an die fünfzehntausend Seelen,
die, leider unsichtbar, uns alle mit Kirchen, Palästen, Straßen und Brunnen umgibt.
Ganz links, in jener Beuge der Straße, bemerkt ihr einen Karren, und in ihm Johann Bockelson aus Leyden, der sehr vernehmbar schläft, in einem Kleide, das bedenkliche Löcher und Risse an bedenklichen Stellen aufzuweisen hat.
Nun, er wird auch so den Damen gefallen, denn er ist ein schöner Mann, und manche wird im stillen hoffen, einmal die erwähnten Löcher stopfen zu dürfen.
Von rechts kommen zwei Straßenkehrer,
eindrucksvoll vertrottelte Figuren,
davon der eine besonders pathetisch verarmt ist.
Gott sei seiner Armut gnädig.
Das Spiel beginnt.
Bewahrt das Gute, vergeßt das Mittelmäßige und lernt vom Schlechten! *Ab.*

ERSTER STRASSENKEHRER Es ist ein frischer Morgen und ein Haufen Dreck und Staub am Boden.

ZWEITER STRASSENKEHRER Lutum und pulvis. Ihr wißt, ich habe Philosophie studiert.

ERSTER STRASSENKEHRER Je!

ZWEITER STRASSENKEHRER Juristerei und Medizin.

ERSTER STRASSENKEHRER Glaub's! Glaub's!

ZWEITER STRASSENKEHRER Und Theologie!

ERSTER STRASSENKEHRER Ihr gabt Euch Mühe, Straßenkehrer zu werden.

ZWEITER STRASSENKEHRER Seht, in meinem Kopf rappelt's. Ich bin auf den Hund gekommen, seht Ihr? Ich höre Stimmen.

ERSTER STRASSENKEHRER Stimmen?

ZWEITER STRASSENKEHRER Da ist immer was im Kopf. Wie ein Stern, versteht. Oder ein Baum, mit Ästen, Früchten und Blättern, versteht Ihr?

ERSTER STRASSENKEHRER Wie ein Baum?

ZWEITER STRASSENKEHRER Versteht, das macht das Rappeln.

ERSTER STRASSENKEHRER Je!

ZWEITER STRASSENKEHRER *steht ganz unbeweglich, mit dem Finger an der Nase* Hört Ihr?

ERSTER STRASSENKEHRER *neugierig forschend* Rappelt's?

ZWEITER STRASSENKEHRER Hört Ihr?

ERSTER STRASSENKEHRER Das schnarcht. *Er sieht sich um und erblickt den schlafenden Bockelson.* Je, da liegt einer im Karren und schläft.

Sie gehen zu Bockelson und betrachten ihn.

ERSTER STRASSENKEHRER Er liegt im Staub.

ZWEITER STRASSENKEHRER Wir sind aus Staub und werden zu Staub. Ex pulvere in pulverem. Versteht, das ist Latein.

ERSTER STRASSENKEHRER Das ist nicht Latein, das ist Schnaps.

Von rechts kommt ein kleines, dickes Männlein mit einem langen Schnurrbart, das einen mächtigen Säbel am Gürtel hängen hat, der hinter ihm mit großem Gepolter über den Boden holpert.

DIE WACHE Das Gesetz ist das Gesetz!

ERSTER STRASSENKEHRER *mit einer großen Verbeugung* In jedem Fall, Euer Strengen.

DIE WACHE Judico, ergo sum.

ERSTER STRASSENKEHRER Sehr wohl, Euer Strengen, ergo dumm.

DIE WACHE Da liegt jemand im Karren. Er ist arretiert.

ERSTER STRASSENKEHRER Er ist arretiert.

DIE WACHE Der Mann ist vor dem Gesetz betrunken. Ich muß arrretieren, wie der Befehl ist von den Täufern. Artikel 24: Gegen die Völlerei. Der Mann ist voll. Artikel 29: Gegen den Aufenthalt an unanständigen Orten. Ein Mistkarren ist ein unanständiger Ort.

ERSTER STRASSENKEHRER Ein sehr unanständiger Ort, Euer Strengen.

DIE WACHE Rüttelt ihn.

ERSTER STRASSENKEHRER Er schneuzt, Euer Strengen!

ZWEITER STRASSENKEHRER Sternuit! Versteht, studierte in Bologna, Ferrara, Sevilla, Salerno, Basilea.

ERSTER STRASSENKEHRER Er erwacht!

Johann Bockelson brummt etwas Unverständliches und hebt ein wenig den Kopf in die Höhe.

DIE WACHE Im Namen des Gesetzes. Ihr seid arretiert.

JOHANN BOCKELSON Ehre sei Gott in der Höhe!

ERSTER STRASSENKEHRER Je!

JOHANN BOCKELSON Wo bin ich, ihr Leute?

DIE WACHE Ihr seid zu Münster in Westfalen.

JOHANN BOCKELSON Ihr sagt: Zu Münster in Westfalen?

ERSTER STRASSENKEHRER Gerade so. In der Ägidiistraße.

JOHANN BOCKELSON *breitet die Arme gen Himmel* Herr!

Ich danke dir, daß du so an deinem Knecht getan!

ZWEITER STRASSENKEHRER Unio mystica! Habe studiert Theologie. Cusanus, Paracelsus, Scotus, Augustinus, Plotinus!

DIE WACHE Von wegen der Trunkenheit, mit welcher Ihr in diesem Karren gelegen, seid Ihr arretiert.

JOHANN BOCKELSON Wißt Ihr auch, wer ich bin?

DIE WACHE *unbeirrt* Ihr seid dagelegen in Völlerei!

JOHANN BOCKELSON Ich bin ein Täufer.

ERSTER STRASSENKEHRER Je, ein Täufer!

JOHANN BOCKELSON Einer der größten Propheten.

Die Wache schlägt verlegen die Hacken zusammen und verbeugt sich.

JOHANN BOCKELSON Ich hoffe, daß auch ihr diesem Glauben angehört.

ERSTER STRASSENKEHRER *mit einer hilflosen Handbewegung* Ich bin ein Straßenputzer.

ZWEITER STRASSENKEHRER Ich habe das Rappeln.

DIE WACHE *verwirrt und außerordentlich höflich* Ihro Gnaden waren betrunken – ich meine, Ihro Gnaden schliefen in diesem Karren. Ich muß Ihro Gnaden arretieren. *Er wischt sich den Schweiß von der Stirne.* Das Gesetz ist das Gesetz, Ihro Gnaden!

JOHANN BOCKELSON *nachlässig* Ich war nicht betrunken, mein Freund: Ich war ohnmächtig!

DIE WACHE Ohnmächtig?

ERSTER STRASSENKEHRER Je!

ZWEITER STRASSENKEHRER Animus eum reliquit! Das ist Medizin, Ihro Gnaden, ich habe studiert Medizin, Ihr wißt!

DIE WACHE *zieht ein Büchlein und eine Kohle hervor* Name, Herkunft, Beruf?

JOHANN BOCKELSON Johann Bockelson, Schneidergesell, Mitglied eines dramatischen Vereins, Wanderprediger und Prophet der Wiedertäufer, gestorben auf eine grausame und gewalttätige Weise zu Münster in Westfalen am 22. Januar 1536.

DIE WACHE Ihr sagt, Ihr seid am 22. Januar 1536 gestorben?

JOHANN BOCKELSON Gewiß, ich starb damals. Man folterte mich und warf die Leiche, nachdem ich am Rade gestorben, in ebendenselben Karren, worin ihr mich zur Stunde liegen seht.

DIE WACHE *starr* Dies geschah am 22. Januar 1536?

JOHANN BOCKELSON Am 22. Januar 1536.

DIE WACHE Verzeiht, wir haben den 23. September 1533!

JOHANN BOCKELSON *überlegen* Mein Freund, es mag uns Propheten hin und wieder unterlaufen, daß wir die Zukunft mit der Vergangenheit verwechseln.

DIE WACHE Woher kommend?

JOHANN BOCKELSON Vor einer halben Stunde lebte ich zu Leyden in den Niederlanden.

DIE WACHE *stutzend* Zu Leyden? Vor einer halben Stunde?

JOHANN BOCKELSON Wie Ihr sagt.

DIE WACHE Leyden ist vier Tagreisen von Münster.

JOHANN BOCKELSON Was wollt Ihr damit sagen?

DIE WACHE Ihr seid in Münster.

JOHANN BOCKELSON Ich zweifle nicht.

DIE WACHE Ihr wäret in einer so kurzen Zeitspanne von wenigen Minuten von Leyden in den Niederlanden nach Münster in Westfalen gekommen?

JOHANN BOCKELSON Versteht: Der Erzengel Gabriel trug mich durch die Lüfte.

Alle sind starr.

ERSTER STRASSENKEHRER Je, durch die Lüfte!

ZWEITER STRASSENKEHRER Das ist Magie, versteht. Faustus, Paracelsus, Agrippa!

DIE WACHE Ihro Gnaden wären von dem Erzengel Gabriel durch die Lüfte getragen worden?

JOHANN BOCKELSON Wir waren eben über Münster, das wir zu unseren Füßen ausgebreitet erblickten, als ihn die Sonne blendete. Er schneuzte und ließ mich in diesen Karren fallen, wo ihr mich ohnmächtig gefunden habt.

ERSTER STRASSENKEHRER Je, schneuzt ein Erzengel auch, Euer Gnaden?

JOHANN BOCKELSON Es ist dies ein sanftes und wohltönendes Getöse, einem Glockendreiklang ähnlich, von einer rhythmischen Erschütterung des Leibes begleitet, wobei der Engel die Arme auszubreiten liebt.

DIE WACHE Wie kommt der Engel Gabriel dazu, Euch nach Münster in Westfalen zu tragen?

JOHANN BOCKELSON Ich lebte in Leyden in großer Sünde des Fleisches.

DIE WACHE *notierend* Ihro Gnaden liebten die Weiber.

JOHANN BOCKELSON Eines Morgens erschien mir der Erzengel Gabriel. Er war fürchterlich in seinem Zorn, und ich beschloß, mir das Leben zu nehmen, wozu ich in den Rhein sprang.

ERSTER STRASSENKEHRER Je!

JOHANN BOCKELSON Ein Blindgeborener rettete mich, der

am ganzen Leibe gelähmt war und kein Glied rühren konnte.

DIE WACHE Wie war dies möglich, Ihro Gnaden?

JOHANN BOCKELSON Den Himmlischen ist alles möglich.

DIE WACHE Ihr habt mich überzeugt.

JOHANN BOCKELSON Ich stürzte mich darauf vom Rathausturm.

DIE WACHE Ein sicheres Mittel.

JOHANN BOCKELSON Ich fiel senkrecht auf einen Menschen, dem ich zweihundert Gulden schuldete.

DIE WACHE Und?

JOHANN BOCKELSON Er starb.

ERSTER STRASSENKEHRER Der Himmel muß Großes mit Euch vorhaben.

JOHANN BOCKELSON Heute aber fand ich mich beim Erwachen zu meiner Überraschung in den Armen des Erzengels durch die Lüfte schwebend.

DIE WACHE Was gedenken Ihro Gnaden zu unternehmen?

JOHANN BOCKELSON *mit gnädiger Handbewegung* Wir gedenken uns so beiläufig zum Herrn der Erde zu erheben.

ERSTER STRASSENKEHRER Je, so beiläufig?

DIE WACHE Zum Herrn der Erde?

JOHANN BOCKELSON Wie Ihr sagt.

DIE WACHE Ihro Gnaden müssen sich da außerordentlich anstrengen!

JOHANN BOCKELSON Ich werde meine Absicht mit einer lächerlichen Leichtigkeit erreichen. Der Erzengel hat es mir in einer trauten Stunde versprochen.

DIE WACHE Gegenwärtig befinden sich Königliche Hoheit noch in diesem Karren.

ERSTER STRASSENKEHRER Der mit Staub angefüllt ist – mit sehr schmutzigem Staub, um die Wahrheit zu sagen.

ZWEITER STRASSENKEHRER Mit luto und pulvere, wie es auf lateinisch heißt, und viel stercus equorum ist darunter, ihr wißt.

JOHANN BOCKELSON Was tut's, ihr Leute! Heute bin ich in diesem Karren, und morgen wird meine Leiche in diesem Karren sein. Es ist mir wenig Zeit gegeben. Ich werde als ein leuchtender Meteor durch eure Nächte stürzen!

DIE WACHE Wie denken Ihro Gnaden so hochgespannte Pläne zu verwirklichen?

JOHANN BOCKELSON Ich werde mit den Menschen wie mit leichten Bällen spielen. Die Täufer werden mich zum König wählen, der Kaiser wird mir seine Krone anbieten, und der Papst – seine Heiligkeit, wird von Rom nach Münster nackten Fußes wandeln, den Saum meines Mantels zu lecken.

DIE WACHE *steckt ihr Büchlein ein und macht eine Verbeugung* Ich werde Ihro Gnaden nicht arretieren!

JOHANN BOCKELSON Es ist noch früh am Morgen, meine Guten, ich muß euch bitten, mich noch ein wenig schlafen zu lassen.

ALLE DREI *mit einer großen Verbeugung* Wie Eure Gnaden befehlen!

Die drei ziehen sich mit Bücklingen zurück. Doch nähert sich die Wache von neuem Bockelson.

DIE WACHE *leise* Ihro Gnaden?

JOHANN BOCKELSON Guter Freund?

DIE WACHE Verzeiht, auch wir haben Täufer in der Stadt.

JOHANN BOCKELSON Die Täufer sind überall.

DIE WACHE Sie haben die Mehrheit inne, sie halten die Gewalt in den Händen, sie bilden die Regierung.

JOHANN BOCKELSON Gott hat ihnen Münster übergeben.

DIE WACHE Jan Matthisson ist ihr Führer.

JOHANN BOCKELSON Jan Matthisson, mein Freund, hat einst zu Haarlem schlechtes Brot gebacken.

DIE WACHE Von allen Seiten ziehen Täufer gen Münster, und man sagt, daß die Katholiken und Lutheraner die Stadt verlassen müssen oder hingerichtet werden.

JOHANN BOCKELSON Um Katholik zu sein, braucht es keinen Kopf, und ein Protestant hat den seinen schon lange verloren.

DIE WACHE Gestern wurden die Fenster des bischöflichen Palastes zertrümmert und von der Menge zwei Diakone zertrampelt.

JOHANN BOCKELSON Mit einem Wort, guter Freund, was wollt Ihr von mir?

DIE WACHE Trifft es sich zu, Ihro Gnaden, daß die Täufer Weibergemeinschaft haben?

JOHANN BOCKELSON Ihr seid verheiratet?

DIE WACHE Ich bin von etwas sinnlicher Natur.

JOHANN BOCKELSON Das Fleisch ist unser aller Los und uns allen gemeinsam, was Fleisch ist.

DIE WACHE Und Gütergemeinschaft?

JOHANN BOCKELSON Ihr seid arm, guter Freund?

DIE WACHE Ich lebe von der Hand in den Mund.

JOHANN BOCKELSON Die Armen werden reich und die Reichen arm.

DIE WACHE Ich lasse mich taufen!

JOHANN BOCKELSON Ich selbst werde Euch in unsere Gemeinschaft aufnehmen, mein Sohn.

Die Wache will sich entfernen.

JOHANN BOCKELSON Eine Frage, mein Freund.

DIE WACHE Ihro Gnaden?

JOHANN BOCKELSON Wer ist der reichste Mann zu Münster in Westfalen?

DIE WACHE Habt Ihr nie von Bernhard Knipperdollinck gehört?

JOHANN BOCKELSON Ich erinnere mich, in Amsterdam seine Lagerhäuser gesehen zu haben.

DIE WACHE Er ist reicher als das übrige Münster zusammen.

JOHANN BOCKELSON Sagt, ist Knipperdollinck den Täufern gewogen?

DIE WACHE Neben Jan Matthisson und Bernhard Rottmann ist er unter den Täufern der Mächtigste.

JOHANN BOCKELSON Ist er dick?

DIE WACHE Er neigt zur Fülle.

JOHANN BOCKELSON Hat er eine Tochter?

DIE WACHE Er hat eine sehr schöne Frau und eine sehr schöne Tochter.

JOHANN BOCKELSON Ich werde seine Frau heiraten.

DIE WACHE Seine Frau?

JOHANN BOCKELSON Oder seine Tochter.

DIE WACHE Oder seine Tochter.

JOHANN BOCKELSON Oder beide zusammen.

DIE WACHE Ihro Gnaden denken großzügig.

JOHANN BOCKELSON Ich werde gegen den Abend hin zu ihm gehen, wenn die Sonne hinunter ist und es dunkel geworden.

Es wird auf der Bühne bei seinen Worten dunkel, die Wache und Bockelson sind nur noch undeutlich ganz links zu erkennen. Die Hauswand rollt sich in die Höhe, und man erblickt das Innere eines niederdeutschen Zimmers. Vorne rechts an einem Tische Knipperdollinck, ein Mann von fünfzig Jahren, kostbar gekleidet, mit einer Kette am Hals. Er liest in einer schweren Bibel. In der Mitte des Hintergrundes eine Türe.

JOHANN BOCKELSON So um die Zeit nach dem Abendessen herum, wenn die Straßen leer sind und hinter den Fensterscheiben die Kinder sitzen, denen alte Weiber Märchen erzählen, bevor sie ins Bett müssen.
Dann wird auch er am Tische sitzen, in seinem schönen Zimmer, voll Dämmerung und Schatten.
Er wird gerade Bohnen mit Speck gegessen haben und aus diesem Grunde die Bibel lesen.
Er wird etwas einer aufgeweichten Bohne gleichen und sehr sanft sein und sehr rührselig, denn sein Bauch ist voll.
Manchmal wird er tief und wirkungsvoll stöhnen, wie ein verwundetes Wildschwein.
Und dann –

DIE WACHE Und dann, Ihro Gnaden?

JOHANN BOCKELSON Und dann wird er seinen Kopf wenden und zu sprechen beginnen.

Bockelson und die Wache verschwinden vollständig im Dunkel.

KNIPPERDOLLINCK *dreht seinen Kopf gegen das Publikum und beginnt zu sprechen* Ich bin reich, und meine Schätze füllen die Truhen meines Hauses und die schweren Eichenschränke.
Auf den Meeren der Erde fahren meine Schiffe und bringen mir Gold, Perlen und duftende Öle.

Ich kleide mich in kostbare Seide und dunklen Sammet und hülle mich in die Pelze fremder Tiere.
Könige und Herzöge sind meine Schuldner.
Selbst der Kaiser, der stolze Karl, verschmähte es nicht, an meinem Tische zu speisen, und sein Maler Tizian machte ein Bild von mir, auf dem ich wie ein Apostel aussehe.
Mein Weib ist schön.
Ihre Haut ist wie der Schnee, der im Dezember auf den Dächern liegt.
Aber das Reinste, was ich besitze, ist meine Tochter.
Sie heißt Judith.
Ihr werdet sie sehen, wenn sie hereinkommt.
Ihr werdet ob der Leichtigkeit ihres Ganges staunen, und die Klarheit ihrer Augen wird euch blenden.
Dies alles ist mein.
Aber vor mir liegt ein Buch auf diesem Tisch, das brennt stärker denn Feuer in meinem Gebein.
Da steht geschrieben:
Verkaufe, was du hast, und gib's den Armen, so wirst du einen Schatz im Himmel haben, und es steht geschrieben:
Es ist leichter, daß ein Kamel durch ein Nadelöhr gehe, denn daß ein Reicher ins Reich Gottes komme.
Und es steht geschrieben in diesem Buch, das mich ärgert:
Weh euch, ihr Reichen, denn euer Trost ist dahin!

Seine Tochter Judith kommt herein, etwa durch eine Türe, die man ganz rechts vermuten könnte. Judith ist als zierliches Mädchen zu denken, Kind und Weib durcheinander. Sie trägt in den Händen einen schönen Pokal.

JUDITH Euer Wein, Vater.

KNIPPERDOLLINCK Du hast den Becher, meine Tochter, mit jener Sorgfalt auf den Tisch gestellt, die ich immer an dir lobe. Der Becher ist kostbar gearbeitet, und es ziemt sich, ihm eine gute Behandlung angedeihen zu lassen. Die Steine, welche du an ihm siehst, haben Kaufleute aus Indien gebracht, und das Gold stammt aus Afrika. Sanft strahlt es dein Bild zurück.

JUDITH Erwartet Ihr Besuch, Vater?

KNIPPERDOLLINCK Ich erwarte keinen Besuch. Es sei denn einen Engel Gottes.

JUDITH Ich würde mich ans Fenster setzen, wenn Ihr's erlaubt. Ich würde Euch nicht stören, Vater.

KNIPPERDOLLINCK Wie könnte mich stören, was mich freut? Bleib bei mir, Kind. Es tut gut, so etwas wie eine Tochter in seinem Zimmer zu haben.

JUDITH Ich will Euch Licht bringen. Die Sonne ist hinter dem Dom, und es wird Nacht.

KNIPPERDOLLINCK Laß das! Laß das! Kannst du mir ein Licht in meiner Brust anzünden? Das kannst du nicht. Und meine Frau, deine Mutter, ist ein schwaches Weib und kann es auch nicht. Und Rottmann kann es auch nicht, und Jan Matthisson kann es nicht, und er ist ein Prophet.

KNIPPERDOLLINCK *macht eine Pause, dann düster* Herr, du schweigst, und ich brauche eine Antwort!

JUDITH *am Fenster* Es müssen heilige Menschen sein, die Täufer, weil – *Sie schweigt, wie erschreckt, als hätte sie ihn gestört.*

KNIPPERDOLLINCK Sprich nur, mein Kind. Du störst mich nicht.

JUDITH Weil auch Ihr ein Täufer seid.

KNIPPERDOLLINCK *heftig* Wer sagt das?

JUDITH *erschrocken* Alle sagen es.

KNIPPERDOLLINCK *langsam* Ich bin kein Täufer. Ich bin nicht heilig. Ich habe keinen Glauben, ich habe Gold.

JUDITH Sie sagen, Ihr hättet die Täufer mächtig gemacht in dieser Stadt.

KNIPPERDOLLINCK Ich war es nicht, und mein Gold war es nicht. Was könnte ihnen solches helfen und meine Stimme im Rat, wenn sie nicht ihren Glauben hätten!

Von draußen wird an die Türe im Hintergrund der Mitte gepoltert. Gleichzeitig hört man eine Stimme.

DIE STIMME VON AUSSEN Macht auf! Macht auf! Ehre sei Gott in der Höhe und seinem großen Statthalter Johann von Leyden.

JUDITH *erschrocken* Mein Vater!

KNIPPERDOLLINCK Öffne die Türe, Kind. Mein Haus steht jedem offen.

Katherina, Knipperdollincks Weib, tritt auf. In der Hand hält sie ein Licht.

KATHERINA Es verlangt jemand Einlaß bei dir, Knipperdollinck.

DIE STIMME VON AUSSEN Macht auf! Macht auf! Es ist die Hand Gottes, welche an diese Türe poltert.

JUDITH *leise* Mein Vater!

Katherina blickt zögernd nach Knipperdollinck und Judith.

KNIPPERDOLLINCK Schließ die Türe auf, Frau. Du hörst, es verlangt jemand Einlaß bei mir.

Katherina öffnet die Türe. Bockelson tritt mit leise tänzelnden Schritten und ausgebreiteten Armen über die Schwelle.

JOHANN BOCKELSON Gold! Gold! Wie es strahlt! Wie der milde Bogen des Nordlichts über meinem Haupt. Ich ziehe es an meinen Leib mit den Händen! Ich atme es mit meinen Lungen! Ich schreite über das glatte Holz uralter Zedern! O Lavendelgeruch! O Schein des Lichts an der Wand! *Er fällt auf die Knie.* Herr! Herr! Vergib ihnen, denn sie wissen nicht, was sie tun! *Er erhebt sich wieder.* Ein Mann mit einer goldenen Kette um den Hals. *Er spielt mit der Kette, die Knipperdollinck um den Hals hängt.* Eine schwere Kette aus schwerem Gold. Ich sehe verhungerte Weiber und Kinder mit großen Augen! Voll Hunger! *Er klopft Knipperdollinck auf den Bauch.* Du hast einen Bauch. Einen runden Bauch mit einem großen Magen und gefüllten Därmen! Gesegnet sei dein Bauch, gesegnet sei dein Appetit! *Er sieht nach den Frauen.* Ein Weib mit einer festen Brust. Und eine Jungfrau! Wie Strahl der Sonne in Morgenwolken über Jerusalem! *Er wendet sich wieder zu Knipperdollinck.* Du bist Bernhard Knipperdollinck, der reiche Mann?

KNIPPERDOLLINCK Du sagst es.

JOHANN BOCKELSON Dies ist dein Weib?

KNIPPERDOLLINCK Sie ist mein Weib.

JOHANN BOCKELSON Und dies ist deine Tochter?

KNIPPERDOLLINCK Sie ist meine Tochter.

JOHANN BOCKELSON Wahrlich, du hast ein schönes Weib und du hast eine schöne Tochter. Dich hat der Herr mit schönen Weibern gesegnet.

KNIPPERDOLLINCK Wer bist du?

JOHANN BOCKELSON Ich bin Niemand. Sieh die Fetzen an meinem Leib! Ich bin ein hungriger Magen, und ein hungriger Magen ist leer, und leer ist nichts! Und wo nichts ist, ist niemand.

KNIPPERDOLLINCK Was führst du für einen Namen?

JOHANN BOCKELSON Bin ich nicht dein Bruder? Bin ich nicht der arme Lazarus?

KNIPPERDOLLINCK Was willst du von mir?

JOHANN BOCKELSON Ich will nichts von dir. Ich will von deinem Wein. Ich will von deinem Gold und deinem Geschmeide. Ich will ein Bett zum Schlafen und ein Kleid für meinen Leib.

KNIPPERDOLLINCK Was willst du mir dafür geben?

JOHANN BOCKELSON Was fragst du nach deinem Lohn? Könnte es nicht sein, daß ich dir die ewige Seligkeit verschaffe?

KNIPPERDOLLINCK Was du bist, weiß ich nicht und nicht, von wo du kommst. Du bist nackt, ich will dich kleiden, du bist hungrig, du sollst an meinem Tische sitzen, dich dürstet, ich will dir von meinem Wein geben. *Er legt ihm seine Kette um den Hals.* Komm, ich will dich selbst auf dein Zimmer führen.

KATHERINA *ihnen nacheilend* Ich will Braten herschaffen! Wein und Kuchen!

Judith macht einige Schritte und birgt dann ihr Antlitz in ihre Hände.

Zwei Männer begegnen sich in einer Gasse in Münster, aber am besten läßt man die beiden vor dem Vorhang ihre Sache erledigen. Der eine, Mollenhöck, würde dann die Beine ins Orchester baumeln lassen, und der andere käme mit einem schweren Sack auf dem Buckel von rechts.

MOLLENHÖCK *ein schwarzhaariger, undurchdringlicher Mensch* Nun, Protestant! Nun? Nun?

DER MANN Was wollt Ihr mit Eurem Nun! Nun!?

MOLLENHÖCK Was tragt Ihr für Lasten auf Euren Schultern?

DER MANN Mein Hab und Gut.

MOLLENHÖCK Wo geht Ihr hin?

DER MANN Ich weiß nicht. Zum Tor hinaus, das ist alles, was ich zu sagen wüßte.

MOLLENHÖCK Ihr verlaßt das gastliche Münster zu ungünstiger Zeit. In einer halben Stunde haben wir Regen.

DER MANN Wenn ich das gastliche Münster nicht verlasse, holt mich in einer halben Stunde der Teufel.

MOLLENHÖCK Ihr sprecht sehr liebenswürdig von den Täufern. Aber wo ist Euer Weib und wo habt Ihr Eure Kinder?

DER MANN Die haben's mit dem Glauben wie wir mit den Hemden. Zuerst war katholisch die Mode. Gut, wir waren katholisch. Dann war Luther die Mode. Gut, wir waren lutherisch. Jetzt sitzen die Täufer im Rat und meine Frau sagt: Ich werde täuferisch. Ich auch, sagt mein Sohn, ich auch, sagt meine Tochter. Da sag ich: Mir gefällt's in diesem Hemd und bleibe lutherisch.

MOLLENHÖCK Seht Ihr! Jetzt müßt Ihr die Stadt verlassen mit Eurem Glauben und Eurem Charakter.

DER MANN Ihr seid der Schmied Mollenhöck, nicht wahr?

MOLLENHÖCK Der bin ich.

DER MANN Ihr habt sehr laut für den Bischof geschrieen, als katholisch die Mode war.

MOLLENHÖCK Was meint Ihr damit?

DER MANN Ich meine damit, daß Ihr einen kurzen Glauben habt. Ich habe viele gesehen, die mußten mit ihrem katholischen Glauben die Stadt verlassen, wie ich jetzt, und ich habe vor denen den Hut gezogen, denn sie hatten einen langen Glauben, wenn er auch katholisch war.

MOLLENHÖCK Wißt Ihr, Freund Protestant, was eine Kanone ist?

DER MANN Nun, wir haben so einige auf dem Rathaus.

MOLLENHÖCK Seht, ich bin der einzige, der mit solchen umgehen kann. Da müssen sie mich in Ruhe lassen.

DER MANN Was brauchen die eine Kanone?

MOLLENHÖCK Ich will Euch einen Rat geben, Freund Protestant. Geht nach Köln. Oder nach Osnabrück.

DER MANN Ich kenne niemand dort.

MOLLENHÖCK Habt Ihr nicht feste Beine und breite Schultern? Dort haben sie Landsknechte nötig.

DER MANN Gegen die Franzosen?

MOLLENHÖCK Ihr kennt die Mauern und Gräben um Münster?

DER MANN Wie meine Hosentasche.

MOLLENHÖCK Geht nach Köln! Solche Männer brauchen sie dort.

DER MANN Ich verstehe.

MOLLENHÖCK So schweigt, wenn Ihr versteht. Aber geht, sonst wird Euch morgen der Kopf fehlen.

DER MANN Ich gehe nach Köln, Mollenhöck.

Zimmer des bischöflichen Palastes in Münster. Der Bischof wird in einem Rollstuhl von zwei Pagen auf die Bühne geschoben. In der Mitte der Bühne wenden sie ihn gegen das Publikum. Der Bischof in Violett, schneeweiße Haare, hager, schlanke Hände mit kostbaren Ringen an den Fingern.

DER BISCHOF Fort! Fort!
Verlaßt mich, ihr Knäblein!
Spielt Ball oder tollt euch mit meinen Schäferhunden.
Sie sind zahm, und einer ist darunter, Odin, den liebe ich von ganzem Herzen.
Tut, wie es eurer Jugend angemessen ist. Ich dagegen habe einiges mit den Menschen zu reden, die vor mir den Saal füllen und mit runden Augen nach mir die Hälse recken.
Auch wird sich gleich Knipperdollinck melden lassen.
Ich bin ihm Geld schuldig.
Ich möchte euch diese auch für einen Bischof peinliche Szene ersparen.
Geht, meine Knäblein, geht!

Die Pagen treten ab.

DER BISCHOF Wie ihr dem Theaterzettel entnehmen könnt – gesetzt, daß ihr einen habt, er ist ja nicht zu teuer –, bin ich der Bischof von Minden, Osnabrück und Münster in Westfalen.
Franz von Waldeck,
99 Jahre 9 Monate und 9 Tage alt.

Ich bin an beiden Beinen gelähmt, und dies seit einem Jahrzehnt, wie es bisweilen bei Leuten meines Alters vorkommt.

Der kunstreiche Wagen, auf dem mich meine Knäblein hergeführt haben, ist mir vom Sultan Soliman nebst einem weißen Elefanten geschenkt worden, den ich euch aber nicht vorführen kann, da er sich in meinen Stallungen zu Osnabrück befindet. Dieses mit Farbe bestrichene Zeug, welches man um mich herumgestellt hat, soll einen Saal des bischöflichen Palastes zu Münster vortäuschen, aber ich versichere, daß er in Wahrheit viel schöner ausgesehen hat.

Leider muß ich diesen Saal und diesen Palast morgen in der Frühe verlassen, da mir der Rat von Münster befahl, das Weite zu suchen.

Was mich nun, ihr Guten, veranlaßt, an euch einige Worte zu verschwenden,

ist das Gefühl,

daß es einigen unter euch vorkommen könnte, als wäre es recht eigentlich unnützes Gerede, was ihr da oben zu hören bekommt, ja, daß euch so längst vergangene Zeiten und so vermoderte Menschen, wie wir es nun einmal sind, nicht mehr viel zu sagen vermöchten.

Ihr mögt recht haben, meine Guten, aber glaubt mir, dieses Spiel könnte euch – wenn ihr recht aufmerksam seid und mir nicht davonlauft – auf einige nicht so unwichtige Dinge hinweisen, die bei euch und bei uns ihre Gültigkeit haben.

Ich bin alt,

und es kommt mir bisweilen in schlaflosen Nächten vor, als ob Gott uns Menschen zwar viel Verstand und

Witz, aber recht wenig Lebenskunst mit auf den Weg gegeben hätte.
Wenn ihr nun Dinge zu sehen bekommt, die euch vielleicht grausam und unsinnig vorkommen werden, so erschreckt nicht allzusehr:
Glaubt mir, die Welt vermag jede Wunde zu ertragen, und es kommt im großen und ganzen nicht so darauf an, ob der Mensch glücklich ist oder nicht,
denn das Glück wurde ihm nicht gegeben, und wenn er es hat, ist dies eine große Gnade.
Notwendig vor allem ist, daß er überhaupt auf der Erde herumstolpert.
Ich weiß, es ist viel Elend hienieden und viel Verzweiflung und Verworrenheit ohne Ende,
doch wenn wir dies nicht so wichtig nehmen auf unserer Bühne, so geschieht es nicht eurem und unserem Unglück zum Spott, sondern nur, weil wir das Treiben der Menschen ein wenig losgelöst von der Schwere der Erde, im Lichte jener Regionen zeigen wollen, in denen die Linien deutlicher und unvermischter sind und die Formen sich rein vom Hintergrund abheben.
Wir leben, wenigstens wir auf dieser Bühne, alle vierhundert Jahre vor euch, und da ist es nun einmal so, daß wir in vielen Dingen törichter, unbeholfener und kindischer sind als ihr und in manchen Dingen tapferer, ehrlicher und gröber.
Ich weiß ganz genau, daß ich in manchem weniger weiß, als bei euch die Schuljungen mit den ungeputzten Nasen, wenn ich auch fließend Latein und Griechisch spreche und nichts so sehr liebe wie Homer und Lukian.

Aber ich höre Schritte hinter mir.
Es sind die Schritte Knipperdollincks, und ich bitte euch, der folgenden Unterredung möglichst aufmerksam beizuwohnen. Auch von schmalen Tischen liebt man Brosamen zu nehmen, wenn man hungrig ist.

Knipperdollinck tritt von links zum Bischof.

KNIPPERDOLLINCK Eure Eminenz!

Der Bischof erhebt die Hand zum Zeichen des Grußes.

DER BISCHOF Kommt Ihr als Mitglied des Rates oder als Knipperdollinck?
KNIPPERDOLLINCK Als Knipperdollinck.
DER BISCHOF Ihr erlaubt, daß wir Euch einen Stuhl holen lassen. Er wurde zur Verrammelung der Türen gegen vorwitzige Täufer gebraucht, nun ist er nicht zur Stelle.
KNIPPERDOLLINCK Erlaubt, daß ich stehe.
DER BISCHOF Wir sind Euch Geld schuldig. Die Zeiten sind miserabel für einen Bischof, Knipperdollinck. Die Leute werden protestantisch oder noch Schlimmeres, und die Kirche ist knauserig geworden. Ihr seht: schlechte Geschäfte.
KNIPPERDOLLINCK Behaltet das Geld, Eminenz.
DER BISCHOF Wir sehen mit Vergnügen einen vernünftigen Gläubiger. Möge Euer Beispiel allgemein beherzigt werden. Auch die Kirche dankt, und für das Heil Eurer Seele wird sie Messen lesen lassen.
KNIPPERDOLLINCK Ich brauche das nicht.
DER BISCHOF Ihr werdet die Kirche nicht hindern, das Ihre zu tun.

KNIPPERDOLLINCK Die Kirche ist gewalttätig.

DER BISCHOF Die Kirche liebt es nicht, jemandem etwas schuldig zu bleiben. Sie wird das von Euch geschenkte Gold verwenden, gegen die Täufer ein Heer aufzustellen.

KNIPPERDOLLINCK Eminenz sind mir gegenüber sehr deutlich.

DER BISCHOF In Zeiten der Not lieben wir die Klarheit. *Nach einer Pause* Warum seid Ihr gekommen, wenn Ihr kein Gold wünscht? Was wollt Ihr von mir, Knipperdollinck?

KNIPPERDOLLINCK Die Wahrheit.

DER BISCHOF Und die glaubt Ihr von einem Knecht der Kirche zu erhalten?

KNIPPERDOLLINCK Ich glaube sie von einem hundertjährigen Menschen zu erhalten.

DER BISCHOF Der Rat in Münster hat mir befohlen, die Stadt zu verlassen.

KNIPPERDOLLINCK Ihr müßt gehen. Ich selbst habe diesem Beschluß zugestimmt.

DER BISCHOF Meine Landsknechte werden Münster besiegen.

KNIPPERDOLLINCK Münster fürchtet Eure Landsknechte nicht, Eminenz.

DER BISCHOF *düster* Auch Ihr werdet am Rad sterben müssen, Knipperdollinck.

KNIPPERDOLLINCK Gott wird uns helfen.

DER BISCHOF *traurig* Vielleicht wird Gott keinem von uns helfen in diesem Kampf.

KNIPPERDOLLINCK Warum bekämpft Ihr uns, Bischof von Münster?

DER BISCHOF Ihr liebt es, geradeheraus zu fragen.

KNIPPERDOLLINCK Ihr seht, auch ich liebe die Klarheit. Ihr kennt die Bibel und Ihr kennt unsere Schriften.

DER BISCHOF Sie sind sehr schlecht geschrieben.

KNIPPERDOLLINCK Ihr wißt, daß die Täufer nichts anderes wollen, als was Christus befahl.

DER BISCHOF Wir haben nie gezweifelt, daß die Edleren eurer Sekte solches wollen.

KNIPPERDOLLINCK Wer wider uns, ist wider Christus.

DER BISCHOF Wir pflegen auf solche Worte nicht einzugehen. *Nach einer Pause* Wir möchten sagen, was wir denken, denn wir sind Euch, als Euer Hirte, solches schuldig, aber sind wir weiter als Ihr, und hat Gott die Zweifel in unserer Brust erstickt?

KNIPPERDOLLINCK Ich bin nicht mehr in Eurer Kirche.

DER BISCHOF Ihr waret in ihr als Kind und Eure Eltern waren in ihr und Eure Großeltern und so zurück, bis sich der Baum Eures Lebens in das Dunkel der Nacht senkt. Dieser Baum ist uns anvertraut worden.

KNIPPERDOLLINCK Ihr seid schlechte Gärtner gewesen.

DER BISCHOF Wir wissen dies, und es mag geschehen, daß wir nun verworfen werden. Aber noch seid Ihr uns anvertraut. Daß Ihr nicht an die Heiligen glaubt, was tut das? Wir glauben vielleicht auch nicht daran. Aber daß Ihr an Euch selbst glaubt, Knipperdollinck, wird Euer Untergang sein.

KNIPPERDOLLINCK Ich verstehe Euch nicht.

DER BISCHOF Was tut's! Ihr könnt nicht zurück und sollt es auch nicht. Ihr werdet Euren Weg selbst zu Ende gehen müssen.

KNIPPERDOLLINCK Seid deutlicher.

DER BISCHOF Was sollen wir auch sagen! Reden nützt so wenig! Es steht geschrieben, wer Ohren hat, der höre, und wer Augen hat, der sehe. Aber wer hat Augen und Ohren! Wenn sie endlich gewachsen sind, sehen wir nur ins offene Grab und hören die Totenglocken. Aber auch das tut nichts. Über den Gräbern wächst das beste Gras.

KNIPPERDOLLINCK Was wollen Eure Eminenz mit all dem sagen?

DER BISCHOF Mit all dem will ich mich ermutigen. Versteht, ich bin ein alter Mann, und ich weiß, wie schwer es ist, über diese Dinge zu reden! Unser Kleinmut ist unser Fluch! Daß wir die Lehre des Herrn mit dem Schwert verwirklichen wollen! Daß für die reinsten Ziele das Blut Unschuldiger vergossen wird!

KNIPPERDOLLINCK Habt Ihr das nicht seit jeher getan?

DER BISCHOF Sind wir nicht daran zugrunde gegangen, weil unser Glaube zu schwach und weil wir nicht mit dem Wort, sondern nur mit dem Scheiterhaufen zu siegen wußten? *Er schweigt und dann düster* Betet, daß uns Gott einen größeren Glauben ins Herz senke.

KNIPPERDOLLINCK Ihr seid Lutheraner, Eminenz.

DER BISCHOF Was versteht Ihr von Luther! Ich anerkenne nur, daß er uns den Streich versetzte, an dem wir sterben müssen!

KNIPPERDOLLINCK Wenn Ihr solches denkt, tretet auf unsere Seite.

DER BISCHOF Es ist meine Aufgabe, zu verhüten, daß im zerstörten Tempel falsche Götzen aufgestellt werden.

KNIPPERDOLLINCK Der Kampf zwischen uns läßt sich nicht vermeiden.

DER BISCHOF Er ist notwendig.

KNIPPERDOLLINCK Und doch habt Ihr kein Recht, uns zu richten.

DER BISCHOF Es geht nicht um die Gerechtigkeit, Knipperdollinck. Vor Gott sind wir beide im Unrecht, Täufer und Bischof.

KNIPPERDOLLINCK Wir kämpfen für das Reich Gottes.

DER BISCHOF Ihr kämpft für das Reich der Täufer, Knipperdollinck! Weil ihr euch nicht besiegen könnt, wollt ihr die Welt besiegen.

KNIPPERDOLLINCK Wir wollen das Große, ihr trachtet nach dem Geringen!

DER BISCHOF Der Mensch vermag nicht das Große, er vermag nur das Kleine. Und das Kleine ist wichtiger als das Große. Wir können viel Gutes tun auf der Welt, wenn wir bescheiden sind.

KNIPPERDOLLINCK Gott wird uns helfen, das Große zu vollenden.

DER BISCHOF Vor Gott ist klein, was wir groß nennen.

KNIPPERDOLLINCK *umklammert plötzlich die Schultern des Bischofs* Was soll ich tun?

DER BISCHOF *düster, nach einigem Zögern* Halte, was für Täufer und Bischof gilt: Liebe deine Feinde wie dich selbst, verkaufe, was du hast, und gib's den Armen, und widerstehe nicht dem Übel.

KNIPPERDOLLINCK *indem er den Bischof wieder freiläßt* Steht das nicht auch in den Schriften der Täufer?

DER BISCHOF Es steht geschrieben.

KNIPPERDOLLINCK Sind Täufer und Christus nicht eins, wenn sie das gleiche sagen?

DER BISCHOF Nichts ist eins mit ihm. Er ist das Schwert, und wir sind der Leib, der getötet wird.

KNIPPERDOLLINCK *langsam, als wäre er in einen Abgrund gestoßen worden* Gebt mir den Segen, ehrwürdiger Vater, bevor ich gehe.

DER BISCHOF Ihr seid ein Täufer, Knipperdollinck. Wir können Euch den Segen nicht geben.

KNIPPERDOLLINCK Kann ich so sündig werden, daß ich nicht mehr Mensch bin?

DER BISCHOF *nach langem Schweigen* Habe ich seine Gebote erfüllt? Schließen sich nicht goldene Ringe um die Finger meiner Hände? Bekämpfe ich nicht meine Feinde? Bin ich nicht mehr als du, daß ich dich segnen könnte?

KNIPPERDOLLINCK Der Wille des Herrn möge geschehen.

Sofort bricht darauf, bei geöffnetem Vorhang, Dunkelheit in den Bühnenraum hinein; unmittelbar aber an die Worte des Knipperdollinck schließen sich diejenigen der Gemüsefrau an, welche ganz rechts, grell beleuchtet vom Scheinwerfer, am Proszenium sitzt, mit einem riesigen Korb, den sie neben sich gestellt hat.

DIE GEMÜSEFRAU Ihr Leute von Münster! Männer, Weiber und Jungfrauen! Seht diese Salatköpfe!
Seht diese Wunder der Natur! Kugelrund und grün!
Zart wie Säuglingshinterchen! Frisch wie junge Mädchen!
Wer seinen Mann liebt, kauft Salatköpfe!

Nun wird die Bühne wieder hell, Männer und Weiber des münsterischen Pöbels bringen das Blutgerüst auf die Mitte der Bühne. Über alle die Pracht der mittelalterlichen Kostüme wie ein farbiger Teppich gegossen.

ERSTER BÜRGER Es ist eine schlechte Zeit heute! Kein

Festchen, keine Hinrichtung! Vor einer Woche war's anders! Mein Söhnchen hat die Masern und schläft nur, wenn ich ihm was zu erzählen habe.

Ein Trompetenstoß hinter der Bühne.

ZWEITER BÜRGER Seht her, Nachbar! Euer Söhnlein wird heute schlafen können!

In einer fanatischen und feierlichen Prozession kommen ein Ansager, ein Scharfrichter und einige Henkersknechte auf die Bühne und besteigen das Blutgerüst. Alle in bizarren mittelalterlichen Uniformen.

EIN WEIB ZU IHRER TOCHTER Da kommt der Ansager und der Scharfrichter! Es ist ein neuer Scharfrichter! Der alte wurde von seiner Frau die Treppe hinuntergeworfen und hat ein Bein gebrochen.

DIE GEMÜSEFRAU Äpfel! Äpfel! Direkt aus dem Paradies! Direkt vom Baum der Erkenntnis! Sie rutschen in den Magen und scheuern die Därme! Ganz billig, extra billig!

DIE TOCHTER Das ist ein schöner Scharfrichter!

Der Ansager tritt mit feierlicher Trauermiene vor die Leute und klopft mit seinem langen Stock dreimal auf den Boden.

ERSTER BÜRGER Achtung, ihr Leute! Das Gesetz will sprechen.

ZWEITER BÜRGER Es ist die Gerechtigkeit selber, welche vor uns auf den Boden klopft.

ERSTER BÜRGER Es ist eine traurige Gerechtigkeit mit einer traurigen Miene.

DER ANSAGER Der Rat zu Münster in Westfalen dem Volk zu Münster in Westfalen. Wir haben für gut und billig befunden, den lotterhaften Buben und entlaufenen Mönch, Maximilian Bleibeganz, die Bürger zu schrekken und zu mahnen, durch das Schwert vom Leben zum Tode zu bringen, da er bei einem Weibe lag.

Die Worte »die Bürger zu schrecken und zu mahnen, durch das Schwert vom Leben zum Tode zu bringen« sind von der Menge mit lauter Stimme mitgesprochen worden, da es sich um eine offenbar wohlbekannte Formel handelt.

ZWEITER BÜRGER Hört, Ausbund der Gerechtigkeit und der Tugend, was will der Rat dem Volk zu Münster in Westfalen damit sagen? Ist es verboten, bei einem Weibe zu liegen?

DER ANSAGER *mit Würde* Es ist Amtspersonen untersagt, Anfragen anders als auf dem Amtswege entgegenzunehmen und zu beantworten. Das Amt ersucht die betreffenden Bürger, Anfragen in Hinsicht der vom Rate erlassenen Dekrete an diesen zu stellen. *Ab.*

DIE GEMÜSEFRAU Rüben! Wer kauft Rüben! Das ist Philosophie, das ist Gelehrsamkeit, das ist Liebe, die durch den Magen geht! Kauft Rüben! Kauft Rüben!

Unterdessen ist auf dem Blutgerüst der Scharfrichter hin und her gegangen und hat ungefähr nach der Weise unserer Boxer die Muskeln spielen lassen. Jetzt hantiert er mit dem Richtschwert wie etwa ein Fahnenschwinger.

ERSTER BÜRGER Er hat eine ausgezeichnete Rechte, unser neuer Scharfrichter.

ZWEITER BÜRGER Wir dürfen ihm eine große Zukunft voraussagen.

ERSTER BÜRGER Wir wollen hoffen, daß er immer viel Arbeit haben wird. Nur die praktische Beschäftigung am Mann züchtet den vollendeten Scharfrichter.

DIE TOCHTER Kolossal! Diese Ärmer und Beiner! Und eine frische Haut! Und was für einen Wald auf der Brust!

Zwei Soldaten führen den Mönch Maximilian Bleibeganz herein.

DER MÖNCH Das ist ungerecht! Das ist ungerecht!

ERSTER SOLDAT Ihr schreit, daß der Himmel herunterkommt. Schämt Euch! Ihr seid ein alter Knochen von einem Sünder und keinen Heller wert.

DER MÖNCH Das ist ungerecht! Ich gehöre vor ein geistliches Gericht und nicht vor ein Ketzergericht.

ERSTER SOLDAT Ihr gehört vor allen Dingen vor das Jüngste Gericht!

DER MÖNCH Und wenn die Erde auseinanderbricht, ich schreie: Das ist ungerecht!

ZWEITER SOLDAT Haltung, mein Herr! Haltung! Nur so imponiert Ihr den Weibern.

DER MÖNCH Ihr könnt mir die Zunge herausreißen, mich millionenfach erwürgen, ihr könnt mir den Kopf abschlagen und ihn tausend Klafter in die Erde graben, er wird bis in alle Ewigkeit schreien: Das ist ungerecht!

ZWEITER SOLDAT Zum Teufel! Laßt Euch den Kopf abschlagen. Ist ja nur eine Kleinigkeit, nichts als ein bißchen Stillhalten.

DER MÖNCH Ich will nicht sterben!

ERSTER SOLDAT Aber ich will zu Mittag essen! Ich habe keine Zeit, Euch schreien zu lassen!

Die Soldaten reißen ihn auf die Bühne und auf das Blutgerüst.

ERSTER BÜRGER Was gilt's, nun wird der Mönch eine Rede halten.

ZWEITER BÜRGER Man sollte den Leuten das Maul verbinden. Letzthin hat ein Lutherischer zwei Stunden geredet, bevor er den Kopf hinstreckte. Es hat dann aber auch eine schlechte Hinrichtung gegeben, so schläfrig ist der Scharfrichter geworden.

Der Mönch tritt auf dem Blutgerüst ein wenig vor.

DER MÖNCH Leute! Bürger von Münster in Westfalen!

DIE GEMÜSEFRAU Rettich! Schöner roter Rettich! Wer kauft Rettich! Billig! Billig! Wundervoll roter Rettich!

DER MÖNCH Weib, sei still! Ich will meine letzte Ansprache halten.

DIE GEMÜSEFRAU Mönchlein, schweig und laß dir den Kopf abschlagen! Ich habe sechzehn Kinder und siebzehn Väter zu ernähren! Rettich! Rettich! Rot wie Blut und gut wie 'ne Zeugung!

DER MÖNCH Hör an, Volk!

DIE GEMÜSEFRAU *mit riesenhafter Stimme* Zwiebeln! Schöne frische Zwiebeln! Wer seine Nachkommen liebt, kauft Zwiebeln! Da werden die Weiber von selbst schwanger, da gibt es Kinder, da gibt es Familie! Eßt Zwiebeln! Wir stehen erst in der Mitte der Weltgeschichte! Eben ist das dunkle Mittelalter zu Ende gegangen! Bedenkt, was wir noch zu schuften haben!

Vor uns, in der neblichten Zukunft, liegt der ganze Dreißigjährige Krieg, der Erbfolgekrieg, der Siebenjährige Krieg, die Revolution, Napoleon, der Deutsch-Französische Krieg, der Erste Weltkrieg, Hitler, der Zweite Weltkrieg, die Atombombe, der dritte, vierte, fünfte, sechste, siebente, achte, neunte, zehnte, elfte, zwölfte Weltkrieg! Da sind Kinder nötig, meine Damen und Herren, da sind Leichen nötig! Darum: Wer den Fortschritt liebt, ißt Zwiebeln, da hilft er der Weltgeschichte! Eßt Zwiebeln! Denkt an die Zukunft! Auf etwas mehr oder weniger Gestank kommt es dabei nicht an!

Während dieser weitsichtigen Ansprache hat man auf dem Blutgerüst den Mönch überwältigt. Nun hält er sich die Ohren zu und kniet ergeben nieder.

DER MÖNCH Bei allen Heiligen! Schlagt zu! Es ist nicht zum Aushalten!

Die Henkersknechte treffen die letzten Vorbereitungen.

DAS WEIB Der ist ein magerer Bursche!

ERSTER BÜRGER Er hat einen langen Hals. Das ist günstig. Der Scharfrichter wird flach schlagen können.

ZWEITER BÜRGER Jetzt wird es sich zeigen, ob der Scharfrichter das Zuschlagen im letzten beherrscht.

Der Scharfrichter tritt an den Mönch heran, die Henkersknechte treten auf die Seite.

ERSTER BÜRGER Wie steht denn der Scharfrichter da! Das ist ja wider die Regel.

ZWEITER BÜRGER Das ist der neue spanische Stil, Nachbar! Das ist das Neuste jetzt! Wartet nur ab, es wird Euch gefallen.

DIE TOCHTER Wie ein Gott ist so ein Scharfrichter!

Eben, wie der Scharfrichter zuschlagen will, springt Knipperdollinck auf die Bühne, Asche auf dem Kopf und wie ein Büßer gekleidet. Auf den Schultern trägt er einen großen Sack.

KNIPPERDOLLINCK Buße, Buße, Buße! Wehe, wehe, wehe! Tut Buße und bekehret euch, damit ihr nicht die Rache des himmlischen Vaters über euch reizet! *Er wirft aus dem Sack Gold unter die Leute.* Nehmt! Nehmt! Da und da! Gold, das rollt, das klirrt, das tanzt, das springt über die Steine und liegt auf dem Boden wie kleine Sonnen! Fort damit! Fort, fort!

Die Leute, der Scharfrichter, die Soldaten und die Henkersknechte werfen sich auf das Gold.

KNIPPERDOLLINCK Gold! Rotes Gold! Dich fressen die Motten! Was willst du mich hindern, die ewige Seligkeit zu erlangen? *Er stürzt weg.*

DER ERSTE MANN Er hat noch mehr im Sack! Er hat noch mehr im Sack!

Alle ihm nach in wildem Durcheinander und Übereinander, samt dem Scharfrichter. Außer dem Mönch, welcher auf dem Blutgerüst sitzt, und der Gemüsefrau ist die Bühne leer. Katherina Knipperdollinck erscheint in reicher Kleidung auf der Bühne.

KATHERINA Knipperdollinck! Knipperdollinck! *Sie geht eilig in der Richtung ab, in welcher Knipperdollinck verschwunden ist.*

DER MÖNCH Ihr wollt kein Gold, Gemüsefrau?

DIE GEMÜSEFRAU Ich nehme kein geschenktes. Ich bin eine klassenbewußte Proletarierin.

DER MÖNCH Seht da, Gemüsefrau, einen Gulden! Und seht meinen Kopf auf meinen Schultern, wie er gerade sitzt, weil mich die Heiligen lieben und die Jungfrau Maria! Was gebt Ihr mir für diesen Gulden, der mir in den Schoß gefallen ist?

DIE GEMÜSEFRAU Ich hätte lieber Euren Kopf in meinem Schoß gehabt. Der neue Scharfrichter ist ein Lümmel. Das soll spanischer Stil sein? Beim alten Scharfrichter sprang mir bei jeder Hinrichtung ein Kopf in den Schoß. Ich legte ihn zwischen meine Kohlköpfe, und das war deutscher Stil. Gebt her, ich will Euch Zwiebeln geben.

DER MÖNCH Ich will machen, daß ich aus dieser Stadt komme.

Man sieht ein großes und breites Himmelbett im Hintergrund links, welches durch einen Vorhang den neugierigen Blicken des Publikums Widerstand leistet. Rechts sitzt Bockelson auf einem sehr bequemen Stuhl.
Eine Magd wäscht ihm den linken Fuß – Bockelson befindet sich nur in einem Morgenrock –, eine zweite den rechten Fuß. Zwei weitere pflegen ihm je eine Hand, und eine fünfte kämmt und frisiert ihm das Haar.
Ganz links Judith, ihr Antlitz im Schoße vergraben.

JOHANN BOCKELSON Recht so, meine Töchter, recht so!
Salbt mir die Locken mit duftendem Öl, ihr Mägde. Pflegt meine Hände mit Kölnischwasser und feilt aufs zierlichste meine Nägel. Ich liebe sie nicht allzu kurz und kunstreich zugespitzt. Gießt warmes Wasser über meine Füße und dann kühles Wasser; ich liebe die Abwechslung.
Und du, meine Tochter, die du an meinem linken Fuß jede Zehe einzeln mit zartem Tüchlein abtrocknest, schlage mir dein Kleid mehr auseinander, damit mein Blick tiefer in deinen Busen tauche.
Auch liebe ich es, wenn weiße Fingerchen an den Härchen zupfen, die aus meinen Nasenlöchern leicht hervortreten.
Dies alles liebe ich, und mein Leib dehnt sich wohlig im weichen Morgenrock.
Schon freut es mich, das Bett wieder aufzusuchen, das weiche Bett des Knipperdollinck, des reichen Mannes, der nun in den Gossen schläft und die Dirnen sogar zur Täuferei zu bekehren sucht, die bei seinem Gerede sehr gähnen und sich langweilen. Sein Weib aber hat einen kühlen Leib,
sie wartet meiner hinter dem Vorhange des mächtigen Bettes, das sich vor euch wie ein Dom erhebt.
Es ist herrlich, in den Köstlichkeiten des Knipperdollinck zu schwelgen.
Mag er auch einige Säcke neugeprägten Goldes unter die Säue der Straße geworfen haben,
neun Zehntel seines Vermögens habe ich seinem Weibe überschreiben lassen.
Auch Propheten geziemt es, sich in der hohen und subtilen Kunst der Advokaten auszukennen.

Ich bin nicht wie andere Propheten, die nur von Blut zu sprechen wissen, von Jüngsten Gerichten und zerschnittenen Leibern der Ungläubigen,
wie zum Beispiel der schäbige Bäckermeister Jan Matthisson.
Dies mag zuweilen pikant sein, und hin und wieder ergehe ich mich in solchen Phantasien.
Aber vor allem pflege ich meine Anhänger auf die Freuden vorzubereiten,
die ihrer warten, wenn ich König der Wiedertäufer geworden.
Ich werde sein wie Salomo und die Zahl meiner Weiber wie der Sand am Meer.
Schon habe ich eines meiner Augen auf die schöne Divara geworfen, das Weib des Matthisson.
Während das andere noch gnädig auf Katherina Knipperdollinck ruht.
Wie ich gewiß weiß, wird mir der Himmel gewogen sein auch in diesem Falle.
Knipperdollincks Weib werde ich zur Erzherzogin vom Sinai erheben und Matthissons Weib zur Großfürstin zum Karmel, und beide werden meine Hauptfrauen sein.
O Divara, ich liebe dich.
Ich liebe dich, gazellenartige Divara!
Ich werde dir hunderttausend Gazellengedichte schreiben.
Aber es wird viele Erzherzoginnen und Großfürstinnen geben;
denn das Heilige Land hat viele Berge, Täler und Flüsse und viele Städte, die wir zu Titeln werden verarbeiten müssen.

Das nächste aber, welches mir im Sinne liegt, ist, mich zum König der Täufer gewaltig zu erheben.
Noch stehe ich im Schatten Jan Matthissons, des Bäkkermeisters, doch will ich mich nicht allzusehr anstrengen, denn ich liebe es, auf die beste Gelegenheit geduldig zu warten. Die Himmlischen schenken mir um so mehr, je weniger sie durch Bitten bestürmt werden.
Nun aber, meine Töchter, will ich mich erheben.
Wandelt in Frieden und laßt mir die Riegel offen zu euren Kammern.
Die Nacht ist lang, meine Töchter.

Bockelson und die Mägde versinken im Dunkeln. Nur das Bett bleibt erhellt und Judith. Katherina Knipperdollinck steckt den Kopf durch den Vorhang des Himmelbettes.

KATHERINA Ich weiß, ihr werdet mich nicht verstehen, daß ich nun mit einem anderen Manne mein Bett teile, daß Johann Bockelson von Leyden nun die Rechte einnimmt, die sonst Bernhard Knipperdollinck zukamen, dem reichen Mann.
Ich bin nur ein schwaches Weib, und was vermögen wir gegen unser Blut?
Was sind Mann und Weib?
Kennen sie einander und wissen sie, was hinter des andern Auge ruht?
Es kam ein Fremder in dieses Haus.
Er ging in zerfetztem Kleid, halb nackt, daß ich seinen Leib sah und seine Haut über den Muskeln.
Knipperdollinck gab ihm die goldene Kette.

Er überließ ihm die Truhen voll Edelsteine und Geschmeide, ging dann fort aus dem Haus, welches er gebaut, und ließ zurück das Weib und die Tochter, die nun durch die leeren Säle geht und weint.
Ich aber wurde das Weib des Fremden und weiß nicht, wie solches gekommen.
Er liegt in meinem Schoß, und sein Leib deckt den meinen. Seine Hand ruht auf meiner Brust, und seine Finger spielen in meinem Haar.
Kann ich solches ändern?
Ich höre die Stunden schlagen von allen Türmen und höre Leute gehen tief unten auf der Straße.
Er hat von mir Besitz genommen, und ich kann nichts anderes denken denn ihn.
Nur oft in der Nacht, wenn er an meiner Seite schläft, nackt die riesigen Glieder gebreitet und den Mund wie zum Lachen verzogen,
sitze ich auf und starre in das Zimmer und sehe die Fensterrahmen vor mir, in denen die Nacht ihr leeres Gesicht zeigt, und dann weine ich.
Denn ich weiß, daß viel Unglück sein wird und viele Tränen, daß für jede Lust uns Verzweiflung wartet und daß der Leib, den wir lieben, entstellt sein wird vom Rade des Henkers und sein Blut die Hunde lecken, die jetzt fröhlich vor den Toren spielen.

Sie zieht sich wieder hinter den Vorhang zurück, und auch das Bett verliert sich im Dunkel. Nun ist Judith allein.

JUDITH Mein Vater zog hinaus vor die Türe seines Hauses.

Er verließ, was er besaß, um durch die Gassen zu gehen, die im Mondlicht schweigen.
Arm ist er geworden und nackt und teilt mit den Hunden der Straße sein letztes Brot,
und die Leute, die ihn sehen, zeigen mit den Fingern auf ihn und lachen.
Auch sein Weib verließ er, und sie schläft mit einem anderen Manne.
Ich aber gehöre zu ihm, auch wenn ich ihn nicht verstehe.
Es ist nicht an mir zu fragen, ich bin da, ihm zu dienen. Darum muß ich dieses Haus verlassen, denn seine Schritte gehen nicht mehr über den Flur, und die Mägde gehorchen einem Fremden. Ich will ihn aufsuchen und mit ihm seine Not teilen, in zerrissenen Kleidern gehen, wie er, und mein Antlitz verhüllen.

Bei sinkendem Vorhang taucht im Hintergrund, gerade in der Mitte, der Prophet Jan Matthisson aus dem Boden wie ein Geist auf, und so ungefähr muß er auch aussehen. Wenn es möglich ist, wäre hier ein sehr hagerer und langer Schauspieler am Platze. Er hat sich einen erstaunlichen Bart ans Kinn geklebt und könnte an gewisse neuere Bildnisse des Niklaus von der Flüe erinnern. Er hält ein Schwert in den Händen, das so lang ist wie er selber.

JAN MATTHISSON Ich, Jan Matthisson, entsteige dem Boden dieser Bühne, durch eine sinnreiche Vorrichtung emporgehoben, das Schwert der Gerechtigkeit in den Händen und Worte der Weisheit auf den Lippen. Um die heilige Sache zu verteidigen, die hier – wie ich

zornerfüllten Gesichts bemerke – auf eine gemeine Weise entwürdigt und der öffentlichen Spottlust preisgegeben wird,
sei es,
daß vor allem Täufer zur Darstellung gelangen, denen entweder eine gewisse Narrheit innewohnt oder jener großsprecherische Zug, der uns an Bockelson so bitter beleidigt.
Oder sei es,
daß an sich tiefe, aber beschränkte Naturen, wie jene drei zu Beginn, als lächerliche und bornierte Dummköpfe angeprangert werden,
unterstrichen noch durch heimtückische Einfälle des Regisseurs.
Um aber die letzten Wurzeln dieser Mißstände bloßzulegen, halten wir es für unsere Pflicht, darauf hinzuweisen, daß der Schreiber dieser zweifelhaften und in historischer Hinsicht geradezu frechen Parodie des Täufertums nichts anderes ist
als ein im weitesten Sinne entwurzelter Protestant, behaftet mit der Beule des Zweifels, mißtrauisch gegen den Glauben, den er bewundert, weil er ihn verloren,
eine Art Mischung trauriger Phrasen mit einer skurrilen Freude am Unanständigen,
der sich nicht scheut, vor dem Papst selbst den Schwanz einzuziehen, diesem Todfeind der Religion, nur um auch von dieser Seite seine maßlosen Angriffe gegen uns zu erneuern.
Ich brauche hier nur – um meinen Worten die nötige Unterstützung zu leihen – auf jenen Bischof zu weisen, der, ein wäßriger Onkel und Weihnachtsmann, vor euch die Bretter dieser Bühne besudelt,

welcher in Wahrheit einer der vertrocknetsten Lebemänner gewesen ist, die je über die Erde gewandelt,
und eine Konkubine hatte,
die Anna Poelmann hieß;
der Überzeugung nach ein Protestant, durch seinen Ehrgeiz aber Katholik,
welcher sich nun anschickt, gegen mich, den Propheten, ein Heer zu sammeln und mit ihm vor die Tore unserer Stadt zu ziehen.
Ich hatte –
um eure Neugierde über meine Person endlich zu stillen – bis zu meinem fünfzigsten Lebensjahr in Haarlem Brot und Kuchen gebacken,
als mich in einer sternklaren Sommernacht der Herr mit lautem Donner ansprach, da ich ob meiner Schwerhörigkeit das sanfte Säuseln überhört hätte.
Also wurde aus dem Bäckermeister Jan Matthisson der Prophet des Herrn.
In diesem Augenblick, da ich vor euch stehe, bin ich im Begriffe, mich zum Rate der Wiedertäufer zu begeben, nachdem ich eben die Arme der wunderschönen Divara verlassen,
der ehemaligen Kellnerin meiner Confiserie zu Haarlem.
Es wäre nun sicherlich ein schöner Anblick gewesen, mich über den Prinzipalmarkt wandeln zu sehen, wie ich es eben tat.
Links und rechts, vorne und hinten grüßten die Leute und schwenkten die breiten Hüte,
küßten wohl auch den Saum meines schwarzen Mantels.
Ich berührte die Lenden eines zwanzigjährigen Mäd-

chens, welches gelähmt war seit seinem dritten Lebensjahre. Siehe, es wandelte, und das Volk sang: Ehre sei Gott in der Höhe.

Dies wäre ohne Zweifel eine der eindrücklichsten Szenen gewesen, doch wurde sie vom protestantischen Schreiber unterdrückt, da er mit Wundern nichts zu tun haben will.

So fiel dem ödesten Rationalismus einer der erhabensten Augenblicke der Geschichte zum Opfer.

Der Vorhang hebt sich. Im weiten Halbkreis sind fünf schwere Sessel zu erblicken, deren mittlerer und der links außen unbesetzt sind. Links vom mittleren Sessel sitzt Rottmann, rechts Krechting, ganz rechts Bockelson, dieser aber dem Publikum zugewandt. Matthisson wendet sich von den Zuschauern ab und schreitet auf den mittleren kostbaren Sessel zu, der auch etwas erhöht ist.

JAN MATTHISSON *der sich gesetzt hat* Ihr Väter der Täufer, ihr, die ihr sitzt zu meiner Rechten und Linken auf den Stühlen der Gerechtigkeit und der Rache!

ROTTMANN *ein kleiner und wendiger Mann* Verzeiht, wir sind nicht vollzählig!

JAN MATTHISSON Der Sessel unseres Bruders Knipperdollinck ist leer.

ROTTMANN Das vierte Mal, Bruder Matthisson.

JAN MATTHISSON Weiß unser Bruder Bockelson Näheres über Bruder Knipperdollinck?

Bockelson schüttelt nachlässig den Kopf.

ROTTMANN Unser Bruder Knipperdollinck schläft samt

seiner Tochter unter freiem Himmel und predigt am Tage an allen Hausecken.

JAN MATTHISSON Ist die Lehre Bruder Knipperdollincks wider die Lehre der Täufer?

JOHANN BOCKELSON *ohne sich umzuwenden* So wenig als die Eurige, Bruder Matthisson.

JAN MATTHISSON Bruder Knipperdollinck scheint sich nicht um sein Amt zu kümmern. Ich werde Bruder Dusentschur, den Goldschmied, an Stelle Bruder Knipperdollincks zum Mitglied der obersten Behörde ernennen.

ROTTMANN *sofort* Ich stimme dem Entscheid Bruder Matthissons bei.

JOHANN BOCKELSON *langsam, aber mit leiser Eindringlichkeit* Wir verdanken Bruder Knipperdollinck vieles. Wir dürfen ihn nicht aus dem Rat der Väter ohne seine Einwilligung entlassen. Wir können zu viert beraten, wenn er keine Lust verspürt, dem Rate beizuwohnen.

KRECHTING *eine schwere und knappe Person, einen Blick auf Bockelson werfend* Wir dürfen Bruder Knipperdollinck nicht verletzen, er hat großen Anhang im Volk. Wir mögen mit ihm reden. Bruder Knipperdollinck wird von selbst seine Entlassung wünschen.

JAN MATTHISSON *ungeduldig zu Rottmann* Ihr habt meinem Entscheid zugestimmt, Bruder Rottmann?

ROTTMANN *vorsichtig* Es scheint mir die Ansicht Bruder Krechtings viel Richtiges in sich zu bergen.

JAN MATTHISSON *lauernd* Ich kann meine Entschlüsse auch gegen die Mehrheit der Stimmen ausführen.

JOHANN BOCKELSON Ich bin gegen den Entscheid Bruder Matthissons.

KRECHTING Ich halte an meinem Vorschlag fest.

JAN MATTHISSON *mit undurchsichtiger Stimme* Ich will diesem Vorschlag beistimmen. Bruder Krechting mag mit Bruder Knipperdollinck reden. *Nach einer Pause* Was melden die Brüder außerhalb der Stadt?

ROTTMANN Es bestätigt sich, daß der Bischof ein Heer sammelt. Die Landsknechte werden in Köln und Osnabrück zusammengezogen. Auch von Dortmund deuten Anzeichen auf Ähnliches. Es wird von achttausend Mann gesprochen, die der Bischof gegen uns rüstet.

JAN MATTHISSON Was gedenkt Bruder Krechting zu unternehmen?

KRECHTING An der Stadtmauer sind Verbesserungen vorzunehmen, und die Bürger müssen aufgeboten werden. Wir können ein Heer von viertausend Mann stellen.

JAN MATTHISSON Seht die Lilien auf dem Feld, Bruder Krechting, und die Tauben auf dem Dach.

KRECHTING Was meint Bruder Matthisson?

JAN MATTHISSON *undurchdringlich* Die Stadtmauer wird nicht ausgebessert, und die Bürger werden nicht aufgeboten.

Es entsteht bei diesen Worten eine verwunderte Stille.

ROTTMANN *zögernd und vorsichtig* Gedenkt Bruder Matthisson Verhandlungen mit dem Bischof aufzunehmen und sich seinen Forderungen zu unterziehen?

JAN MATTHISSON Bruder Rottmann weiß, daß ich jede Forderung des Bischofs zurückweise, ohne sie zu prüfen.

JOHANN BOCKELSON *bestimmt* Ich stimme dem Vorschlag Bruder Krechtings zu.

JAN MATTHISSON *fest* Der Vorschlag Bruder Krechtings wird verworfen. Wir überlassen die Verteidigung dieser Stadt dem, dessen Sache sie ist.

KRECHTING Wessen Sache ist sie nach Bruder Matthissons Meinung?

JAN MATTHISSON Sie ist Gottes Sache.

Jetzt entsteht eine peinliche Stille.

ROTTMANN Amen.

KRECHTING Bruder Matthisson trägt die Verantwortung.

JOHANN BOCKELSON *nachlässig* Wenn Bruder Matthisson glaubt, daß sich der alte Herr persönlich bemüht –

JAN MATTHISSON *steht auf* Wer mit der Absicht handelt, die Stadt wider den Feind zu verteidigen, soll durch das Schwert umkommen.

Er geht langsam nach links, gefolgt von Rottmann.

ROTTMANN Ehre sei Gott in der Höhe!

Matthisson wendet sich gegen Krechting und Bockelson, die in den Sesseln verharren.

JAN MATTHISSON Er soll durch das Schwert getötet werden, und wäre es einer unter euch!

Er geht ab, gefolgt von Rottmann, der noch eine halbverlegene und höfliche Verbeugung vor den beiden macht.

JOHANN BOCKELSON Narrenpack!

KRECHTING *starr und schwer* Rottmann wäre mit uns

einverstanden, aber er wagt es nicht, gegen Matthisson aufzutreten.

JOHANN BOCKELSON *sich vom Publikum zu Krechting wendend* Rottmann ist mit jedem einverstanden. Er ist ein Hund, der die münsterischen Seelen packt und sie in die Kirchen der Täufer schleppt.

KRECHTING Dusentschur darf nicht in den Rat.

JOHANN BOCKELSON Dusentschur wäre nichts als ein Esel mehr, mit dem Matthisson seinen Karren aus dem Dreck ziehen möchte.

KRECHTING Wir müssen Münster verteidigen!

JOHANN BOCKELSON Durch Matthissons Dummheit ist der Krieg mit dem Bischof zu früh möglich geworden. Wir hätten mehr Truppen zusammenziehen sollen. Wir haben einen alten Büffel zum Diplomaten gemacht ...

KRECHTING Was sollen wir tun? Die Stadtmauer muß verbessert werden.

JOHANN BOCKELSON Wißt Ihr nicht von der schönen Divara, dem Weibe Matthissons?

KRECHTING Wie bringt Ihr die mit der zerfallenen Stadtmauer zusammen?

JOHANN BOCKELSON Der eine bewundert in den Nächten den Busen seiner Frau, und der andere füllt Löcher in der Stadtmauer aus.

KRECHTING Es bleibt nichts anderes, als solches zu wagen.

JOHANN BOCKELSON Verlassen wir uns auf die schöne Divara, Bruder Krechting.

Vor den zwei unbeweglich sitzenden Täufern senkt sich von der Decke das auf Packpapier gemalte Lager der Landsknechte herab. Der Himmel darauf ist dunkelblau, mit einem gelben Dreiviertelmond, einigen Klecksen in allen Farben, welche Sterne darstellen, und einem mittelmäßigen, nicht zu teuren Kometen. Auch der Planet Saturn ist mit seinem Ring zu erkennen und der Mars mit einigen Kanälen, auf denen Segelschiffe fahren. Vor dieses Packpapier treten zwei sehr prächtig und kriegerisch gekleidete Männer, mit Helm, Küraß und sonstigem Zubehör, die langen Stiefel nicht zu vergessen. Einer von ihnen hält einen Feldherrenstab in den Händen. Ihre Visiere sind geschlossen und müssen bei jedem Satz, der gesprochen wird, in die Höhe gehoben werden, worauf sie wieder hinunterfallen und das Gesicht zudecken, das nur während des Sprechens sichtbar geworden ist.

JOHANN VON BÜREN Morgen, beim Aufgang der Sonne, brechen wir von unserem Lager in Köln auf und wenden uns mit dem Heer nach Münster.
Ritter von Mengerssen, Ihr seid vom Bischof zu meinem Unterfeldherrn bestimmt worden: Ich setze Euch davon in Kenntnis.

HERMANN VON MENGERSSEN Laß uns den Zweikampf vergessen, den wir, es waren eben neun Jahre her, vor Pavia, im Anblick der versammelten Heere, ausgefochten haben.

JOHANN VON BÜREN Er kostete Euch das rechte Ohr.

HERMANN VON MENGERSSEN Euch drei Finger der linken Hand.

JOHANN VON BÜREN Ich schwor, Euch das nächste Mal in Grund und Boden zu hauen.

HERMANN VON MENGERSSEN Ihr seid Protestant und ich Katholik, ich diente damals einem welschen König und Ihr heute einem Bischof.

JOHANN VON BÜREN Es kommt nicht darauf an, wem wir dienen, es kommt darauf an, daß wir verdienen. Ich denke, Euer Franzosenabenteuer brachte Euch nicht viel ein.

HERMANN VON MENGERSSEN Zwanzig Dukaten, Feldherr.

JOHANN VON BÜREN Wenig, wenig!

HERMANN VON MENGERSSEN Und neun Kinder daheim, Ritter von Büren.

JOHANN VON BÜREN Wir hatten reiche Beute in Italien. Aber Ihr wißt, wie in der dortigen Gegend die Sonne vom Himmel brennt und wie man dabei wird. Ich fiel einer paduanischen Signorina in die Arme, Verehrtester!

HERMANN VON MENGERSSEN Ich hörte, die italienischen Weiber seien teuer.

JOHANN VON BÜREN Erinnert mich nicht an die aus dieser Liebe entstandene Leere meines Beutels.

HERMANN VON MENGERSSEN Einige sagen, es sei viel Gold in Münster, andere sprechen von magerer Beute.

JOHANN VON BÜREN Ich habe lange gezögert, das Geschäft zu übernehmen. Bedenkt den Zug Karls gegen Tunis! Ich will hoffen, daß sich gewisse Bedenken nicht erfüllen.

HERMANN VON MENGERSSEN Wie hoch beläuft sich die Zahl unserer Truppen, wenn wir die von Osnabrück und Dortmund einschließen?

JOHANN VON BÜREN Rechnet mit siebentausend Mann. Der Feind könnte dreitausend stellen, die Weiber nicht gezählt, die bei der Verteidigung wohl zu gebrauchen sind.

HERMANN VON MENGERSSEN Wir werden Ausfälle der Besatzung zu erwarten haben.

JOHANN VON BÜREN Die Befestigungen der Stadt sind mächtig. Sie sollen aber beschädigt sein.

HERMANN VON MENGERSSEN *mit großer Gebärde* Meine Geschütze werden sie zerschmettern.

JOHANN VON BÜREN Es könnte uns zustoßen, daß wir uns auf eine lange Belagerung gefaßt machen müssen, daß die Stadt nur durch Hunger zu nehmen ist.

HERMANN VON MENGERSSEN Gott sei uns gnädig, Feldherr!

JOHANN VON BÜREN Habt Ihr die Landsknechte inspiziert?

HERMANN VON MENGERSSEN Gewiß, Ritter von Büren.

JOHANN VON BÜREN Was denkt Ihr, Ritter von Mengerssen?

HERMANN VON MENGERSSEN Sie sehen schäbig aus.

JOHANN VON BÜREN Viele haben die Franzosenkrankheit.

HERMANN VON MENGERSSEN Es ist ein entsetzlicher Fehlgriff des Himmels, die höchste Freude mit einer so kläglichen Krankheit zu behaften!

JOHANN VON BÜREN Wir werden mit verrostetem Schwert zu kämpfen wissen!

HERMANN VON MENGERSSEN Bis in den Tod mit Euch, Ritter, für unsere gute Sache!

JOHANN VON BÜREN Nun aber kommt. Jupiter steigt empor, und in meinem Zelt wartet jener Wein, den Ihr liebt.

Man erblickt das Ägidiitor zu Münster und die Stadtmauer, auf welcher ein Bürger steht und angestrengt nach außen schaut, dem Publikum, da er sich geduckt hält, die nicht sehr edlen Teile seines Leibes zuwendend. Von rechts kommt Bockelson auf die Bühne.

JOHANN BOCKELSON Von drei Seiten rückt das Heer der Landsknechte gegen Münster.
Dem Rhein folgend bis zur Lippe ziehen von Köln viertausend und bewegen sich über Haltern unseren Toren entgegen,
mühsam sich schleppend unter dem Gestirn,
welches in der Glut des Sommers steht.
Fünfhundert Reiter brechen aus Dortmund hervor und nähern sich im Süden der Stadt auf der Straße, die Hamm durchzieht. Von Osnabrück eilen tausend Landsknechte heran unter Ritter von Steding. Sie werden in wenigen Minuten die Aa von Nordosten erreichen,
und bald wird der Wächter die Stimmen hören auf dem Wall und die Helme ihrer Vorhut sehen, grell in der Sonne, die sich gegen den Abend neigt.
Noch hat Jan Matthisson, der Prophet, jeden Kampf gegen den Feind untersagt,
doch haben wir im geheimen nach unserer Klugheit gehandelt und seine Stellung untergraben.
Schon beginnt das Volk an seinem Propheten zu zweifeln.
Der Tag ist gekommen, den mir der Erzengel geweissagt hat, an dem die Saat die Scholle bricht und die Frucht zur Erde strebt.
Zeichen und Wunder geschehen in der Stadt.
Ein Mädchen erhob sich, gewaltig in der Rede, eine Schneiderstochter, noch Jungfrau vor wenigen Tagen,
deren Schönheit mich erquickt,
welche Gesichte sieht und mich selbst erblickt, sitzend auf dem Throne Salomos.
Also bereitet sich das Volk, den neuen Propheten zu empfangen.

Dein Los aber, Matthisson, ist, hinunterzusinken in die Nacht.
Allzulange warst du die Sonne dieser Stadt, und nun will der Mond leuchten!
Unter deiner Glut verdorrte das Leben, unter meinem Schein wird sich der milde Zauber der Nacht über die Stätten der Menschen breiten,
und alle Dinge werden sich in heiliges Gold und gleißendes Silber unter meinen Händen verwandeln.
Ihr aber,
vor mir hingegossen in diesem Saal,
seht nun den Tod des alten Propheten Matthisson, seht nun, wie sich die Sonne ins Meer der Ewigkeit senkt!
Richtet eure Blicke auf die Mauer hinauf,
wo der Wächter, die Hände an beide Seiten des Mundes gelegt,
sich gegen euch wendet
und jetzo mit mächtiger Stimme
zu schreien beginnt:

DER WÄCHTER Herbei, ihr Männer und Weiber zu Münster in Westfalen! Herbei! Herbei!
Stürzt euch wie Wildbäche auf diese Wälle! Die Stadt zu schützen, die euch mit festen Mauern gewaltig umgibt.
Der Feind ist sichtbar geworden und steht breitbeinig am jenseitigen Ufer der Aa! Schon sind die Fahnen des Bischofs entbreitet, und von den Sturmhelmen weht die Feder im Wind, der uns giftig entgegenbläst.
Hört, wie die Schreie der Landsknechte von den Mauern zurückgeworfen werden.
Endlos ergießt sich der Troß über die Ebene, und frech tummeln die Ritter die Rosse.
Seht, wie sich der Himmel verfinstert und die Unzahl

der Feinde den Boden wie schwarzer Schnee bedeckt! Ergreift die Waffen, ihr Bürger von Münster in Westfalen, eilt der bedrohten Stadt zur Hilfe!
Herbei! Herbei!
Heiß wird die Schlacht sein, denn der Feind ist mächtig! Doch schön ist es, das warme Blut des Widersachers zu trinken! Und prächtig wird sich die siegreiche Stadt in den weißen Leibern ihrer Feinde spiegeln, die still auf der Erde liegen, ein bleicher Teppich des Todes.

Mit allen möglichen und hauptsächlich unmöglichen Waffen kommen die Bürger herangestürzt, allen voran die Gemüsefrau.

DIE GEMÜSEFRAU Der Feind! Der Feind! Wo ist der Feind! Ich will ihn erwürgen! Ich will ihn ermorden! Ich will ihn erstechen! Ich will ihn an meinen Leib pressen und ihn zerquetschen!

DER ERSTE BÜRGER *während sie den Wall ersteigen* In diesem Weibe hat uns Gott sichtbar mit einer schrecklichen Waffe gesegnet!

DER ZWEITE BÜRGER Ich möchte sie mit einem zweischneidigen Schwerte vergleichen, so grausam wird sie innerhalb und außerhalb der Mauer wüten.

Sie stehen auf dem Wall.

DER ERSTE BÜRGER Wie Sand am Meer breitet sich das Heer unserer Feinde zu unseren Füßen!

DER ZWEITE BÜRGER Von Süden kommen die Reiter als schwarze Wolke, in denen sich Blitze bereiten.

DER ERSTE BÜRGER *klopft auf die Mauer* He! He! Sie ist stark! Da schlagen die sich den Schädel ein!

DER ZWEITE BÜRGER Ho! Ho! Die Sonne wird auf rote Rosen scheinen und der Mond auf gelben Knochen liegen!

DIE GEMÜSEFRAU Hi! Hi! Viel Männlein! Mit weißen und blauen Beinkleidern! Ganz eng! Stramme Beine, stramme Muskeln!

DER ERSTE BÜRGER Vernagelt das Tor! Sonst läuft uns das zweischneidige Schwert davon!

DER ZWEITE BÜRGER Sie kann es nicht abwarten, das ganze feindliche Heer auf sich zu nehmen.

DER ERSTE BÜRGER Sie brennt darauf, unter die Feinde zu geraten, weil sie hofft, einen Achill zu werfen.

Jan Matthisson, Rottmann und Krechting betreten die Bühne. Rottmann trägt das Schwert Matthissons, welcher in einen schwarzen Mantel gehüllt ist.

JAN MATTHISSON *drohend* Die Waffen nieder!

Die Bürger lassen die Waffen erschreckt sinken und starren Matthisson an.

JAN MATTHISSON Was habt ihr auf den Wällen zu suchen?

DER ZWEITE BÜRGER Es ist der Feind, Jan Matthisson, der uns mit seiner Macht tödlich umfängt.

JAN MATTHISSON Was bist du von Beruf?

DER ZWEITE BÜRGER Töpfer, Jan Matthisson.

JAN MATTHISSON Geh zu deinen Töpfen! Geht in eure Häuser! Ihr habt Arbeit, tut eure Pflicht. Der Feind ist nicht eure Sache, ihr sollt euch nicht darum kümmern.

Die Bürger verlassen die Bühne. Matthisson, Bockelson, Krechting und Rottmann sind allein.

JAN MATTHISSON Durch den Schrei des Wächters, der von fernher mächtig uns zu Ohren drang, haben wir vernommen, daß die Heerscharen der Abtrünnigen und Heiden vor den Toren Zions eingetroffen, um dieses Kleinod, die heilige Stadt, mit Krieg zu überziehen und den Tempel Gottes zu vernichten. Ich aber, der Prophet, habe mich alsogleich vom Lager erhoben und stehe hier vor dem Ägidiitor mit den Ältesten der Täufer, daß sich an mir die Kraft des Herrn offenbare.

ROTTMANN Was wollt Ihr tun, Bruder Matthisson?

JAN MATTHISSON Man liebt es, Bruder Bockelson, Euch gewaltige Körperkräfte nachzurühmen. Ihr werdet das Tor öffnen.

Bockelson schreitet auf das Tor zu und schiebt die Balken weg. Dann öffnet er die riesigen Flügel.

JAN MATTHISSON Mein Schwert, Bruder Rottmann!

Rottmann reicht ihm das Schwert.

JAN MATTHISSON Es ist der Tag gekommen, daß Gott uns seine Gnade offenbare. Mit diesem Schwert, Vater, will ich allein dem Feind entgegenziehen und ihn bezwingen!

Er läßt den Mantel fallen und steht in schwarzer Rüstung da. Unterdessen schleicht, von keinem bemerkt, die

Gemüsefrau über die Bühne und verläßt durch den offenen Torbogen die Stadt.

JAN MATTHISSON Herr! Herr! Sieh auf deinen Knecht, welcher dir dient!
Ich stehe vor dir im Angesicht deiner Feinde!
Du ließest Simson mit einer Eselsbacke tausend erschlagen und Simon Petrus über die Wasser wandeln!
Herr! Herr! Hast du nicht denen geholfen, die an dich glaubten? Hast du zu den Blinden nicht also gesprochen: Euch geschehe nach eurem Glauben?
Verleihe mir, Herr, jenes Senfkorn, damit ich Berge versetze und sie auf deine Feinde häufe, sie zu begraben.
Ich bete zu dir, Herr! Laß mich aus deinen Händen den Sieg empfangen! Laß dieses Schwert das Blut deiner Widersacher trinken! Laß mich das heilige Zion befreien und deine Macht über die Erde breiten! *Er schreitet, das Schwert wie ein Kreuz vor sich tragend, aus dem Tor und verschwindet im Hintergrund der Bühne.*

ROTTMANN Es ist ein feierlicher Augenblick, Bruder Matthisson in den Tod schreiten zu sehen. Ich werde für seine Seele beten.

KRECHTING Was wollt Ihr tun, Bruder Bockelson?

JOHANN BOCKELSON *schreitet auf das Tor zu und schließt es wieder* Ruft die Leute zusammen und meldet, Jan Matthisson, der Prophet, sei nach tapferem Kampfe dem Feinde erlegen.

Der Vorhang schließt sich, und eine Trommel beginnt irgendwo zu schlagen, dann erscheint, tief hinten in der

Bühne, aus dem Finstern grell leuchtend, die Front des feindlichen Heeres, vor ihr Ritter Johann von Büren (den man aber auch ganz gut allein, ohne Landsknechte hinstellen könnte).

JOHANN VON BÜREN Vor uns erheben sich, wie dunkle Zauberberge, die Wälle und Türme der Stadt Münster in Westfalen, nur durch das Wasser der Aa von unseren Waffen getrennt.
Doch ist uns und dem Heere Fortuna gnädig gesinnt, denn eben – es ist noch keine Stunde verflossen –, wie unsere Vorhut den Graben kaum erreicht,
schritt aus dem Tor, welches sich uns gegenüber in den abendlichen Himmel hinaufschwingt,
ein einzelner Mann, ein Schwert in den Händen.
Dieser wurde von den Landsknechten getötet und sein Leib in Stücke gehauen,
nachdem er allerdings, der Wütende, vier der Unsrigen erschlagen.
Doch haben wir in dem guterhaltenen Kopf sogleich die Züge Jan Matthissons erkannt, des falschen Propheten, wie sie getreulich im Sendschreiben abgebildet, das der gelehrte Melanchthon wider ihn verfaßte.
Sein zerfleischter Leib wird, den Vorschriften getreu, verbrannt und die Asche in die vier Richtungen des Himmels zerstreut,
damit,
wenn er am Jüngsten Tag zu seiner Verdammnis am Throne des Höchsten sich einstellt,
er tausendfachen Leibes die ewigen Qualen wird auf sich nehmen müssen.
Nur seinen Kopf werden wir als Zeichen unseres Sie-

ges dem Bischof überreichen,
aufs sorgfältigste vom Feldscher präpariert.
Nun aber, da Rufe des Entsetzens und der Verzweiflung aus der Stadt zu unseren Ohren dringen,
befehlen wir,
als Feldherr dieses Heeres,
kraft unserer Weisheit und gemäß den Regeln der Kriegskunst,
den Sturm auf Wall und Stadt sofort zu wagen;
um so mehr, als auch unsere übrigen Truppen sich mit der Armee vereinigt haben.
Euch aber,
die ihr den welschen König gefangen, die Schweizer so furchtbar zerschmettert, Rom selbst, das stolze, unterjocht und die heidnischen Türken besiegt,
euch fordere ich auf, im Angesicht dieser verruchten Stadt, dieser Eiterbeule des Alls,
daß ihr die Abtrünnigen unserer protestantischen Religion erwürgt – die den Katholiken selbst ein Greuel – und euch auf sie wie Panther und Leoparden werft, ihre Mauern zertrümmert, als wären sie Glas, und ihre Häuser mit jener Raserei heimsucht, mit der ihr italienische Bordelle gestürmt.
Ich selber aber, euer Feldherr, werde mich, die gepanzerte Rechte gen Himmel schwingend, zum Riesen erheben und den Mars ergreifen, um sie, die trotzige, die Stadt, in Staub zu wandeln, den ein Wind verweht!

Ohne daß sich der Vorhang senkt, so daß von Büren sichtbar bleibt, springt Bockelson aus dem Orchester etwa dorthin, wo sich der Dirigent befinden würde, nur ganz sichtbar und hoch erhoben ins Publikum hineinragend und von ihm umgeben. Sein Schwert hält er gegen von Büren gerichtet, sein Antlitz den Zuschauern zugewandt.

JOHANN BOCKELSON Der Feind, ihr Täufer, ein Tiger, hat sich zu gewaltigem Sprunge geduckt!
Schon schlägt uns das Feuer seiner Nüstern entgegen, das Licht selbst, das blutige, der sinkenden Sonne überstrahlend!
Gleich wird sein roter Leib, ein Pfeil der Hölle, uns anspringen!
Ihr aber, die Auserwählten Gottes, seid in Verzweiflung gesunken, da Matthisson starb, der Prophet, den Gott segnete, aber am Ende seiner Tage verwarf, denn er vertraute auf sich und seine Macht.
In dieser Stunde der Not nun hat der Herr mich zu eurem König erhoben, dem Antichrist zu widerstehen.
Seht mich in gleißender Rüstung auf den Mauern dieser Stadt, des neuen Zion, umgeben von den drei Erzengeln und dem Cherubin, während die Sonne sich rot unter die Erde senkt, hinabgezogen von ihrer Schwere,
im Osten aber, ihr, der scheidenden gegenüber, der Mond sich erhebt.
Laßt mich siegen im Zeichen des Monds, an ihn kette ich mein Geschick und das eure!
Würgt die Verzweiflung hinab und schaut mein Antlitz! Ergreift die Waffen, Mann und Weib, an euch ist es, diesen heiligen Streit zu bestehen.
Reißt die Bänke aus den Kathedralen und die bunten Heiligenbilder und schleppt sie auf die Wälle!
Allzulange standen sie unnütz, nun mögen sie jene zerschmettern, die an sie glauben!

Seht, der Feind freut sich, zu triumphieren, gierig nach dem Blut der Knäblein und dem Leib eurer Weiber. Erhebt euch, Rächer des Herrn, in welchen sich sein Zorn offenbart!
Seht wie sich der Himmel teilt und Er selbst, zornentflammten Gesichts, auf eure Feinde blickt, um jetzt, Sonnen und Welten zu seinen Füßen grimmig wegstoßend, seine Blitze zu schleudern!
Euch aber segnet er, und Ihn vor Augen,
werdet ihr das Tier vernichten, das sich nun im tödlichen Sprung dem Wall entgegenwirft!

Alles versinkt in ungewisser Finsternis: Nur das Orchester bemüht sich, so etwas wie eine Schlachtmusik zu bieten, was sich immerhin besser ausmachen wird, als wenn der Autor es unternähme, einige Schauspieler mit Stecken und Kartonschwertern aufeinander losrennen zu lassen. Nach dieser Schlachtenmusik geht das Orchester unmittelbar zu einer sehr drastischen Musik über. Dann ziehen verschiedene sichtbar erschöpfte Landsknechte über die Bühne, mit sehr demolierten Sturmleitern, endlich kommen welche, die den Ritter von Büren über die Bühne tragen, gefolgt von einem Trommler.

JOHANN VON BÜREN Wir sind zusammengeschlagen! Wir sind zerstochen! Wir sind jämmerlich in Stücke gehauen!

DER TROMMLER Das ist eine kapitale Niederlage, Feldherr!

JOHANN VON BÜREN Steding tot, Westerholt tot, alles tot!

DER TROMMLER Und meine Trommel entzwei!

JOHANN VON BÜREN Mein armer geschundener Leib schmerzt bei jedem Schritt, den ihr auf dieser staubigen Straße macht, welche zum Lager führt.

DER TROMMLER Euer Bein ist radikal zerschmettert!

JOHANN VON BÜREN *stöhnend* Nur zu! Der Feldscher wird es abhacken!

DER TROMMLER Bum! Bum! Dahin Euer Bein, dahin Euer Heer, dahin meine Trommel!

JOHANN VON BÜREN Ruft nach Mengerssen!

DER TROMMLER Dahin Mengerssen! Von der Stadtmauer fiel ihm der heilige Augustin prasselnd auf den Helm, daß er, alles mit sich reißend, schwer von der Leiter zur Erde sank.

JOHANN VON BÜREN Tot!

DER TROMMLER Er sagte: »Gott sei mir gnädig! Ich war ein Mann und liebte die Weiber.« Bum! Bum! Er starb in meinen Armen.

JOHANN VON BÜREN Mit dieser meiner Hand, ihr Landsknechte, werde ich Münster wie eine hohle Nuß zertrümmern!

DER TROMMLER Bum! Bum! Wie eine hohle Nuß!

JOHANN VON BÜREN Mein Bein, mein armes Bein! Du wirst von meinem Leibe schwinden, wie der Schnee von den Feldern, wenn der Frühling kommt.

DER TROMMLER Mit Mann und Roß und Wagen, hat uns der Herr geschlagen! Bum! Bum! Bum!

Sie gehen ab, und im klaren Licht der Scheinwerfer sieht man den Bischof auf einem Sessel sitzen. Rechts ein Tischchen.

DER BISCHOF Mir ist es so gegangen, wie es das Los aller

Menschen: Wir hoffen, und unsere Hoffnung zerfällt. Ein Drittel der Landsknechte sank dahin, und der Rest lungert vor den Toren der Stadt.
Ich aber, ein alter Bettler, werde von einem Hof zum andern ziehen, ruhelos, von diesem Fürsten zu jenem, den Krieg zu vollenden, der auf meinen Schultern lastet als ein Kreuz, das mir zu tragen bestimmt ist.

Der Diener kommt mit einem verhüllten Gegenstand.

DER DIENER Herr, dies wurde von Münster Euch geschickt.
DER BISCHOF Was ist dies für ein Gegenstand?
DER DIENER Es ist der Kopf Jan Matthissons, des falschen Propheten, sehr wohl präpariert.
DER BISCHOF Auf das Tischchen dort.
DER DIENER Soll ich ihn enthüllen, Eure Eminenz?
DER BISCHOF Enthüll ihn.
DER DIENER Sehr wohl, Herr. *Er enthüllt ihn.*
DER BISCHOF Du kannst gehen. *Zum Kopf des Jan Matthisson* Das bist du also, Jan Matthisson, und ich gestehe, daß ich dich mir so ungefähr vorgestellt habe: Das sind deine Augen und das ist dein weißer Bart, länger noch als der meinige, nur nicht mit der gleichen Sorgfalt gepflegt.
Ich weiß, du hast mich gehaßt, aber ich habe ein größeres Unrecht an dir begangen: Ich habe dich verachtet.
Nun bist du tot, Jan Matthisson, und ich bitte dich, diese meine Sünde zu verzeihen.
Ich habe von deinem Tode erfahren, und ich weiß, daß der Herr dich gesegnet hat, denn du fandest ihn in der

Stunde deines Todes. Du hattest dich ganz seiner Macht übergeben, und er hat dich zu deinem Tode geführt.
Siehe, so wurden deine Augen geöffnet.
Was ist unser Leben, Jan Matthisson? Irrtum auf Irrtum und ein Fehler nach dem andern,
aber laß uns darüber nicht traurig sein.
Auf irgendeine Weise lernt jeder das Seine und gelangt zu seinem Ziel, auch wenn er es nicht erkennt in seiner Verworrenheit.
Denn Gott ist gerecht und gibt jedem, was ihm zukommt, und nicht mehr und nicht weniger.
Auch du hast dein Ziel gefunden, Jan Matthisson, und deinen Sinn.
Du hast dein Ziel gefunden, als die Schwerter der Landsknechte deinen Leib durchschnitten.
Aber was sage ich dir von diesen Dingen, du wirst dich nun besser in ihnen auskennen, als ich es vermag. Du zogest aus zu siegen im Namen Gottes und wurdest besiegt in seinem Namen.
So ließ dich Gott den größten Sieg erringen: den Sieg über dich selber,
denn der wahre Sieg kommt nur dem Besiegten zu.
Du wolltest Unmögliches in der Endlichkeit, nun ist dir die Ewigkeit anheimgefallen, in der alles möglich ist.
Lacht nicht über ihn, ihr Leute!
Er starb wie ein Kind, aber es steht geschrieben, daß wir wie die Kinder sein sollen.
Er war ein Grobian, das stimmt, aber an uns liegt es nicht, zu richten über seine Grobheit.
Sein Tod war lächerlich, aber nur das bleibt bestehen vor Gott, was uns ärgert und über welches wir lachen.

Tief oben im Hintergrund der Bühne die Stadtmauer, welche sich als unwirklich schwarze Fläche vor einen helleren Nachthimmel schiebt. Auf ihr, an einen Pfahl gebunden, Mollenhöck, nackt und blutig. Von rechts kommt Bockelson mit Krone und Königsmantel. Beide nur Schattenbilder in der Dunkelheit. Über alles ist ein ungewisses Licht ausgegossen, und oft werfen jagende Wolken tiefe Nacht auf Mensch und Wall.

JOHANN BOCKELSON Nacht! Nacht! Kühle, unendliche Nacht! Voll von pfeifendem Sturm, fallendem Stern und jagender Wolke! Meine Stirne ist heiter und meine Seele leicht wie sanfter Wind über Tau und Laub!

Mollenhöck stöhnt.

JOHANN BOCKELSON Wer stöhnt?

MOLLENHÖCK Einer, der zum Tode verurteilt ist.

JOHANN BOCKELSON Ich bin der König Bockelson. Ich bin heute zu Münster in Westfalen in mein Amt eingesetzt worden.

MOLLENHÖCK Ich bin der Schmied Mollenhöck. Ich bin heute zu Münster in Westfalen an diesen Pfahl gebunden worden.

JOHANN BOCKELSON Du wolltest im geheimen das Lampertitor dem Feinde öffnen.

MOLLENHÖCK Ich versuchte zu tun, was einmal getan wird.

JOHANN BOCKELSON Ich werde dich hängen lassen, wenn der Morgen kommt.

MOLLENHÖCK Es ist Mitternacht.

JOHANN BOCKELSON Du fürchtest dich?

MOLLENHÖCK Kann ich der Todesfurcht entgehen?

JOHANN BOCKELSON Sieh in den Himmel!

MOLLENHÖCK Er ist leer.

JOHANN BOCKELSON Daran glaube ich.

MOLLENHÖCK Woran, König Bockelson?

JOHANN BOCKELSON An den leeren Himmel, an diesen Wall, an Beine und Arme, Gesicht und Hände und an die Erde, unter alles hingelagert wie ein Frauenleib! Es gibt nichts anderes! *Er umfaßt Mollenhöck.* Spürst du, wie die Zeit heranweht und versinkt, wie uralte Gestirne in fernen Meeren verlöschen, wie Blut zum Herzen strömt und die Lungen sich füllen?

MOLLENHÖCK Spürst du den Pfahl an meinem Fleisch und den Strick um meinen Hals?

JOHANN BOCKELSON Nun tritt der Mond aus den Wolken.

MOLLENHÖCK Nur zu, ich liebe den Mond!

JOHANN BOCKELSON Eine schmale Sichel, die Krone für mein Haupt.

MOLLENHÖCK Ein Schwert durch mein Herz.

JOHANN BOCKELSON Ihr alten Länder unter rotem Mond! Ihr bunten Völker, hingesät wie reifes Korn auf Feld und Hügel! Du Stadt mit deinen Türmen und Wällen, du weite Ebene und dunkler Wald, du einzelne Linde am fernen Weg, ich halte euch!

MOLLENHÖCK Die Dinge entfließen wie Wasser den Händen!

JOHANN BOCKELSON *mit mächtiger Stimme* Ich werde Erde und Himmel beherrschen!

MOLLENHÖCK In dein Rad geflochten, wirst du weder dem Himmel noch der Erde gehören.

JOHANN BOCKELSON Das ist mein Gefälle, daß ich ohne Hoffnung bin, das ist meine Wucht, daß ich ins

Bodenlose falle. Durch meinen Sturz wird die Erde auseinanderbrechen.

MOLLENHÖCK Wie ein Stein im Meer wirst du versinken.

JOHANN BOCKELSON Morgen hängst du im Wind, und Krähen umflattern dein Haupt …

MOLLENHÖCK Ich muß an meinem Galgen finden, was ich in meinem Leben gesucht habe.

JOHANN BOCKELSON Wie bist du mir nicht übergeben, wie bist du meiner Macht nicht verfallen! *Er zieht das Schwert.* Ich kann dich töten, ich kann dich von diesem Pfahl erlösen.

MOLLENHÖCK Kannst du mich segnen?

JOHANN BOCKELSON So stirb! *Er schlägt zu.*

MOLLENHÖCK *unter dem Todesstreich* O Macht der Hände, in denen Barmherzigkeit wohnt!

Man erblickt Kaiser Karl den Fünften auf einem Sessel sitzen, in einem Raum strengster Ordnung.

DER KAISER Ich bin Kaiser Karl der Fünfte.
Ihr habt mich ohne Zweifel an meinem Barte erkannt, an der spanischen Kopfbedeckung und am reinen weißen Kragen, den ich trage.
Sowie am feierlich dunklen Mantel und den schwarzen Strümpfen,
die sich vorteilhaft vom roten Teppich abheben, der unter dem Lehnstuhl ausgebreitet ist, auf welchem ich sitze.
Ich sehe immer ein wenig aus, als käme ich von einem Begräbnis.
Der Schminkkünstler des Theaters hat mich mit außer-

ordentlicher Geschicklichkeit dem Bilde ähnlich gemacht, das Tizian von mir gemalt und welches in der alten Pinakothek zu München hängt.
Beachtet, ich bitte euch, wie sanft und herrisch zugleich ich den Handschuh in meiner Rechten halte, und nur aus dieser klug berechneten Pose werdet ihr erkennen, daß ich über ein sehr großes Gebiet regiere. Ich darf sagen, daß über meinem Land die Sonne nicht untergeht, und die Zahl meiner Ländereien ist so groß, daß ich sie nicht einmal auswendig aufsagen kann, obschon man solches bei euch von jedem Schuljungen verlangt. Ich habe viel zu regieren, aber ich liebe die Eintönigkeit,
die allein meinem Herzen angemessen ist, welches tief unter diesem Mantel schlägt, von keinem der Menschen erkannt noch gewußt,
denn Gott hat in seiner Weisheit eine Mauer aufgerichtet zwischen mir und den Menschen und der Welt, welche mir übergeben wurde als meine Qual und als Stachel, gegen den zu löcken mir bestimmt ist. Gott schuf die Menschen nach seinem Bilde, und viele sind, in denen sich seine Güte offenbart, und manche, die von seiner Gerechtigkeit zeugen oder von seinem Zorn.
In mir aber grub der Herr das Denkmal seiner Ferne und seiner Verborgenheit.
Ich liebe nicht das planlose Spiel des Zufalls, ich bewundere die regelmäßigen Bahnen der Gestirne.
Mein Wunsch ist es, einmal in ein Kloster zu gehn, wenn Don Philipp groß geworden ist.
Es muß ein Kloster sein, abgelegen in kahlen Bergen, mit einem kreisrunden Hof in der Mitte,

umgeben von einem Laubengang spätantiker Säulen, überspannt vom tiefblauen Bogen des Himmels.
In der Mitte des Hofes aber muß ein Standbild der Gerechtigkeit stehen, mit verbundenen Augen und einer Waage sowie einem Schwert:
Eine Gerechtigkeit, wie man sie überall sieht, bunt bemalt, in den Gerichtshöfen über den Sitzen der Richter, gar nicht besonders gut dargestellt.
Es muß eine gewöhnliche Gerechtigkeit sein.
Um diese nun will ich kreisen zehn Stunden am Tage innerhalb des Laubengangs, in immergleichem Abstand, wie um eine Sonne, jahrelang, und nichts anderes,
als etwa noch, hin und wieder in einer verdämmerten Stunde, ein leises Gespräch mit dem letzten der Mönche, sicherlich etwas vertrottelt, über einen Kirchenvater oder über so eine Legende. Dann wird der Abend meines Lebens leicht sein, wie das Spiel eines sanften Windes, und der Tod wird kommen als ein Gast, spät noch in einer lauen Sommernacht.
Noch aber ist es dumpfer Mittag, und noch bin ich die Sonne, um die sich alles dreht.

Der Zeremonienmeister tritt durch eine Türe links im Hintergrund herein und verbeugt sich tief.

DER ZEREMONIENMEISTER *sehr feierlich* O Du meine Majestät!

DER KAISER Das ist mein Zeremonienmeister. Ich habe Respekt vor ihm, mag er euch vielleicht auch lächerlich vorkommen, ist er doch der einzige Mensch, den ich fürchte.

DER ZEREMONIENMEISTER *welcher in seiner halsbrecherischen Verbeugung verharrt ist, indem er sich aufrichtet* O Du meine Majestät!

DER KAISER Wir sehen an der geschwächten Kraft der Sonne, deren Strahl schräg durch die Fenster dieses Saales fällt, in dem wir uns zur Ruhe begeben haben, daß der Tag sich dem Abend entgegenneigt.

DER ZEREMONIENMEISTER *mit einer neuen sehr erstaunlichen Verbeugung* O Du meine Majestät befinden sich in Deutschland!

DER KAISER In Deutschland? Wir vergaßen, wir vergaßen. Wir glaubten uns im Palast zu Madrid. Dann wird die Mitte des Tages noch nicht vorüber sein.

DER ZEREMONIENMEISTER O Du meine Majestät halten sich in Worms auf.

DER KAISER In Worms. Unser Gedächtnis, Zeremonienmeister, unser Gedächtnis! Es ist ein zerbrechliches Geschöpf, der Mensch. Was machen wir in Worms?

DER ZEREMONIENMEISTER Der Reichstag, o Du meine Majestät! Der Reichstag ist einberufen!

DER KAISER Scheußlich, der Reichstag! Wir lieben diese deutschen Angelegenheiten nicht, sie sind unplastisch.

DER ZEREMONIENMEISTER *wie ein Echo* Unplastisch, o Du meine Majestät!

DER KAISER Wir haben Durst.

DER ZEREMONIENMEISTER *mit einer Verbeugung, die alle bisherigen übertrifft* Geruhen o Du meine Majestät sich an die Mißbilligung zu erinnern, die arabischer Leibarzt in Hinsicht auf das Einnehmen von Flüssigkeit vor dem Essen unterbreitet hat?

DER KAISER Der Arzt? Ihr habt recht, der Arzt! Wir haben nicht Durst.

DER ZEREMONIENMEISTER O Du meine Majestät pflegten gestern dem Bischof von Minden, Osnabrück und Münster in Westfalen gegenüber zu erwähnen, daß o Du meine Majestät denselben heute um eineinviertel Uhr zu empfangen die Gnade haben würden.

DER KAISER Um was handelt es sich, Zeremonienmeister?

DER ZEREMONIENMEISTER Es handelt sich um die Wiedertäufer, o Du meine Majestät.

DER KAISER Es ist peinlich, uns über Gegenstände unterhalten zu müssen, an die zu denken wir nur mit größtem Abscheu fähig sind. Wieviel Uhr ist es?

DER ZEREMONIENMEISTER Ich will am türkischen Chronometer nachsehen, den o Du meine Majestät im Kriege wider die Heiden erbeutet haben.

Er öffnet eine sargähnliche, reichverzierte und aufrechtstehende Kiste, in der ein Türke mit einem Stock steht, mit dem der arme Kerl in regelmäßigen Abständen auf den Boden der Kiste klopfen muß.

DER CHRONOMETRISCHE TÜRKE Es ist beim Schlag des reichverzierten Stockes genau: dreizehn Uhr, vierzehn Minuten und zehn Sekunden.

DER KAISER Führt den Bischof herein.

DER ZEREMONIENMEISTER *der den chronometrischen Türken wieder eingeschlossen hat* O Du meine Majestät gestatten!

Er nimmt so etwas wie einen Staubwedel, den er die ganze Zeit unter dem Arm getragen, und staubt damit Seine Majestät ein wenig ab, wie ungefähr ein Antiquar ein kostbares Möbel abstauben würde, rückt dann dem Kaiser das Barett zurecht.

DER ZEREMONIENMEISTER *mit einer wunderschönen Verbeugung* O Du meine Majestät, wir führen vor!

Er geht zur Türe links und öffnet diese, klopft mit dem Staubwedel dreimal auf den Boden, während Seine Majestät starr wie eine Statue auf dem Throne sitzt. Die zwei Pagen schieben den Bischof herein.

DER ZEREMONIENMEISTER Der Bischof von Osnabrück, Minden und Münster in Westfalen!

Der Bischof macht mit seiner Rechten das Zeichen des Kreuzes, die Pagen sinken auf die Knie.

DER BISCHOF Eure Majestät!
DER KAISER Eminenz!

Es entsteht eine lange Pause.

DER KAISER Wir haben Eure Eminenz mit der Absicht empfangen, das Gespräch, welches wir gestern beim Frühstück vorsichtig und andeutungsweise miteinander geführt haben, deutlicher und bestimmter fortzusetzen.
DER BISCHOF Das Gespräch über die Bedrohung, die unserer heiligen Religion von Seiten der Täufer erwachsen ist, berührte die Möglichkeit einer gemeinsamen Aktion.
DER KAISER Ihr habt uns um Hilfe gebeten, Eminenz?

DER BISCHOF Dies war unsere Absicht, Majestät.

DER KAISER Wir möchten nicht in die Verwirrung der Deutschen einwirken, wir möchten nicht in ein Wespennest greifen.

DER BISCHOF Es ist Sache des Kaisers, die Ruhestörer zu vernichten.

DER KAISER Ihr kennt dieses Land. Es ist dies Sache der Fürsten.

DER BISCHOF Ihr kennt die Fürsten, Majestät. Sie belauern einander. Sie haben Truppen versprochen und halten nicht, was sie zugestanden haben. Ein jeder fürchtet, sich vor dem andern zu schwächen.

DER KAISER Noch ist unsere Zeit nicht gekommen, den zweifelhaften Versuch zu wagen, Ordnung aus Unordnung, Einheit aus Vielheit zu schaffen.

DER BISCHOF Es geht um den Ast, auf welchem wir sitzen, Majestät.

DER KAISER Wir selbst haben den Willen, jede Art der Ketzerei zu vernichten, doch sind unsere Hände gebunden. Wir müssen die Fundamente des Gebäudes sichern, bevor wir den Ratten zu Leibe rücken. Auch möge Eminenz die unglückliche Rolle Seiner Heiligkeit in Rom nicht vergessen, die er uns gegenüber, seinem treuen Diener, zu übernehmen für richtig fand.

DER BISCHOF Wir erlauben uns nicht, über diese Dinge höchster Politik ein Urteil zu bilden. Es kommt uns nur zu, Eure Majestät auf die Gefahr hinzuweisen. Die Menge wendet sich zu jenen, die am meisten versprechen und am wenigsten halten. Der Aufstand der Bauern und die Ketzerei der Täufer sind Flammen desselben unterirdischen Feuers, das wir höchstens noch einzudämmen vermögen.

DER KAISER Wir sind uns dieser Zusammenhänge bewußt, doch sind wir außerstande, einzugreifen. Nicht unsere Person zügelt die Geschichte, sie ist es, die uns durch die Zeiten schleppt. Wir versuchen, gewisse Strecken abzumessen und uns an das zu halten, was wir vorauszusehen hoffen. Doch erhöhen unsere Taten die Verwirrung. Wir können die Köpfe nicht bessern, und wir dürfen Experimenten nicht nachgehen, um das bißchen festen Boden nicht zu verlieren, welches wir noch unter den Füßen haben.

DER BISCHOF Wir verstehen die Sorgen, welche Eurer Majestät Herz bewegen, doch ist in Eure Hände die Welt gelegt, denn die Kirche ist erschüttert und ihre Macht zerfallen. Mögen das Eure Majestät nicht vergessen. Die Zeit drängt. Die Täufer fassen sich zusammen. Ihre Aufstände waren schwach und ungeordnet, nun handeln sie gemeinsam und nach festen Plänen. Unser kleines Heer, gemindert durch die Niederlage und gelockert durch Mangel, vermag die Stadt nicht abzuschließen. Ihre Macht wächst, die unsrige schwindet. Münster haben sie gewonnen, und schon entfachen ihre Boten in allen Ländern neues Unheil.

DER KAISER Wir bekämpfen sie, indem wir sie verachten.

DER BISCHOF Johann Bockelson aus Leyden hat öffentlich das Bildnis Eurer Majestät und des Heiligen Vaters zu Rom verbrennen lassen.

DER KAISER Wir haben von ihm mit großem Ärger und Abscheu gehört, wie wir uns zu erinnern glauben. Zeremonienmeister!

DER ZEREMONIENMEISTER Es handelt sich um den Brief, o Du meine Majestät.

DER KAISER Um welchen Brief?

DER ZEREMONIENMEISTER *sehr verlegen sich räuspernd, unter unendlichen Bücklingen* Um den Brief, den dieser gewisse Johann Bockelson aus Leyden o Dir meiner Majestät geschrieben, worin *flüsternd* o Du meine Majestät mit Bruder angeredet werden, und von ganz ungebührlichen Dingen geredet wird.

DER KAISER *nach einer langen Pause außerordentlich würdig* Wir erinnern uns mit Verachtung dieser Person, dieses Ketzers an unserer heiligen Religion, eines Kerls, der in früheren Jahren ein Schneidergeselle gewesen ist. *Nach einer zweiten Pause* Ich erwarte von Euch, Eminenz, als seinem Landesherrn, daß Ihr diesen Frevler an Unserer Majestät vor Gericht stellt und ihn, den Verruchten, wie es das Gesetz verlangt, nach endlosen Folterungen, zum Tode durch das Rad verurteilt, um seinen Leichnam dann, eingeschlossen in einen Käfig aus Eisen, an die höchste Spitze der Kathedrale in Münster aufzuhängen.

Ein Kind beginnt hinter der Bühne ganz gewaltig zu schreien, so daß man kein Wort mehr auf der Bühne versteht. Dann wird es ganz plötzlich wieder still.

DER KAISER O Du mein Gott, was hat der erst zwei Monate alte Don Philipp, der im Zimmer nebenan in einer goldenen Wiege schläft?

DER ZEREMONIENMEISTER O Du meine Majestät, Don Philipp pflegt immer zu schreien, sobald von Aufhängen die Rede, Rädern oder anderen Todesarten.

DER KAISER *wieder zum Bischof* Damit aber Eure Eminenz imstande sind, unseren Willen gegen die Rebellen voll durchzusetzen, sind wir gewillt, Euch hundert Landsknechte abzutreten.

DER BISCHOF *mit einer müden Handbewegung* Der Verdurstende ist für jeden Tropfen dankbar und zu schwach, zurückzuweisen, was nicht helfen kann.

DER KAISER Dagegen erbitten wir von der Kirche dreizehn Kardinäle, Don Philipp zu erziehen.

DER BISCHOF Eure Majestät können von der Kirche Kardinäle in jeder beliebigen Menge erhalten.

DER KAISER Und hundert Messen für unsere arme Seele.

DER BISCHOF Hätten Eure Majestät an einem weißen Elefanten Interesse, der sich in meinen Stallungen zu Osnabrück befindet?

DER KAISER Don Philipp wird über ein solches Wesen erfreut sein. Wir sind bereit, für dieses Tier fünfzig weitere Landsknechte zu liefern. Dagegen muß die Zahl der Messen um weitere fünfzig erhöht werden.

DER BISCHOF Wir sind Eurer Majestät zu großem Dank verpflichtet.

DER KAISER Wir entlassen Eure Eminenz in höchster Gnade!

Der Bischof macht das Zeichen des Kreuzes, und die Pagen schieben ihn hinaus.

DER KAISER Zeremonienmeister!

DER ZEREMONIENMEISTER O Du meine Majestät!

DER KAISER Laßt hundertfünfzig Landsknechte aussuchen, jämmerliche Kerle, Dummköpfe, mit allen Krankheiten behaftet, mit Beulen und Gebresten, die zum Himmel stinken, denen bald ein Arm fehlt und bald ein Bein. Schickt sie nach Münster: Sie werden diese Stadt des Unsinns zerschmettern, und wäre sie an den Himmel geschmiedet!

Eine unmittelbar herniedersinkende Dunkelheit wischt den Kaiser weg, als wäre dieser nie gewesen, und schon steht ganz im Vordergrund in der Mitte der Bühne ein Nachtwächter da, mit Helm und Hellebarde und einer Laterne vorne am Bauch, dem seine Trunkenheit deutlich anzusehen ist. Er ist vielleicht, wie Jan Matthisson in der ersten Hälfte des Spiels, aus dem Boden aufgetaucht.

DER NACHTWÄCHTER Ich bin betrunken. Vollständig, rundherum und quer durch den Bauch betrunken.
An allen Vorsprüngen, Erkern, Winkeln und Nischen meines Leibes nistet der Schnaps wie ein Drache.
Meine Beine wackeln, meine Ohren wackeln, meine Haare wackeln und die Zähne: Alles wackelt an mir, wie ihr seht!
Ich befinde mich im Mittelpunkt der Stadt Münster, des heiligen Zion.
Hup!
Ich gehe nicht zu nahe an die Mauer, welche dieses Städtchen umgibt,
denn es könnte geschehen, daß mir eine Kugel auf den Kopf fiele, vom Feinde geschleudert, der das heilige Zion umlagert,
oder ein Mann, der, von einer solchen getroffen, vom Wall herunterrasselte, zentnerschwer in seiner Rüstung,
sondern vorsichtig,
wie nur je ein wackeres Nachtwächterchen,

bleibe ich an diesem Plätzchen vor der Kathedrale haften, wo im Schatten des Turms,
– den ihr da irgendwo zu eurer Rechten zu denken habt – ein grüngestrichenes Bänkchen meiner wartet.
O Mond, halb am Himmel und noch einmal zur Hälfte vom Wirtshaus verdeckt, von welchem ich meine wankelmütigen Schritte gelenkt,
erbarme dich meiner! (Wenn du nicht etwa gar die Sonne bist.)
Denn der Schlaf ist ein gewaltiger Heide!
Ihm widerstehen nicht Könige denn Kaiser, geschweige ein ganz winziges und ganz besoffenes Nachtwächterchen, mit einem Helm auf dem Kopf und einem Spieß in der Hand und einem Lämpchen auf dem Bäuchlein! *Er setzt sich auf eine Bank, die sich rechts befindet.* Ihr müßt wissen, daß ich der Vicomte von Gê-Hinnom bin, dem Tale der stinkenden Kadaver, welches in der Nähe Jerusalems liegt.
Noch vor wenigen Tagen war ich Großherzog von Bethsaida am See Genezareth.
Aber anläßlich einer Ohrfeige,
welche ich dem Erzbischof von Kapernaum und Nain verabreichte,
weil ich vergaß, daß meine Frau, die Freiin von Endor, auch seine Frau ist nach dem Gesetz – denn wir haben Weibergemeinschaft in Zion –,
wurde ich zum Vicomte von Gê-Hinnom degradiert und versehe nun den Dienst eines Nachtwächters in dieser Stadt. O Stadt, o Häuser mit den Lauben und Fenstern in den Mauern und farbigen Scheiben in den Fenstern!
O Leute um mich herum in weichen Sesseln,

mit meistens guten Abendessen in den Mägen!
O herrliche Zeit der Täufer!
O Nachthimmel über mir!
O Malvasier in mir und Bier!
O Weib daheim, das gerade mit dem Baron von Sichem schläft!
O Schlaf, der mich überwältigt wie ein Löwe! *Er schläft ein.*

Knipperdollinck, nur in einem Hemd, und Judith treten auf. Knipperdollinck hält ein großes Schwert in Händen.

KNIPPERDOLLINCK Meine Tochter!
JUDITH Mein Vater?
KNIPPERDOLLINCK Du siehst mich, Töchterchen, in einer etwas lächerlichen Verfassung: Nur mit einem Hemd bekleidet, stehe ich nach Mitternacht vor diesem Dom, das Schwert in den Händen, das mir von Seiner Majestät überreicht wurde, als er mich am Tage seiner Krönung vor allem Volke zum Statthalter von Zion ernannte und zum Vierfürsten von Galiläa, bei welchem Anlaß du, meine Tochter, zur Gräfin von Gilgal erhoben worden bist.
JUDITH Mein Vater ist nie in einer lächerlichen Verfassung.
KNIPPERDOLLINCK Doch, Gräfin Gilgal, ich bin es. Ein Mann im Hemd ist immer eine lächerliche Erscheinung. Du siehst, meine Tochter, der Vierfürst von Galiläa übt sich in Armut!
O, es ist eine große und herrliche Kunst, die Armut, nicht wahr, meine Tochter?
JUDITH Sie ist es, mein Vater.
KNIPPERDOLLINCK Die Armut, Gräfin Gilgal, ist das

unendliche Meer, in welches sich meine Seele gestürzt hat! Ich möchte dieses Meer austrinken, daß ich ganz eins mit ihm wäre. Alle Menschen müssen einmal arm sein wie ich, mit nur einem Hemd zum Schlafen und zum Wachen.

JUDITH Sie werden alle so reich werden wie Ihr, Vater.

KNIPPERDOLLINCK Mit diesem Hemd voller Löcher und Schmutzflecken wird man mich ins Grab legen. Ist es nicht so, Gräfin?

JUDITH Es ist so, Vater.

KNIPPERDOLLINCK Und das Schwert in meinen Händen, was ist das für ein Schwert?

JUDITH Es ist das Schwert der Gerechtigkeit.

KNIPPERDOLLINCK Es ist das Schwert der Gerechtigkeit! Ich küsse dich, Schwert! Ich küsse dich, Gerechtigkeit! Es ist ein heiliges Schwert, nicht wahr, meine Tochter?

JUDITH Ja, Vater.

KNIPPERDOLLINCK Wie kommt es in meine Hände, Gräfin Gilgal?

JUDITH Der König gab es Euch, Vater. Es ist das Zeichen des Richters.

KNIPPERDOLLINCK Richtig! Sehr richtig! Ich soll das Schwert der Gerechtigkeit wider die Menschen brauchen! Aber was ist Gerechtigkeit, Gräfin, wer ist gerecht auf dieser runden Erde?

JUDITH Es kommt den Menschen nicht zu, gerecht zu sein.

KNIPPERDOLLINCK Weise! Sehr weise! Hört, ihr Menschen, hört, was meine Tochter, Gräfin Gilgal, sagt: Es kommt euch nicht zu! Ungerechtigkeit ist euer Los, ihr Menschen, und Irrtum!

Der Nachtwächter erwacht.

DER NACHTWÄCHTER Heda! Schrei nicht so! Stör den Schlaf des Nachtwächters nicht! Man soll nicht schreien, wenn andere schlafen! *Er kommt herangewankt.* Hup! Was bist du für ein Mensch? Hup! Was hast du für ein Gesicht? *Er hält die Laterne gegen Knipperdollinck und sinkt in die Knie.* Der Statthalter! Gnade, Majestät, Gnade, Vierfürst von Galiläa!

KNIPPERDOLLINCK Bist du nicht der Großherzog von Bethsaida am See Genezareth, den ich vor achtundvierzig Stunden erst zum Vicomte von Gê-Hinnom degradierte?

DER NACHTWÄCHTER Ich bin es, o Sonne der Gerechtigkeit, Mond der Gnade und Blitz der Rache!

KNIPPERDOLLINCK Euer schwankender Gang, Vicomte, und der stechende Atem Eures Mundes verraten Eure verderblichen Eigenschaften!

DER NACHTWÄCHTER Vierfürst von Galiläa! Laßt mich nicht meine Sünden büßen! Gnade! Gnade! Greift nicht zum Schwert, welches wie der Zorn des Herrn vor mir aufragt! Degradiert mich nur lustig drauflos, so bin ich zufrieden.

KNIPPERDOLLINCK Weiter hinab kann ich Euch nicht degradieren, Vicomte! Den natürlichen Adel kann ich Euch nicht vom Leibe degradieren.

DER NACHTWÄCHTER Ernennt mich zum Marquis vom Abtritt oder zum Chevalier zum Misthaufen, nur nicht das Schwert, o Sonne der Gerechtigkeit.

KNIPPERDOLLINCK Vicomte, Ihr seid auf der Leiter der Würden so tief hinuntergerutscht, daß Ihr die erbärmlichste Figur der Täufer darstellt.

DER NACHTWÄCHTER Ich weiß es, o Vierfürst.

KNIPPERDOLLINCK Es steht geschrieben: Die Ersten sollen die Letzten sein und die Letzten die Ersten! Hier, nehmt das Schwert! Ich will es nicht mehr, mein Hemd genügt mir, meine Armut und meine Tochter, die Gräfin Gilgal. Ich ernenne Euch, Vicomte von Gê-Hinnom, zum Vierfürsten von Galiläa und zum obersten Richter der Täufer.

DER NACHTWÄCHTER *starr* Ihr wollt mich verlausten Vicomte zum Tale der stinkenden Kadaver zum obersten Richter ernennen? Denkt an meinen Schnaps, denkt an meine rote Nase, an den stechenden Atem meines Mundes, an meinen schwankenden Wandel!

KNIPPERDOLLINCK Wer kann gerecht sein? Der erste und der letzte, Gott oder Ihr, Vicomte! *Er küßt ihn auf die Stirne.* Ich werde den König bitten, mich an Eurer Stelle zum Vicomte von Gê-Hinnom zu degradieren. *Er reicht Judith die Hand.* Kommt, Gräfin Gilgal!

Man erkennt im Hintergrund bei immer hellerem Licht, das sich später zu vollstem Glanz steigert, Johann Bockelson auf einem Throne sitzend, und zwar an der genau gleichen Stelle der Bühne, wo vorher Kaiser Karl gesessen. Johann Bockelson ist im Königsmantel, sitzt nachlässig da und hält in der Hand ein halbgeleertes Maß Bier.

JOHANN BOCKELSON Ich habe ausgezeichnet gegessen.
Zwar war es ein bescheidenes Mahl, wie es angemessen ist in schwerer Zeit,
doch wurde ich satt mit Gottes Hilfe, und ein wohliges Gefühl breitet sich über meine Glieder.

Ich denke mit innerstem Behagen an die Muränensuppe zurück,
mit den Einsiedlerkrebsen und frischen Meerschnekken, die mir zu Beginn serviert wurde.
Siehe, es war köstlich!
Auch liegt mir noch der Riesenhecht zärtlich im Sinn, wie eine ferne Geliebte, in rotem Landwein gekocht und mit Forelle gefüllt, Röteln, Blaufelchen und sauren Oliven, Essigreizkern, Perlzwiebeln und Gurken.
Dies alles schmeichelte meinem Magen wie eine Frauenhand.
Wie brünstig war ich nach Froschschenkeln, Walliser Blindschleichen und Burgunderschnecken mit leichtgekochten Schwalbeneiern,
die meiner königlichen Majestät auf silbernem Teller gereicht worden waren.
Gepriesen sei die Güte des Herrn, der solche Wunderwerke dem dunklen Schoß der Natur entlockt!
Er ließ die köstlichen Reben wachsen, deren Wein ich genoß. Gepriesen seien Nacktarsch und Liebfrauenmilch!
Gepriesen sei auch der Schweinebauch in Gelee und Kaviar, Austern mit Champagner, am Spieß gebratenes Osterlamm, gefüllt mit kleinen Straßburgerwürstchen, gebackenen Lerchen und dem Bries vorzeitig geborener Kälber, samt dem schweren Burgunderwein,
der herrliche Fasan, von Krammetsvögeln umgeben, Rapunzel und Rosenkohl, der göttliche Pommard, die Biersuppe mit Leberklößen und das Glas Wasser, welches ich dazu getrunken,
die Schokoladencreme, die niedersächsische Blut-

wurst, der Kartoffelsalat und die weißen Bohnen mit Speck, der saure Most und die Pastete von Champignons, Trüffeln, Morcheln, Kaiserpilz, der Reis, die Madeirasauce mit Kapern, der Zizerser in kostbarem Kristall!
Gesegnet und gebenedeit sei, was ich eben genossen!
O Russischer Salat mit Thunfisch!
O Steinhäger, o Sauerkraut!
O junger Kopfsalat mit gekochten Zwiebeln!
O Glas Stutenmilch mit Schwarzbrot!
Soll ich euer nicht gedenken, wie man zärtlicher Stunden gedenkt?
Soll ich den Chambertin mißachten und den Gemsrükken, den gespickten Hasen, die Rehkeule?
Liebte mein Gaumen sie nicht?
Du Bärentatze, köstlich gewurmt, ihr grünen Bohnen mit Wodka, ihr sauren Zwetschgen mit Spargelspitzen, du Haferbrei mit Lindenblütentee, du Emmentaler, o Lambrusco und rote Kirschen in Rum, ich preise euch!
Ihr tatet mir wohl, ihr tatet einem König wohl, ich preise euch!
Ihr syrischen Heuschrecken mit wildem sibirischem Honig, euch gilt mein Gruß, mein begeisterter Gruß!
Ich genoß euer Johannes zu Ehren, meinem erlauchten Vorgänger Johannes dem Täufer zu Ehren!
Liegt mir nicht der Geschmack der Erdbeeren wie Frauenkuß auf den Lippen?
Rot waren sie und reif, in Quittenmark mit Schlagsahne, Kirsch dazu, Marc und Pflümliwasser. O Tränen der Freude!
Laßt mich weinen im Andenken der Coupe Christiane mit Cherry-Brandy!

Laßt mich weinen, es sind königliche Tränen, welche auf diesen Teppich aus Belutschistan rollen.
Nun aber,
gnädig gestimmt durch solche Mahlzeit,
da ich auch einige Maß Bier zum Nachtisch geleert,
deren letztes ich eben beende,
will ich mich daran machen, meine Weiber zu empfangen, denn ich liebe es, allein zu speisen,
höchstens, daß ich Stallknechte holen lasse, die mich, von der Ecke des Saales aus, mit ihren Witzen unterhalten.

Er klatscht in die Hände. Drei Mohren erscheinen. Der erste trägt die Krone, der zweite das Szepter und der dritte den Reichsapfel herein. In einer komplizierten Zeremonie und vielen würdigen Lächerlichkeiten wird die Krone auf Bockelsons Haupt gestülpt (sie ist ihm ein wenig zu groß) und werden ihm Szepter und Reichsapfel übergeben. Dann verlassen die drei unter den kompliziertesten Bücklingen den Saal.

JOHANN BOCKELSON Ich klatsche jetzt noch einmal in die Hände, und ihr werdet meine Weiber kommen sehen. Ich habe fünfzehn Weiber, alles auserlesene Stücke. Sie sind sehr neugierig und lieben es, meinen Staatsverhandlungen beizuwohnen.

Er klatscht zum zweiten Male in die Hände. Die Weiber kommen im Gänsemarsch herein, zuerst Katherina, dann Divara und alle die andern. Jede verbeugt sich vor dem Thron, macht einen Kniefall oder ähnliches, was der Regisseur gerade für richtig findet.

JOHANN BOCKELSON Da seid ihr, meine Täubchen!
Alle frisch gebadet und mit duftendem Leib, wie ich es liebe, und man sieht,
daß ihr unser gemeinsames Ehebett noch nicht sehr lange verlassen.
Das Décolleté sehr tief und weit: Ich schätze das blendende Weiß der Brüste.
Allerliebst auch das leise Klappern der Pantöffelchen, wenn ihr hereinkommt.
Eine nach der andern sinkt vor mir nieder, und ich streichle hier ein Kinn und dort einen festen Oberarm, und dieser oder jener kneife ich wohl auch die Wange.
Setzt euch hinter mir die Wand entlang, meine Engel, wie es euch geziemt, jede auf ein schöngewundenes Sesselchen;
zu meiner Rechten und Linken aber liebe ich meine zwei Hauptfrauen zu sehen,
abgehoben von den andern,
Katherina, Erzherzogin vom Sinai, und Divara, Großfürstin vom Karmel.
Nun treten nach der Zeremonienordnung der Kanzler und Feldmarschall, Fürst von Jericho und Joppe, und der Erzherzog, Bischof von Kapernaum und Nain, in den Saal,
dieser in weitem, rotem Gewand mit silbernem Kreuz und jener in schwarzer Rüstung.
Ihr werdet Mühe haben, in ihnen die Täufer Krechting und Rottmann wiederzuerkennen.
Hört gut zu, meine Lieben, es steht eine wichtige Sitzung des Kabinetts bevor.
Betet, daß mir der Herr seine Weisheit verleihe.

Krechting und Rottmann sinken auf die Knie, Bockelson macht eine gnädige Handbewegung. Sie treten an den Thron und küssen die dargebotenen Hände Bockelsons. Dann setzen sie sich auf zwei Stühle im Vordergrund links. Der Hintergrund füllt sich mit Soldaten und Würdenträgern.

JOHANN BOCKELSON Wir, König Bockelson Johann von Leyden,
gewappnet mit der Gnade des Himmels und erleuchtet durch den Blitz des Geistes,
gedenken der Weissagung unseres Triumphes, die, von Gott offenbart,
den ersten Täufern ins Herz als ein glühender Stachel gesenkt wurde und sich weiterpflanzte von Geschlecht zu Geschlecht, um sich nun an uns so herrlich zu erfüllen.
Kraft unseres Amtes und unserer Geburt – wir wollen nur flüchtig an unsere Verwandtschaft mit dem Erzengel Gabriel erinnern – haben wir die Herrschaft dieser Stadt übernommen, euch, meine Getreuen und Lieben, mit Gesetzen wohl versorgt,
die alten Vorurteile der Moden gebrochen (sie erstikken wie Asche die wahre Gemeinschaft der Gläubigen) und jedem von euch das volle Recht seiner Stellung gesichert.
Nun aber kommt es uns zu, die Herrschaft der Täufer auszubreiten,
um das Reich Gottes in seiner Herrlichkeit auf Erden zu errichten und so den Lauf der Geschichte zu krönen, damit er, wenn er heranschwebt am Tage, der uns verheißen, aus unseren Händen die Macht zurücker-

hält, die ihm, dem Schöpfer sowohl der Erde als auch der Planeten, Kometen und Fixsterne, gebührt,
die Meteore nicht zu vergessen, die, wie Böcke der Nacht, unser Auge ergötzen.

Er klatscht in die Hände, die drei Mohren bringen eine riesige Papierrolle, die sie ihm zu Füßen ausbreiten.

JOHANN BOCKELSON Ihr seht hier, meine Getreuen und Lieben, auf diesem Pergament, welches sich zu unseren Füßen entfaltet, die alte und die neue Welt vortrefflich dargestellt.
In der Mitte mit seinen Ländern und Inseln Europa – dahinten sich irgendwo im unförmigen Rußland verlierend – und dort, nicht weit von der breiten Linie des Rheins, von mir selbst mit roter Tinte angestrichen: Münster in Westfalen,
woselbst ihr mich, kunstvoll gezeichnet,
auf einem Throne erblicken könnt, von meinen Weibern und Getreuen umgeben,
als wäre der jetzige Augenblick gleichsam zehnfach verkleinert.
Im Osten Asia, das alte, und Afrika liegt im Süden über dem Meer, das mit blauer Farbe bemalt ist. Ganz links im Westen aber, jenseits der ungeheuren Fläche des Ozeans – nur einige Wale und gekenterte Schiffe sind dort zu sehen – entrollt sich die neue Welt, eben erst entdeckt, noch primitiv, mit wuchtigen Büffeln und menschenfressenden Wilden.
Euch nun, Fürst von Jericho und Joppe, teilen wir Asia zu.
Und euch, Bischof von Kapernaum und Nain, Afrika,

das heilige, verseucht von Götzen und erschüttert von trompetenden Elefanten,
während Amerika, das Land der Zukunft, meinem Sohne gebührt, der, wie ich hoffe, sanft im Schoße Divaras ruht, leider noch inwendig.
Europen aber gedenken wir dem Vierfürsten von Galiläa zu übergeben.

Es entsteht eine tiefe Stille.

ROTTMANN *mit einer Verbeugung* Der Vierfürst von Galiläa befindet sich in tiefer Ungnade.

JOHANN BOCKELSON Wir kennen die Tiefe seiner Schuld und die Vermessenheit seines Frevels. Wir wünschen aber vor euch, ihr Getreuen und Nächsten unseres Thrones, jenen Mann zu ermahnen, der unser Vertrauen und unser Wohlwollen so schändlich hintergangen, um ihn, wenn er den Fall sieht, den er getan, wieder an jenen Platz zu stellen, der ihm durch unsere Gnade gebührt. *Er macht ein Zeichen.*

EIN SOLDAT *im Hintergrund* Der Vierfürst von Galiläa!

Soldaten führen Knipperdollinck herein, der noch erbärmlicher und zerlumpter aussieht als vorher. Knipperdollinck verbeugt sich tief.

JOHANN BOCKELSON *langsam* Wir sind bestürzt, Vierfürst von Galiläa, Euch so vor uns erblicken zu müssen. Wir haben Euch im Angesicht des ganzen Volkes zum Statthalter Zions ernannt, Ihr aber seid immer tiefer einem unwürdigen und lächerlichen Treiben verfallen, so daß wir gezwungen waren, Euch den Anblick des Thrones zu versagen.

KNIPPERDOLLINCK Ich sehne mich nach Armut, Majestät, und nach Frieden.

JOHANN BOCKELSON Ihr seid nicht gekämmt und nicht gewaschen, Vierfürst. Ihr erscheint im bloßen Hemd vor unseren Augen.

KNIPPERDOLLINCK Mein Hemd ist die Fahne meiner Armut.

JOHANN BOCKELSON Diese Fahne reizt die Unvernunft und trübt den klaren Sinn der Täufer. Weh dem, der Verwirrung stiftet!

KNIPPERDOLLINCK Die Armut ist mein Los um Christi willen.

JOHANN BOCKELSON Die ersten Anhänger des Herrn waren arm, jetzt sind sie durch seine Gnade erwählt, die Erde zu beherrschen und seine Feinde durch das Schwert zu zwingen.

KNIPPERDOLLINCK Es steht geschrieben: Wer das Schwert nimmt, soll durch das Schwert umkommen.

JOHANN BOCKELSON *finster* Ihr habt die Täufer aufgefordert, ihre Häuser anzuzünden, alle Güter zu verschenken und sich nackten Leibes dem Bischof vor die Füße zu werfen.

KNIPPERDOLLINCK *freudig* Der Bischof wird mit seinem Heer zu uns übertreten, wenn wir also handeln.

JOHANN BOCKELSON Wir zweifeln nicht an der Einfalt Eurer Absicht, wir verdammen den Wahnsinn Eurer Mittel! Wir haben uns herabgelassen, Euch väterlich zu belehren. Wir finden Euch verstockt, Vierfürst von Galiläa!

KNIPPERDOLLINCK Laßt mich in meiner Armut leben und in den Gassen dieser armen Stadt schlafen. Ich begehre nur eines! *Er schweigt verklärt.*

JOHANN BOCKELSON Wir wollen Euch diese Gnade zugestehen, Vierfürst, denn wir haben nicht vergessen, was Ihr für die Täufer getan habt.

KNIPPERDOLLINCK *mit Begeisterung* Ernennt mich zum Vicomte von Gê-Hinnom!

Über alles legt sich eisiges Schweigen.

JOHANN BOCKELSON *kalt* Wir haben von Eurem frevelhaften Beginnen gehört, das Ihr in jener Nacht unternommen. Nur unsere übergroße Gnade hinderte uns, solche Beleidigungen des Thrones zu rächen. Mag Euch jener Vicomte von Gê-Hinnom verurteilen, den Ihr selbst zu Eurem Richter ernannt und dessen Namen Ihr jetzt trägt.

DER GANZE HOF *unisono* Ein salomonisches Urteil Eurer Majestät!

JOHANN BOCKELSON *zu den Soldaten* Übergebt ihn den Eingeweiden der Erde, einem Ort wie ein Grab, fern von unserem Ohr, daß wir sein Stöhnen nicht vernehmen, weder von der Helle des Tages, noch vom Schein der Nacht gestreift.

Alle wenden sich von Knipperdollinck ab, außer Katherina, die aufgestanden ist und starr zu ihm hinblickt.

JOHANN BOCKELSON Wir aber, meine Lieben und Getreuen, wollen uns in den großen Saal zum Tanze begeben! *Er steht auf, ohne mehr Knipperdollinck eines Blickes zu würdigen.* Kommt, meine Täubchen, kommt!

Bockelson verläßt mit seinem Gefolge den Saal nach

hinten links. Nur Katherina verharrt ohne Regung, während die Soldaten im Hintergrund warten.

KNIPPERDOLLINCK Führt den armen Lazarus hinaus!

Bei diesen Worten senkt sich von oben das auf Packpapier gemalte Lager der Belagerungsarmee vor Münster hinab, wie schon einmal, nur sind jetzt die Zelte gräßlich zerfallen. Am Himmel steht eine gelbe schlechtgezirkelte Sonne mit griesgrämigem Gesicht und brüchigen Strahlen. Vor das Lager wird eine Art Bühne auf kleinen Rädern herbeigeschoben, welche sehr niedrig ist. Auf dieser Bühne befindet sich ein Tisch, an welchem von links nach rechts sitzen: Ritter Johann von Büren, der Mönch und der Trommler. (Von Büren jetzt mit einem Holzbein.) Sie würfeln.

JOHANN VON BÜREN *seinen Küraß ausziehend, zum Mönch* Nehmt! nehmt, Ihr habt gewonnen! Ich habe meinen Küraß gesetzt, und Ihr sollt ihn haben. Ich werde im Hemd weiterkämpfen.

DER TROMMLER *seinen linken Stiefel ausziehend* Und hier mein linker Stiefel. Den rechten habt Ihr schon.

DER MÖNCH Die Heiligen sind mir gnädig, Feldherr.

JOHANN VON BÜREN Eure Heiligen soll der Teufel holen.

DER MÖNCH Bekehrt Euch zu der alleinseligmachenden Kirche, und Ihr werdet Glück im Würfelspiel haben.

JOHANN VON BÜREN Es ist ein Jammer! Die Stadt Münster ist eine Jungfer, die sich aus purer Bosheit nicht nehmen läßt.

DER TROMMLER Sie ist das erste Weib, welches einem Bischof widersteht.

DER MÖNCH *dumpf* Ich habe zwei Tage nichts Warmes gegessen.

JOHANN VON BÜREN Seht mich an! Ein Holzbein! Wo komme ich noch unter? Keiner gibt einen Heller für so was von einer Leiche. Ich muß Gott danken, daß ich die Ehre habe, an der Spitze dieser Armee von verhungerten Veteranen Kaiser Maximilians zu stehen!

Ein reichgekleideter und wohlgenährter Kaufmann kommt von rechts auf die Bühne.

DER KAUFMANN *zornig* Das ist eine Schweinerei!

JOHANN VON BÜREN Ich bin ganz Eurer Meinung!

DER KAUFMANN Eure Knechte haben meine Wagen aufgehalten.

JOHANN VON BÜREN Wo wollt Ihr denn hin?

DER KAUFMANN Mit zehn Wagen Weizen in die Stadt Münster.

JOHANN VON BÜREN Zum Donner! Wißt Ihr, daß wir die Stadt Münster aushungern?

DER KAUFMANN Das ist Eure Sache, und der Weizen ist meine Sache. Ihr habt vierzig Rinder nicht bezahlt und Wechsel auf Eure Zelte gegeben. Ich lasse die Zelte einpacken, wenn Ihr Schwierigkeiten macht.

JOHANN VON BÜREN Glaubt Ihr, ich wolle unter bloßem Himmel übernachten? Zum Teufel, sagt den Landsknechten, sie sollen Euren Weizen durchlassen!

Der Kaufmann geht ab.

DER TROMMLER Die Landsknechte laufen zu den Münsterischen für eine warme Suppe.

DER MÖNCH Der Bischof soll vom hessischen Landgrafen sechstausend Mann zu erhalten suchen.

JOHANN VON BÜREN Es werden hundert mäßig erhaltene Skelette sein, aus irgendeinem Friedhof gescharrt, wie jene vom Kaiser. Wir sitzen bis zum Jüngsten Tag hier.

Die Marketenderin, in welcher man die Gemüsefrau wiedererkennt, kommt über die Bühne.

JOHANN VON BÜREN Weibsperson, ein Bier!

DIE MARKETENDERIN Er ist mir zwanzig Dukaten schuldig.

JOHANN VON BÜREN *mit Würde* Ich bin der Feldherr!

DIE MARKETENDERIN Feldherr hin und Feldherr her! Ich will meine zwanzig Dukaten! Vorher gibt's kein Glas Wasser! *Sie geht ab.*

DER TROMMLER Feldherr, es scheint, als seien wir gottsjämmerlich auf dem Hund!

DER MÖNCH *dem Weib nachschauend* Die kommt mir bekannt vor.

JOHANN VON BÜREN Die kam uns an jenem verfluchten Tag aus der Stadt entgegengelaufen, als wir die Türme von Münster zum erstenmal erblickten.

DER TROMMLER Kommt, wir würfeln.

JOHANN VON BÜREN Ich setze mein Holzbein.

DER TROMMLER Ich meine Hosen.

DER MÖNCH Und ich das Gewonnene. Steht mir bei, ihr Heiligen!

Sie würfeln.

DER MÖNCH *freudig* Ich habe gewonnen!

JOHANN VON BÜREN *indem er sich das Holzbein abnimmt*

und auf den Tisch legt Hier habt ihr das Bein! Es ist aus dem Kreuz des Apostels Petrus geschnitzt, wie mir der Spitzbube versicherte, bei dem ich's gekauft.

DER MÖNCH Amen! Und Ihr, Trommler, die Hosen!

Wie der Tisch mit den dreien weggeschoben wird und sich das Lager in die Höhe rollt, schreitet Bockelson über die Bühne und ihm entgegen Judith Knipperdollinck, die vor ihm auf die Knie sinkt, beide scharf umfaßt vom runden Licht des Scheinwerfers.

JOHANN BOCKELSON Was begehrt Ihr in diesem Mondlicht und in diesem Garten, Gräfin Gilgal?

JUDITH *leise* Das Leben meines Vaters.

Johann Bockelson reicht ihr die Hand, und sie erhebt sich wie von selbst.

JOHANN BOCKELSON Er ist frei.

Sie steht unbeweglich, die Hand in der seinen.

JOHANN BOCKELSON Der Mond spannt durch den Park ein Band von Silber zum Palast. Gott selbst, Gräfin, hat uns diese Straße vorgezeichnet. *Er führt sie weg.*

Man sieht im Hintergrund den Landgrafen Philipp von Hessen auf einem Stuhle sitzen und hinter ihm links und rechts seine beiden Frauen, Christine und Margareta, während um sie herum einige Requisiten stehen, die notdürftig einen notdürftigen Wirtschaftsraum andeuten.

Besonders sind es drei Türen, die auffallen, rechts und links und hinter dem Landgrafen, welche in ihrem Rahmen hängen, ohne daß aber Wände zu sehen wären. Auch kann man es ja – je nach den vorhandenen Maschinen – mehr oder weniger blitzen und donnern lassen. Ganz vorne wischt ein dicker Wirt den Boden mit einem Besen. Es klopft.

DER LANDGRAF VON HESSEN Hört, es klopft.
DER WIRT Der Donner, Herr, es ist der Donner.
DER LANDGRAF VON HESSEN Ich sage: Es klopft.
CHRISTINE Mein Gemahl hat ausdrücklich gesagt: Es klopft!
MARGARETA Ausdrücklich hat mein Gemahl gesagt: Es klopft!

Während der ganzen Szene können sich die beiden Damen nicht bequemen, nacheinander zu sprechen, sondern reden immer gleichzeitig.

DER WIRT Je nun, wenn ihr meint! Wir sollten es klopfen lassen, es wird der Teufel sein. Es geht ein schlimmer Donner draußen, allergnädigster Herr Landgraf.

Es klopft wieder.

DER LANDGRAF VON HESSEN Ihr sollt die Leute nicht warten lassen. Geht, öffnet die Türe. Es ist Eure Christenpflicht.
DER WIRT Ihr müßt es wissen, Herr, ob es meiner Seligkeit schadet oder nicht.

Er öffnet die Türe im Hintergrund. Die zwei Pagen schieben den Bischof herein. Alle sind durchnäßt.

DER BISCHOF Habt Dank. Wir sind verunglückte Leute, wie ihr seht.

Die Pagen schieben ihn nach vorne und sinken auf den Boden.

DER BISCHOF Recht so, meine Knäblein! Das ist ein gutes Umsinken nach einem guten Dienst!

DER WIRT *der zur Türe hinausgeschaut hat, bevor er sie wieder geschlossen* Zum Teufel, Herr, wo kommt Ihr her?

DER BISCHOF Ist es weit bis zum Schloß des Landgrafen? Unser Wagen ist zerbrochen.

DER WIRT Ihr seid ein Päpstlicher?

DER BISCHOF Ihr seht.

DER WIRT Hier ist protestantisches Gebiet.

DER BISCHOF Wollt Ihr mich zum Schlosse des Landgrafen von Hessen führen?

DER WIRT Nein!

DER LANDGRAF VON HESSEN Wirt, du bist ein Flegel! Hast du deine Bibel nicht gelesen: Du sollst das Alter ehren! Wir käuen diesen Stieren das Futter vor, und sie sind zu faul, es zu fressen!

DER WIRT Allergnädigster –

DER LANDGRAF VON HESSEN Scher dich.

Er macht eine ungeduldige Handbewegung. Der Wirt zieht sich unter vielen Bücklingen zurück.

DER LANDGRAF VON HESSEN Die Leute sind in diesem

Lande grob. Man muß streng mit ihnen verfahren und wie ein Vater zur Rute greifen.

DER BISCHOF Ich danke Euch, daß Ihr einem so heruntergekommenen Bischof auf die Beine geholfen habt.

DER LANDGRAF VON HESSEN Ihr wollt zu Philipp von Hessen, Eminenz?

DER BISCHOF Kennt Ihr den Landgrafen?

DER LANDGRAF VON HESSEN Der Bischof von Osnabrück, Minden und Münster in Westfalen sollte ihn wiedererkennen.

DER BISCHOF Ihr seid es selbst?

DER LANDGRAF VON HESSEN Das Gewitter trieb uns von der Jagd unter dieses abscheuliche Dach.

DER BISCHOF Ihr habt Euch verändert, Hoheit!

DER LANDGRAF VON HESSEN *seufzend* Ich habe zwei Frauen geheiratet, Eminenz! *Er weist auf die beiden Frauen hinter sich.*

DER BISCHOF Meine Damen!

CHRISTINE Ich bin erfreut, Euch kennenzulernen, Eminenz!

MARGARETA Euch kennenzulernen, bin ich erfreut, Eminenz!

DER BISCHOF *zum Landgrafen* Ihr waret einer meiner liebsten Schüler.

DER LANDGRAF VON HESSEN Jetzt bin ich einer Eurer ärgsten Feinde.

DER BISCHOF Ihr seid zu Luther übergegangen.

DER LANDGRAF VON HESSEN Es ist lange her, daß ich in Erfurt zu Euren Füßen saß.

DER BISCHOF *seufzend* Es war eine glückliche Zeit.

DER LANDGRAF VON HESSEN *ebenso* Es sind andere Zeiten gekommen.

CHRISTINE Was will mein Gemahl damit sagen?

MARGARETA Was will damit mein Gemahl sagen?

DER LANDGRAF VON HESSEN Ich will damit sagen, daß der stürmische Übermut der Jugend sich in das ruhige Glück des reifen Mannes verwandelt hat.

DER BISCHOF Hoheit dürfen mit meinem vollen Verständnis rechnen.

DER LANDGRAF VON HESSEN *liebenswürdig* Womit kann ich Eurer Eminenz dienen?

DER BISCHOF Mit sechstausend Mann.

DER LANDGRAF VON HESSEN Ihr wollt mich um Truppen für Münster ersuchen?

DER BISCHOF Ihr seid meine letzte Hoffnung.

DER LANDGRAF VON HESSEN Wie ich gehört habe, soll der König der Täufer mehrere Frauen haben?

DER BISCHOF Er ist allerdings mit fünfzehn Frauen verheiratet.

DER LANDGRAF VON HESSEN Eine ungeheure Zahl.

DER BISCHOF Etwas viel, Hoheit.

DER LANDGRAF VON HESSEN *finster* Ich werde diesen unglücklichen Narren mit eigener Hand in Stücke reißen.

DER BISCHOF Dürfen wir Eure Hoheit vor Münster erwarten?

DER LANDGRAF VON HESSEN In einer Woche werden achttausend Mann vor den Wällen dieser Stadt eintreffen.

DER BISCHOF Ich danke Euch.

DER LANDGRAF VON HESSEN Luther schrieb uns, Euch beizustehen. Wir sind ihm zu großem Dank verpflichtet, erlaubte dieser außerordentliche Mann doch, daß wir dem ersten Ehering noch einen weiteren beifügen durften.

CHRISTINE Wird sich mein Gemahl von meiner Seite begeben?

MARGARETA Wird von meiner Seite sich mein Gemahl begeben?

DER LANDGRAF VON HESSEN Unser Erscheinen dürfte leider vor Münster notwendig sein.

DER BISCHOF Leider dürfte das Erscheinen seiner Hoheit vor Münster notwendig sein.

Die Frauen des Herrn Landgrafen stehen zugleich auf.

CHRISTINE Ihr seid von einer brutalen Rücksichtslosigkeit, Landgraf von Hessen!

MARGARETA Von einer brutalen Rücksichtslosigkeit seid Ihr, Landgraf von Hessen!

Sie gehen beide hinaus, die eine links, die andere rechts, und schlagen die Türen zu. Da aber die Wände fehlen, sieht man sie hinter den Türen gleichzeitig mit gleichen Bewegungen auf und ab gehen.

DER LANDGRAF VON HESSEN Glauben Eure Eminenz an eine lange Belagerung?

DER BISCHOF *betrübt* Macht Euch gefaßt, Eure Frauen längere Zeit entbehren zu müssen.

DER LANDGRAF VON HESSEN Ich schrecke nicht vor höchstem Opfer zurück.

Christine und Margareta öffnen gleichzeitig die Türen und strecken den Kopf ins Zimmer.

CHRISTINE Obschon das weibliche Wesen, mit der wir

Eurer Hoheit Bett zu teilen haben, uns aufs tiefste beleidigt,

MARGARETA Obschon uns aufs tiefste das weibliche Wesen, mit der wir Eurer Hoheit Bett zu teilen haben, beleidigt,

CHRISTINE werden wir die harten Entbehrungen des Krieges auf uns nehmen und mit Eurer Hoheit im Lager zu Münster tapfer verharren!

MARGARETA werden wir auf uns nehmen die harten Entbehrungen des Krieges und im Lager zu Münster mit Eurer Hoheit tapfer verharren!

Schmetternd schlagen sie wieder die Türen zu.

DER LANDGRAF VON HESSEN *sehr dumpf* Die verfluchte Sinnlichkeit!

Nach diesen erhabenen Worten einer exquisiten Verzweiflung verlagert sich die Bühne wieder nach vorne, wo vor geschlossenem Vorhang Judith in einem schönen mittelalterlichen Kleide über die Bühne von rechts kommt.

JUDITH Vater!

KNIPPERDOLLINCKS STIMME *von links* Meine Tochter?

JUDITH *schwach* Vater!

Man erblickt bei schwachem Lichte Knipperdollinck links am Boden kauern.

KNIPPERDOLLINCK Ruhig, ihr Tierchen, ruhig! Der arme Lazarus bekommt Besuch! In die Ecke mit euch!

JUDITH Mit wem sprecht Ihr, mein Vater?

KNIPPERDOLLINCK Mit Ratten, mein Töchterchen!

JUDITH Das sind gräßliche Tiere!

KNIPPERDOLLINCK Wie kannst du so von meinen Freunden reden! Hast du nicht gesprochen: Deine Freunde sind meine Freunde?

JUDITH Vater!

KNIPPERDOLLINCK Sie gehorchen mir aufs Wort, meine Freunde. Alles ist gut unter dem Himmel. Wer hat dich eingelassen, Töchterchen?

JUDITH Ihr seid frei, Vater!

KNIPPERDOLLINCK Ei, was du da sagst, meine Tochter! Der arme Lazarus ist immer frei. Ich will hier bleiben mit meinen Ratten und meinem Gott.

Judith macht Anstalten näher zu kommen.

KNIPPERDOLLINCK Laß das, mein Töchterchen, laß das! Hier unten ist es dunkel, und ich würde dich nicht sehen.

Judith verbirgt das Gesicht und weint.

KNIPPERDOLLINCK Warum weinst du und bist unglücklich, wenn ich glücklich bin?

JUDITH Ich liebe ihn.

KNIPPERDOLLINCK Sei ruhig. Es muß so sein. Du bist ein schwaches Weib und kannst nichts anderes. Du bist wie alle Kreaturen, wie die Blumen und die Ratten, die zu meinen Füßen spielen.

JUDITH Ich bin sein Weib.

KNIPPERDOLLINCK Hast du nicht deiner Mutter Blut?

Weine nicht, alle deine Sünden sollen dir vergeben werden.

JUDITH Laßt mich bei Euch bleiben, Vater!

KNIPPERDOLLINCK Es ist nicht für dich, dieses Dunkel. Du gehörst der Sonne. Geh, mein Töchterchen!

Man erblickt, wie sich der Vorhang wieder öffnet, die Stadtmauer und auf ihr als Silhouetten gegen den Abendhimmel Krechting und einen Soldaten. Die Szene spielt, wie schon einmal, ganz im Hintergrund der Bühne, hoch oben und undeutlich. Nur die Stimmen wehen wie flakkernde Lichter zum Publikum.

KRECHTING Was siehst du?

DER SOLDAT Rings um die Stadt den Wall der Feinde als eine Schlinge um unseren Hals. Wir sind eingeschlossen, Feldherr.

KRECHTING Wäre es möglich, Täufer auszusenden, um Hilfe herbeizuschaffen?

DER SOLDAT Keine Maus kommt durch!

KRECHTING Sind viele Truppen zu sehen und kommen neue an?

DER SOLDAT Von allen Seiten strömt's auf uns wie ein Meer. Da ist nichts mehr zu retten, Feldherr!

KRECHTING Dem Bischof gelang es, den Hessen zu beschwatzen.

DER SOLDAT Ich habe einige der neuen Landsknechte aus der Nähe gesehen. Unsere Weiber werden Freude haben, wenn sie einmal in der Stadt sind, und mit uns werden sie nicht lange Tänze machen.

KRECHTING Ich muß dir glauben. Seit ich blind bin, muß ich dir glauben.

DER SOLDAT Es war ein verfluchter Pfeil, der Euch blind gemacht hat.

KRECHTING *der sich gesetzt hat* Es ist schrecklich, zu wissen, daß ein alter Mann ohne Augen der einzig Sehende ist. Setz dich zu mir! Ganz nah mit deinem Leib an den meinen.

Der Soldat setzt sich zu ihm.

KRECHTING Mann, wer bin ich?

DER SOLDAT Nun, Ihr seid Feldherr.

KRECHTING Wie heiße ich?

DER SOLDAT Wer kann die neuen Namen behalten. Herzog von Jericho, oder so.

KRECHTING Bin ich nicht der Prediger Krechting aus Gildehaus?

DER SOLDAT Das seid Ihr freilich.

KRECHTING Wie lange hast du nicht gegessen?

DER SOLDAT Seit zwei Tagen.

KRECHTING Und dein Kind, Mann, und dein Kind?

DER SOLDAT Verhungert.

KRECHTING Deine Tische biegen sich unter der Last köstlicher Speisen, Salomo, und deine Weiber tanzen nackt vor den Augen deiner Großen!

DER SOLDAT Wen meint Ihr damit, Feldherrr?

KRECHTING Ist meine Rede nicht deutlich genug? Soll ich den Namen unserer Not in diese Nacht schreien?

DER SOLDAT Da habt Ihr die Antwort, Feldherr! *Er stößt ihn nieder.* Wer kann zurück in dieser Stadt? *Hoch aufgerichtet mit gebreiteten Armen* Wer kann zurück? Wer kann zurück?

Nun erhellt sich die ganze Mauer, und man erblickt in der Mitte des Hintergrundes das Ägidiitor. Vor dem Tor, welches geschlossen ist, eine Wache. Links ein dunkler Haufen von Weibern und Kindern.

EIN WEIB Ich habe Hunger!

DER SOLDAT Nicht immer das gleiche sagen. Abwechslung, Weib, Abwechslung.

DAS WEIB Ich habe Hunger!

DER SOLDAT Sag: Wir werden siegen!

DAS WEIB Ich habe Hunger!

DER SOLDAT Hurenmutter! Du erinnerst mich an meine Gedärme.

EIN KIND Ich habe Hunger!

Bockelson kommt von rechts mit einigen Soldaten.

JOHANN BOCKELSON Was treibt ihr euch herum?

DAS WEIB Ich habe Hunger!

JOHANN BOCKELSON Grab deinen Hunger in deinen Leib und schweig, Weib Israels!

DAS WEIB Ich habe Hunger!

JOHANN BOCKELSON Geht zum Kreuztor. Dort könnt ihr die Stadt verlassen.

Die Weiber erheben sich stumm und verschwinden.

JOHANN BOCKELSON Geht ihnen nach! Tötet alles! Euer Schwert ist besser als die Gnade unserer Feinde.

Die Soldaten ab. Nur noch die Wache steht unbeweglich

vor dem Tor. Bockelson tritt zu ihm. Er mustert ihn von oben bis unten und geht um ihn herum. Er klopft ihm auf den Bauch.

JOHANN BOCKELSON Wie alt?
DER SOLDAT Zweiundzwanzig!
JOHANN BOCKELSON Du hast einen Bauch. Einen strammen zweiundzwanzigjährigen Bauch. Hast du Hunger?
DER SOLDAT *vorsichtig* Nein.
JOHANN BOCKELSON Du hast mit der Antwort gezögert.
DER SOLDAT Zu Befehl, Majestät.
JOHANN BOCKELSON *tritt nahe zu ihm* Warum?
DER SOLDAT *verlegen* Die Warwara, Majestät.
JOHANN BOCKELSON Es ist ein seltener Name, den du mir sagst, doch nennt sich eine meiner Küchenmägde so.
DER SOLDAT Zu Befehl, Majestät.
JOHANN BOCKELSON Sie hat unter der linken Brust ein schwertförmiges Muttermal?
DER SOLDAT Ja.
JOHANN BOCKELSON Innen am rechten Oberschenkel eine längliche Narbe roter Farbe?
DER SOLDAT *verwirrt* Zu Befehl.
JOHANN BOCKELSON Gib mir deinen Spieß. *Er nimmt ihm den Spieß aus der Hand und ritzt mit der Spitze eine Linie in den Boden.* Dies ist ungefähr die Form ihres Busens?
DER SOLDAT *noch verwirrter* Wie können Majestät wissen?
JOHANN BOCKELSON Majestät weiß alles.

Johann Bockelson geht einige Schritte nachdenklich hin und her, kehrt dann wieder zu dem Soldaten zurück.

JOHANN BOCKELSON Es ist kalt diese Nacht.

DER SOLDAT Sehr kalt, Majestät.

JOHANN BOCKELSON Gib mir deinen Mantel. Laß mich an deinem Platze stehen. Und deine Waffe.

Er stellt sich im Mantel des Soldaten vor das Tor. Der Soldat steht verlegen vor ihm und starrt Bockelson ins Gesicht.

JOHANN BOCKELSON Nun?

DER SOLDAT Majestät?

JOHANN BOCKELSON Friert dich?

DER SOLDAT Ja, Majestät.

JOHANN BOCKELSON Hast du Hunger?

DER SOLDAT Auf einmal, Majestät.

JOHANN BOCKELSON Würdest du gerne bei deiner Warwara liegen?

DER SOLDAT Ich weiß nicht, Majestät.

JOHANN BOCKELSON Soll ich dir noch ihr Bett zeigen?

DER SOLDAT *verwirrt* Majestät!

JOHANN BOCKELSON *nachdrücklich* Ich will hier wachen. Für dich wachen! Und du sollst zu Warwara.

DER SOLDAT Jawohl, Majestät! *Er läuft davon.*

JOHANN BOCKELSON Ich stehe unbeweglich. Der Himmel wölbt sich um mich wie ein Königsmantel. Ich trage dich, Himmel. Ich stehe fest auf der Erde. Ich bin dein Sohn, alte Erde. Du bist meine Mutter, und in den Nächten höre ich dich rufen. Aber ich folge deinem Rufen nicht, denn ich will den Himmel. Ich will ihn mit meinen Händen herabzwingen, Mutter Erde! Mit seinem Feuer und mit seinen Sternen will ich dir einen Teppich bereiten. *Er legt sich auf den Boden.* Ich höre dein Herz schlagen und deine Lungen sich weiten und zusammenziehen. Ich höre dein Blut in uralten Schächten rauschen, heilige Mutter. Ich küsse dich!

Katherina kommt von rechts auf Bockelson zu, der am Boden liegt.

KATHERINA Was liegst du hier, Soldat?
JOHANN BOCKELSON Ich habe der Erde eben einen Kuß gegeben, Madame!

Er erhebt sich, doch bleibt sein Gesicht im Schatten.

KATHERINA Du bist die Wache?
JOHANN BOCKELSON Ihr seid eines der königlichen Weiber?
KATHERINA Du kennst mich?
JOHANN BOCKELSON Ich stand Wache vor Eurer Türe.
KATHERINA Ich erinnere mich deiner Stimme. Siehe! *Sie hält Geschmeide vor seine Augen.*
JOHANN BOCKELSON *kalt* Goldenes und silbernes Geschmeide.
KATHERINA Du mußt mich herauslassen, und es gehört dir.
JOHANN BOCKELSON Ihr müßt mir etwas anderes geben.
KATHERINA Was willst du?
JOHANN BOCKELSON Ihr müßt mich umfangen mit beiden Armen und Euren Leib an den meinen pressen und Eure Lippen an meine Lippen.
KATHERINA Ich will dies tun. *Sie umarmt Bockelson, der ihr von hinten den Dolch in den Leib senkt. Sie sinkt zu Boden.*
JOHANN BOCKELSON Warum hast du eigentlich gelebt?

Wie Bockelson und die Leiche langsam im Dunkel versinken, scheint die Bühne von einer ungeheuren Leere erfaßt zu sein, so daß die Stimme Judiths, die langsam ganz links im Vordergrund sichtbar geworden, wie in der Unendlichkeit des Weltalls verhallt.

JUDITH Der Winter ging dahin und der Frühling, und nun ist es Sommer;
nicht aber ging die Not dahin, und der Hunger wich nicht von dieser Stadt.
Die Menschen sterben auf den Plätzen, und ihre Leichen werden über die Wälle geworfen.
Meine Mutter ist tot, und mein Vater lebt in der Nacht, mir bleiben die Tränen.
Mein Leib ist zerbrochen und meine Seele erloschen, die Hände sind leer, und nur Schatten sind, wo ich weile.
Ich las von Judith, meiner Namensschwester, welche auszog, die Juden zu befreien.
Denn Holofernes, der Feldhauptmann Nebukadnezars, belagerte Bethulien, und die Not dieser Stadt war wie unsere Not.
Judith kam zu Holofernes in der Nacht und hieb ihm das Haupt ab:
Also will ich zum Bischof, der mit Schrecken Münster umgibt, ihn zu töten.

Judith verschwindet, und man erblickt das Innere eines Zeltes und den Bischof in der Mitte des Vordergrundes allein in einem Sessel. Vor ihm ein Tisch mit einer brennenden Kerze.

DER BISCHOF Ich bin hier im Lager zu Münster.
Es geht gegen die Mitte des Juni, und es ist warm, nur die Nächte sind manchmal noch kühl.
Eben habe ich draußen die Milchstraße bewundert, und es ist das erste Mal, daß ich die Venus so klar erblickte, seit dieser Krieg dauert.
Sie stand zwar tief im Westen, aber ihre Glut besänftigte mein Herz.
Nicht weit von mir kniete ein Landsknecht nieder, den ich noch eben gräßlich fluchen hörte, und betete. Möge sich alles zum Guten wenden.
Ich habe sichere Nachricht, daß die Lage der Stadt ohne Hoffnung ist.
Die Toren!
Was fürchten sie sich vor unseren Urteilssprüchen.
Diesem erbärmlichen Gerecht-sein-wollen, das wir traurigen Menschen vielleicht schon in wenigen Tagen vollziehen müssen. Herr, erleuchte uns! Gib uns ein wenig von deiner Helle, dem Nächsten ins Gesicht zu leuchten, aber wir sind blind.
Ich werde viele töten müssen, weil ich ein Mensch bin und verstrickt in meiner Grenze und weil sie den Tod unter Menschen verdient haben.
Ist es eine Strafe? Ist es eine Sünde? Gott allein weiß solches, und er antwortet uns nicht.
Herr, gib uns Weisheit, daß wir nicht an unsere Brust schlagen wie jener Pharisäer, welcher den Zöllner sah, weil wir uns selber schlagen, wenn wir sie treffen, und weil wir uns selber richten, wenn wir sie verdammen:
Denn wer fiel, wurde von Dir versucht, und wer schwer fiel, wurde von Dir schwer versucht.

Herr, hilf uns, daß wir nicht an jenen sündigen, welche Dir erlegen sind.

Denn wer spricht: Es geschieht ihnen recht, ist selber gerichtet, und wer sagt: Es geht mich nichts an, ist selber verworfen.

DER DIENER *tritt auf* Herr!

DER BISCHOF Was ist? Was hast du?

DER DIENER Eine Dame.

DER BISCHOF Nun?

DER DIENER Sie will Euch sprechen, sie kommt aus der Stadt.

DER BISCHOF Eine Dame. Ist sie schön? Jung?

DER DIENER Sehr wohl, Eminenz.

DER BISCHOF Wer hat sie hergebracht?

DER DIENER Ein Landsknecht, Herr.

DER BISCHOF Beide hereintreten. Und ein neues Licht bringen. Es ist zu dunkel für ein Gespräch, man muß sich in die Augen sehen können. Auch etwas für die Dame. Gebäck, süßen Wein.

Der Diener geht hinaus, der Landsknecht mit Judith erscheint.

DER BISCHOF Mit wem kommst du, mein Sohn?

DER LANDSKNECHT Ich weiß nicht, Eure Eminenz. Sie will zu Euch.

DER BISCHOF Wo hast du sie getroffen?

DER LANDSKNECHT Am Wall, Eure Eminenz.

DER BISCHOF Es ist gut. Du kannst gehen.

Der Landsknecht geht, der Diener bringt das Licht.

DER BISCHOF Verteile die zwei Lichter schön über den

Tisch. Das neue Licht rechts, du weißt, ich liebe die Ordnung. Du kannst gehen.

DER DIENER Verzeiht, der süße Wein und das Gebäck.

DER BISCHOF Du hast recht. Nur auf den Tisch, ein wenig gegen das rechte Licht. Es ist gut.

Der Diener geht hinaus.

DER BISCHOF *zu Judith* Tritt näher. Ich sehe dein Gesicht nicht.

Judith tritt in die Helle der Lichter.

DER BISCHOF Du bist Judith Knipperdollinck. Dein Vater war der letzte, mit dem ich in der Stadt gesprochen.

Judith steht unbeweglich.

DER BISCHOF Was willst du von deinem alten Bischof?

JUDITH Ich weiß es nicht.

DER BISCHOF Setz dich zu mir, Judith. Willst du Gebäck?

JUDITH Ich kann nicht Platz nehmen, ehrwürdiger Vater.

DER BISCHOF Du bist ein Weib geworden, Judith.

JUDITH Ich bin ein Weib geworden, ehrwürdiger Vater.

DER BISCHOF Du bist ein schönes Weib geworden. Wer ist dein Mann, Judith?

Sie schweigt zuerst, dann fällt sie vor dem Bischof nieder und weint, das Haupt auf dem Tisch.

DER BISCHOF Sprich nur ruhig. Es ist Bockelson?

JUDITH Ja.

DER BISCHOF Der Mann deiner Mutter?

JUDITH Ja.

DER BISCHOF Du armes Kind! Es ist Todsünde, was du getan hast.

JUDITH Ich weiß es, ehrwürdiger Vater.

DER BISCHOF Und warum bist du zu mir gekommen, Judith?

Sie schweigt.

DER BISCHOF Du schweigst? Willst du es mir nicht sagen? *Er lächelt.* Du bist nicht gekommen, Buße zu tun.

Judith schüttelt den Kopf.

DER BISCHOF Du hast ein schönes Gewand an, Judith. Ein wenig aus der Mode, aber es steht dir gut. Du bist doch nicht etwa – sieh mich an! *Er nimmt sie beim Kinn.* Du hast viel in der Bibel gelesen, Judith. Auch die Geschichte von der Judith und dem bösen Holofernes?

JUDITH Ihr wißt alles, ehrwürdiger Vater.

DER BISCHOF Du konntest nie lügen, Judith, und dies gefällt mir vor allem an dir. *Er küßt sie auf die Stirne.* Geh nun!

JUDITH Ich will nicht zurück.

DER BISCHOF Ich müßte dich töten lassen, Judith.

JUDITH Ich bleibe, ehrwürdiger Vater.

DER BISCHOF So nimm dies! *Er reißt sich das Kreuz vom Hals.* Wenn der rote Mann dich tötet mit seinem Schwert, umklammere es mit deiner Hand. *Er klingelt.*

Der Diener erscheint.

DER BISCHOF Führe die Dame in jenes Zelt, das wir unsern besten Gästen bestimmt haben. Sie wird morgen sterben.

DER DIENER Ich werde anordnen, sie streng zu bewachen.

DER BISCHOF Wie kennst du die Menschen! Aber Hunde liebst du auch nicht! Man kann sich viel Arbeit ersparen und Wächter, wenn man die Menschen kennt. *Nach einer nachdenklichen Pause* Aber vielleicht bist du nur zu dem allem zu jung.

Wie die Worte des Bischofs verklingen, sinkt die Bühne in undurchdringliche Nacht, die auch den Zuschauer umfängt, aus der heraus, wie aus dem Ungewissen, die Stimme Knipperdollincks steigt.

KNIPPERDOLLINCKS STIMME Johann Bockelson aus Leyden, König der armen Stadt Münster, die bleich im Mond einen elenden Teil westfälischer Erde bedeckt und deren Mauern still das Grauen umfangen, wie die Arme einer Mutter das tote Kind.

BOCKELSONS STIMME Wer ruft mich?

KNIPPERDOLLINCKS STIMME Dich ruft die Armut und das Elend, die wie Aussatz auf dem Leibe des armen Lazarus liegen.

BOCKELSONS STIMME Was willst du von mir, mein lieber Lazarus?

KNIPPERDOLLINCKS STIMME Ich habe Hunger.

BOCKELSONS STIMME Leider habe ich eben die letzte Schüssel Bohnen mit Bratwurst gegessen.

KNIPPERDOLLINCKS STIMME Mich hungert's nach dem Reich Gottes.

BOCKELSONS STIMME Das Reich Gottes ist eine schwierige Angelegenheit, um so mehr, als auch unser sterblicher Leib dringend der Nahrung bedarf.

KNIPPERDOLLINCKS STIMME Ich sitze in zerrissenem Hemde auf der Treppe, die zum großen Portale deines Palastes führt, von einem silbernen Kranz der Weiber und Kinder umgeben, die der Hunger getötet hat.

Während nun Bockelsons Stimme wieder ertönt, wird es langsam hell, und man sieht Bockelson in der Situation, die seine Worte schildern.

JOHANN BOCKELSON Ich sitze auf den Stufen der Treppe, die zu meinem Throne führt, der sich im großen Saal des Palastes befindet, vor dessen Portal du sitzest, mein lieber Lazarus.
Mein Purpurmantel umgibt mich wie eine Glocke, und über dem wohlfrisierten Haar steigt steil die Krone empor,
in zwölf Zacken, welche die Stämme Israels bedeuten, deren Erbe ich übernommen habe, die wiederum den zwölf Beinen des Throns gleichzusetzen sind,
auf dem der Allmächtige sitzt,
und die unerschütterlich stehn, wie die Zacken der Krone meines Haupts unerschütterlich ragen,
obschon sich in diesem Augenblick mein Kopf schwankend hin und her bewegt,
denn ich bin vom Weine voll, und ein wenig lallend vielleicht erhebe ich diesen goldenen Pokal meinem Munde entgegen. Um mich herum liegen die Männer und Weiber meines Hofs, denn unser Fest dauerte drei Tage.

Nun schlafen sie alle, und mancher schnarcht wohl ein wenig.
Bruder Rottmann sogar, Erzbischof von Kapernaum und Nain, mit dem Beinamen: Das Felsengebirge, liegt nicht sehr bequem unter einem Tisch, die Lippen noch auf den zierlichen Pantoffel gedrückt, den er der schönen Divara vom Füßchen gestreift.
Blickt nun hinein in den Saal meiner silbernen Nächte, laßt euch blenden vom Gold der Wände und dem farbigen Glitzern der Gewänder,
und vom dunklen Feuer des Weins,
der die Hingesunkenen wie Blut überdeckt.
Seht mich tanzen in meiner Trunkenheit von tausend Fackeln umstrahlt,
und seht, wie sich alles vollendet, und seht meinen Untergang im schimmernden Lichte des Vollmondes!

Ein dicker Koch kommt auf allen vieren von links in den Saal und kriecht auf Bockelson zu. Er hat eine hohe Kochmütze auf dem Kopf, einen Kochschurz um den Leib und eine rote Nase im Gesicht.

DER KOCH Heil, König Bockelson, heil!
Was die Blutwurst unter den Würsten,
das bist du, o König, unter den Fürsten!

JOHANN BOCKELSON Ihr gehört in die Küche, Graf Gilboa, Ihr habt hier nichts zu suchen.

DER KOCH Wo soll ich anders die Schinken suchen und die frischen Brote, die Eier, den Speck und den köstlichen Wein? Der Magen Eurer Majestät hat alles verschlungen. *Er fällt auf den Bauch.*

JOHANN BOCKELSON Was macht Ihr da auf dem Boden, Graf Gilboa?

DER KOCH Ich mache nicht auf den Boden, ich drücke nur meine untergeordnete Stellung aus.

JOHANN BOCKELSON Wie lange werden wir noch zu essen haben?

DER KOCH Es ist ein dunkler Punkt: Wir haben aus unseren Mägen Massengräber gemacht, denn es war ein großes Sterben unter den Lebensmitteln. So etwas wie eine radikale Lustseuche.

JOHANN BOCKELSON *mit großartiger Gebärde* Ich werde Manna regnen lassen!

Knipperdollinck steigt durch das offene Fenster in den Saal. Er ist fürchterlich verwildert und im bloßen Hemd, das riesige Löcher aufzuweisen hat.

KNIPPERDOLLINCK Hurra!

DER KOCH Das ist auch so ein besonderes Exemplar von einem Narren! Er flößt mir ordentlich Respekt ein.

JOHANN BOCKELSON Wir haben ein großes Stelldichein diese Nacht.

KNIPPERDOLLINCK Ich bin König Bockelsons Narr! Ich bin König Bockelsons Vergangenheit und König Bokkelsons Zukunft.

DER KOCH Das ist eine traurige Vergangenheit.

JOHANN BOCKELSON Und eine erbärmliche Zukunft.

DER KOCH Es ist ein lausiges Schicksal, das im bloßen Hemd herumläuft.

KNIPPERDOLLINCK *welcher sich auf den Thron gesetzt hat* Was machst du für ein trauriges Gesicht, König Bockelson?

JOHANN BOCKELSON Die Kannen sind leer, die Teller zerbrochen, der Tag ist vorbei und die Nacht ist lang. Aber was machst du auf meinem Thron?

KNIPPERDOLLINCK Ich bin der König von Münster in Westfalen.

JOHANN BOCKELSON Was wollen wir mit diesem verlausten Schicksal machen, Graf Gilboa?

DER KOCH Dies erbärmliche Geschick muß seine Worte beweisen.

JOHANN BOCKELSON *zu Knipperdollinck* Hast du gehört, du mußt es beweisen.

KNIPPERDOLLINCK Wer hat dich zum König gemacht?

JOHANN BOCKELSON Dein Gold.

KNIPPERDOLLINCK Wem gehört mein Gold?

JOHANN BOCKELSON Dir.

KNIPPERDOLLINCK Also bin ich der König von Münster in Westfalen.

JOHANN BOCKELSON Er hat es bewiesen, Herr Graf.

DER KOCH Dem Schicksal zu erliegen ist der Sterblichen Los.

JOHANN BOCKELSON Ich werde abdanken müssen.

DER KOCH Majestät tragen das Unglück mit Würde.

JOHANN BOCKELSON Ich werde Euer Küchenjunge sein, Herr Graf.

DER KOCH Wir werden morgen ein Menü von Luft, Regenwasser und unserer Verdauung bereiten.

KNIPPERDOLLINCK Ich bin gekommen, Rechenschaft von dir zu verlangen, König Bockelson.

DER KOCH Es geht Euch an den Kragen, Majestät.

KNIPPERDOLLINCK Wo ist mein Weib Katherina und wo ist mein Töchterchen Judith, König Bockelson?

JOHANN BOCKELSON Das ist eine traurige Geschichte. Sie sind tot.

KNIPPERDOLLINCK Tot?
JOHANN BOCKELSON Tot.
DER KOCH Mausetot.
KNIPPERDOLLINCK *hoch aufgerichtet* Wir wollen tanzen.
JOHANN BOCKELSON Wir wollen im Mondlicht tanzen.
DER KOCH Wir wollen schlafen.
KNIPPERDOLLINCK Wir wollen auf dem Dache tanzen!

Er springt ans Fenster, die Bühne wird dunkel.

JOHANN BOCKELSON *unsichtbar aus dem Finstern* Im Mondlicht auf dem Dache tanzen!

Knipperdollinck ist allein sichtbar. Er steht auf dem Fenstersims, sich dunkel abhebend.

KNIPPERDOLLINCK Mond! Mond am Himmel!
Warum bist du rund und hell und rein?
Dein Licht ist kühl und blau über den Dächern und Wällen!
O Dach unter mir, du bist wie eine Weide, die zum Himmel strebt!
O Herrlichkeit, über Dächer zu schweben in wiegendem Wandel des Tanzes!

Während diesen Worten rollt sich hinten die Wand in die Höhe, und man sieht einen riesenhaften Vollmond, und zwar so, daß Krater und Meere deutlich sichtbar sind. Er hängt in einem unendlichen Himmel, welcher tiefblau ist und ohne Sterne. Unter ihm breitet sich der Dachfirst aus, beginnend am Fenster und sich horizontal über die ganze Bühne erstreckend. Mit wenig Mitteln ist hier schon

Großes zu erreichen. Die Menschen sind immer Kinder und sehen in Wenigem um so leichter Alles. So folgt also: Der Tanz auf dem Dache.

KNIPPERDOLLINCK *springt vom Fenstersims rittlings auf den Dachfirst* Du Dachfirst zwischen den Schenkeln!
Meine Hände liebkosen dich.
Du mein Pferdchen, du mein sanftes Reh, du mein wilder Stier!
Ich bin dein Reiter am Himmel, und die Schatten der Wolke sind Wellen in meinem Haar!

Johann Bockelson erscheint im Fensterrahmen.

JOHANN BOCKELSON Dir nach! Dir nach!
Du bist mein Narr! Mein Schatten! Mein Augapfel! Ich will über das Dach mit dir wandeln wie eine Katze!
Leicht wie sie, schnell wie sie, heiß wie sie.
Ich will tanzen wie ein Kind im Mond!

Auch er springt aus dem Fenster auf das Dach. Beide tanzen nun. Knipperdollinck gräßlich zerlumpt, Bockelson in Königsmantel und Krone, hinter ihnen der ungeheure Mond.

KNIPPERDOLLINCK O Mond, wie bist du über uns gebreitet wie ein Rad! An dem wir hängen werden, an dem unsere Glieder zerbrechen werden.
Wir schlenkern die Beine in deinem Licht, und wir klatschen mit Händen in deiner Musik!
Wir kosen sanft deine Fülle, und mit Lippen küssen wir deine Berge!

JOHANN BOCKELSON Ich weiß nicht, woher ich komme, ich weiß nicht, wohin ich gehe, ich weiß nicht den Namen meines Vaters!
Großer, runder Mond!
Sei du mein Vater, uraltes Gestirn mit steinernem Meer! Mit den Palmenwäldern aus Eis, mit den Talgdrüsen aus Glas!
Sei du meine Schwester, sei du mein Bruder, und mein älterer Onkel.
Ich drehe mich vor dir,
ich hüpfe auf einem Bein vor dir
auf schmalem First, gespannt von einer Unendlichkeit zur andern!

KNIPPERDOLLINCK Laß uns den Tanz vollenden!
Laß uns einmal den Tanz unseres Lebens vollenden!
Laß uns tanzen in der schwimmenden Wolke deiner blauen Flamme!
Alles ist Flötenspiel, alles ist Leichtigkeit!
Ich liebe dich.
Mond! Mond!
Du bist das Lächeln der Welten, du bist gelber Honigkuchen vom Himmel.

JOHANN BOCKELSON Du siehst mich tanzen mit Krone und Stab!

KNIPPERDOLLINCK Du siehst mich tanzen in zerrissenem Hemd!

JOHANN BOCKELSON Segne meine Macht! Segne die Erde in mir und segne meine Schwere, meine tanzende Schwere!

KNIPPERDOLLINCK Segne meine Armut und segne meine Blöße, segne meine Narrenheit, meine heilige Narrenheit!

Ja, Ja! Mond, Mond!
Heilige unsere Narrenheit, unsere trunkene Narrenheit!
Verkläre uns in deinem Lichte.
Gib uns leichten Tanz und reine Heiterkeit,
Heiterkeit, Heiterkeit in deinem blauen Lichte!

KNIPPERDOLLINCK Mond, Mond!
Du erblickst meinen Nabel wie eine späte Sonne durch die Ritzen und Schlitze meines Hemdes!
Sieh die Zehen an meinem Fuß!
Sieh, wie sich mein Leib drängt an den deinen.
Ich bin brünstig nach dir
wie der buntscheckige Stier!
Ich umarme dich,
ich ziehe dich herunter zu mir,
ich begrabe mich im ewigen Eis deiner Gletscher!

JOHANN BOCKELSON Ich höre die steinernen Ziegen deiner Täler meckern, ich höre die Kühe deiner Alpen muhen!
Ich hüpfe mit dem Bäuchlein und wackle mit dem Ärschlein und schlenkere mit den Armen.

Sie geben sich den Arm.

KNIPPERDOLLINCK Hei, Brüderchen!
Ich blicke in dein Gesicht mit der Krone darüber und dem Barte unter dem Kinn.
Dein Auge ist voll vom Mond und deine Lippen naß von seinen Küssen.

JOHANN BOCKELSON Ich fühle deinen Leib unter deinem Hemd mit den jämmerlichen Rissen.
Ich tanze mit dir, meinem Narren, ich tanze mit dir, meinem Schatten.

Wir drehen uns im Kreise herum, auf schmalem Dache im Kreise herum.

Hinter ihnen verschwindet langsam der Mond. Die Bühne wird ganz dunkel, und man sieht nur die Tanzenden, doch bewegen sie sich nun gegen den Vordergrund der Bühne.

KNIPPERDOLLINCK Laß uns hinuntertanzen vom Dach, einer im Arme des andern.

JOHANN BOCKELSON Der König im Arme des Bettlers, der Reiche im Arme des Lazarus, der Narr im Arme des Narren! Laß uns durch die Luke tanzen, in den Estrich hinein und um das Kamin!

KNIPPERDOLLINCK Die gewundenen Treppen hinab, im Kreise hinab, in immer weiteren Kreisen hinab.

JOHANN BOCKELSON Und schlenkern das Bein nach links und nach rechts!

KNIPPERDOLLINCK Wir tanzen hinaus zum Portal!

JOHANN BOCKELSON An trunkenen Wächtern vorbei, an Bacchanten, an eisernem Gitter vorbei!

KNIPPERDOLLINCK Durch die gewundenen Gassen dahin, wo die Häuser stehn und die Brunnen sich drehn!

JOHANN BOCKELSON Vorüber an Plätzen, vorüber an Bäumen, vorüber am Dom, vorüber am Turm!

Im Hintergrund taucht riesig das Ägidiitor aus dem Dunkel.

KNIPPERDOLLINCK O Stadt im Lichte des heiligen Monds! O Wall vor uns im nächtlichen Feuer!

JOHANN BOCKELSON Ich tanze dahin in heiterem Wirbel!

KNIPPERDOLLINCK Ich drehe mich leicht in schwebendem Zirkel!

JOHANN BOCKELSON Laß mich tanzen, laß mich zu den Menschen tanzen, ewiger Mond!
Mit dem Mantel aus Purpur, mit der Krone aus Gold!
Laß mich tanzen,
laß mich zu meinen Feinden tanzen!
daß sie niedersinken vor meinem Glanze
und mein Fuß leicht über die Leiber wandle,
die im weiten Kreis die Ebene decken!

KNIPPERDOLLINCK Laß mich tanzen, laß mich zu den Menschen tanzen, du nächtlicher Bruder der Erde!
Ohne Weib sollen sie sein, ohne Tochter sollen sie sein, arm wie ich, schuldig wie ich, glücklich wie ich, von Schwären und Beulen zerfressen wie ich!

Sie tanzen zum Tor.

JOHANN BOCKELSON O Mond am Himmel, o Tor der Unendlichkeit unter ihm, wie ein Pfahl in die Erde gesenkt,
die endlos sich durch die Zeiten wälzt!

KNIPPERDOLLINCK Ihr Torflügel, über die meine Hände gleiten, du Holz, das ich kose,
du kühles Eisen, an das ich meine Wange presse!

JOHANN BOCKELSON Laß mich das Tor öffnen, du Mond, mit dem gelben Bart unter dem Kinn!

KNIPPERDOLLINCK Laß mich hineintanzen in die Welt voller Kokospalmen und Eisbären,
singender Mörder am Galgen und schlafender Blumen am Hügel!

JOHANN BOCKELSON Laß mich den Schlüssel drehen, du

Geselle der Diebe, bekränzt mit Efeu und unanständigen Liedern!

KNIPPERDOLLINCK Pack an, mein König unter der zackigen Krone!

JOHANN BOCKELSON Faß an, mein Narr in zerlöchertem Hemde!

KNIPPERDOLLINCK Den großen Querbalken nun, den Querbalken nun!

JOHANN BOCKELSON Er dreht sich leicht in seiner Schraube!

KNIPPERDOLLINCK Ich schiebe dich, Riegel!

JOHANN BOCKELSON Wie ein blauer Fisch entgleitet er deinen Händen!

KNIPPERDOLLINCK Ich öffne dich, Tor!

JOHANN BOCKELSON Wie eine Blume öffnest du dich! Wie eine köstliche Blume des Todes!

KNIPPERDOLLINCK O Tor der Unendlichkeit! Wie sind deine Arme Flügel geworden!

JOHANN BOCKELSON Sie heben uns in die Nacht, sie pressen uns an die Mauern!

KNIPPERDOLLINCK Und weithin verhallt unser Schrei im
stummen Antlitz des Mondes,
der nun,
wie er niederstürzt,
uns in seinem Silber begräbt!

Das Tor wird mit aller Wucht von innen und außen zugleich geöffnet, so daß die zwei Tanzenden von den Torflügeln an die Mauer gepreßt werden. Durch das geöffnete Tor strömen die Landsknechte in lautem, plötzlichem Trommelwirbel, allen voran Johann von Büren, der, obgleich hinkend, mit seinem Holzbein in unheimlicher Schnelligkeit gegen das Publikum herankommt.

JOHANN VON BÜREN *ganz vorne im grellsten Licht, während hinter ihm alles versinkt* Stadt! Stadt!
Ich verfluche dich!
Deine Mauern sinken dahin, deine Türme zerbrechen!
Blutige Nacht! Blutiger Mond! Du schreckliche Fackel des Sieges!
Sieh, wie sich die Flamme verbreitet, wie Qualm den Himmel verdeckt.
Stunde der Jagd, Stunde der Menschenjagd, heilige Todesnacht!
Weiße Leiber starren am Rad, und um den Galgen flattert die Krähe, tief stößt ein Geier hinab.
Tod! Tod!
Bleiches Antlitz voll Verwesung und Mord!
O Schwärme pfeifender Ratten!
O Schweigen des Doms, tot aufgereckt in das Leere!
Wie ist dir nicht alles anheimgegeben, ewige Qual, wie ist dir nicht alles verfallen, unendlicher Abgrund!

Der Wirbel der Trommeln und der Klang des Orchesters vereinigen sich zu einem einzigen ungeheuren Schrei. Dann tritt tiefe Stille ein, aus der heraus sich nur zaghaft eine neue, fremde und dunkle Melodie herauslöst, die in unendlicher Traurigkeit hinaufschwebt. Dann öffnet sich der Vorhang wieder, und man erblickt Bockelson und Knipperdollinck mit ausgebreiteten Gliedern an zwei riesige Räder geflochten, welche sich an einer schiefen Mauer befinden, so daß die beiden nach oben schauen. Sie sind nur mit Fetzen bekleidet. Zu ihren Füßen befindet sich eine Tafel mit einer Zahl. Bockelson hängt links, Knipperdollinck rechts. Vor ihnen steht der Scharfrichter und die Wache, die wir ganz zu Anfang kennengelernt haben.

DER SCHARFRICHTER Euer Strengen bemerken – wie sich der Vorhang zum letzten Male gehoben –
zwei Menschen, recht traurige Subjekte, welche sich auf der steinernen Fläche dieser Mauer dem Himmel wie die Kelche einer geheimnisvollen Nachtanemone entgegenneigen,
(wenn ich so sagen darf, denn ich dichte in verdämmerten Stunden bisweilen, hem, hem).
Beide etwas dürftig gekleidet und sehr gewissenhaft auf diese Räder geflochten.

DIE WACHE Wie Ihr sagt: Sehr gewissenhaft. Der da ist tot.

DER SCHARFRICHTER In der Tat: Rasch tritt der Tod den Menschen an, sagt der Dichter.

DIE WACHE Welche Nummer?

DER SCHARFRICHTER Es ist Numero 524.

Die Wache zieht ein umfangreiches Verzeichnis aus der Tasche und sucht darin.

DIE WACHE Numero 524: Johann Bockelson aus Leyden. Eine recht schön erhaltene Leiche. Gestorben am – welches Datum haben wir heute?

DER SCHARFRICHTER Es ist der 22. Januar.

DIE WACHE *mit dem Stift in das Verzeichnis schreibend* Gestorben am 22. Januar 1536. Die Leiche kann abgenommen werden. Der links:

DER SCHARFRICHTER Numero 523.

DIE WACHE Bernhard Knipperdollinck. Er hat eben gestöhnt, wie ich glaube. Er bleibt noch hängen. Wo sind die nächsten?

DER SCHARFRICHTER Wenn Euer Strengen sich nach vorne begeben wollen!

Von links erscheinen die beiden Straßenkehrer mit ihrem Karren.

DER SCHARFRICHTER Darf ich Euer Strengen bitten.

DIE WACHE Sehr wohl. Wir müssen noch dreihundert Stück besichtigen. Die Gerechtigkeit ist streng, mein Lieber.

DER SCHARFRICHTER Das Leben ist der Güter höchstes nicht,
der Übel größtes aber ist die Schuld, sagt der Dichter, Euer Strengen.

Die beiden gehen ab.

DER ERSTE STRASSENKEHRER Das ist Numero 523. Es ist das nächste Numero.

DER ZWEITE STRASSENKEHRER Quingenti viginti quattuor, versteht Ihr.

DER ERSTE STRASSENKEHRER *indem er die Leiche Bockelsons mustert* Je, das ist eine brave Leiche.

DER ZWEITE STRASSENKEHRER Das sind interessante Muskuli! Ich habe Medizin studiert, Ihr wißt.

DER ERSTE STRASSENKEHRER Weiß, weiß.

DER ZWEITE STRASSENKEHRER Und Theologie!

DER ERSTE STRASSENKEHRER Tot ist tot, da braucht es keine Theologie.

Bockelson liegt auf dem Karren.

DER ERSTE STRASSENKEHRER Was der wohl gewesen ist in seinem Leben?

DER ZWEITE STRASSENKEHRER Er hatte vielleicht das Rappeln.

DER ERSTE STRASSENKEHRER Schaffen wir das weg. Ein totes Zeug ist wie das andere.

Er schiebt Bockelson hinaus, der zweite Straßenkehrer hintendrein.

DER ZWEITE STRASSENKEHRER Er hatte aber das Rappeln!

Sie verschwinden links, und von der entgegengesetzten Seite kommt der Bischof in seinem Wagen über die Bühne gerollt, die Räder mit den Händen bewegend. Es ist schon dunkel. Er hält vor Knipperdollinck.

DER BISCHOF Da bist du an deinem Rad und ich in meinem Wagen.

Knipperdollinck stöhnt leise und bewegt sich.

DER BISCHOF Du hast deinen Weg durchmessen und ich den meinen.

KNIPPERDOLLINCK Geht es dem Abend zu, ehrwürdiger Vater?

DER BISCHOF Es ist dunkel.

KNIPPERDOLLINCK Betet, daß ich nicht sterbe vor dem Morgen. Noch diese Nacht mit meinem Gott und meinem Rad.

DER BISCHOF Gott wird dir geben, um was du ihn gebeten hast.

KNIPPERDOLLINCK Ihr habt gesiegt, Bischof von Münster. *Er hängt wieder leblos.*

DER BISCHOF Es gibt keine Sieger in diesem Kampfe. Ich wollte dir Trost geben und wurde selber getröstet. Ich wollte dich beschenken und war selber ein Bettler. Ich wollte dich widerlegen, und du hast die Welt widerlegt.

Von rechts kommt in prächtiger Kleidung der Landgraf von Hessen.

DER LANDGRAF VON HESSEN Rad reiht sich an Rad, Qual schließt sich an Qual: Die haben ihre Schuld gebüßt, Eminenz.

DER BISCHOF Was sprecht Ihr von Schuld und von Buße, Landgraf von Hessen. Wie kleine Worte bei so großem Elend! Alles ist eins beim Menschen: Seine Tat und das Rad, an welches ihn Gott geflochten.

DER LANDGRAF VON HESSEN Sie waren Narren! Der Mensch muß erst das Gehen lernen, bevor er fliegen kann.

DER BISCHOF *traurig* Als Doktor Luther den Menschen das Gehen beizubringen suchte, konnten sie schon stehen?

DER LANDGRAF VON HESSEN Ich weiß es nicht.

DER BISCHOF Wir wollen uns trösten: Am Ende liegen wir alle.

DER LANDGRAF VON HESSEN *auf Knipperdollinck weisend* Was ist ihnen geblieben?

DER BISCHOF Zerfetzte Leiber, Schwären voll Eiter und

metallenen Fliegen, verhungerte Kinder am Rande der Straße und Huren in den Gassen.

DER LANDGRAF VON HESSEN Ein sinnloses Leben! Verachtet von allen!

DER BISCHOF In ihrer Qual liegt der Sinn, Landgraf von Hessen.

DER LANDGRAF VON HESSEN *indem er langsam hinausgeht* Weh ihnen, sie haben Gott verloren.

DER BISCHOF Wohl dem, der ihn am Rade wiederfindet.

Nun entfernt sich auch der Bischof. Die Bühne wird ganz dunkel, und nur Knipperdollinck wird grell sichtbar, der auf dem Rade ausgespannt ist.

KNIPPERDOLLINCK Herr! Herr!
Sieh mich Dir an diesem Rad entgegengebreitet!
Sieh meinen Leib, der zerbrochen ist, und meine Glieder, die in dieses Holz gespannt sind,
das mich umgibt als meine Grenze, die Du mir gesetzt hast,
damit ich mich selber erkenne!
Ich habe alles von mir geworfen, als wäre es Feuer in meinen Händen, und Du hast keine meiner Gaben verschmäht.
Herr! Herr!
Nun breitest Du Dein Schweigen über mich, und die Kälte Deines Himmels tauchst Du in mein Herz wie ein Schwert!
Senkrecht steigt meine Verzweiflung zu Dir, eine lodernde Flamme,
und die Qual, die mich zerfleischt,
und der Schrei meines Mundes, der sich Dir entgegen-

wirft, und der nun zu Deinem Lobe verklingt,
denn alles, was geschieht, offenbart Deine Unendlichkeit, Herr!
Die Tiefe meiner Verzweiflung ist nur ein Gleichnis Deiner Gerechtigkeit,
und wie in einer Schale liegt mein Leib in diesem Rad,
welche Du jetzt mit Deiner Gnade bis zum Rande füllst!

Der Blinde

Ein Drama

Personen

Der Herzog
Palamedes, sein Sohn
Octavia, seine Tochter
Negro da Ponte, italienischer Edelmann
Der Hofdichter Gnadenbrot Suppe
Der Schauspieler
Der Musketier Schwefel
Der Edelmann Lucianus
Der Neger
Die Dirne
Der Henker
Gesindel, Strolche

Geschrieben im Winter 1947/48
Uraufführung im Stadttheater Basel
am 10. Januar 1948

Der Herzog. Palamedes.

PALAMEDES Mein Vater?

DER HERZOG Ich sitze inmitten meines Landes im Strahl des untergehenden Tages.
Die Krankheit verläßt den Leib, und im Alter werde ich zum zweiten Mal geboren.
Ein Schweigen ist um mich, eine große Welt der Andacht.
Ich streife ab, was mich bedrückt, doch weicht ein doppelter Kummer nicht von mir:
Eure Schwermut und Octavia, meine Tochter, die mich verlassen hat und die ich liebe.

PALAMEDES Es ist Zeit, mein Vater. Die Söhne werden schwermütig, und die Töchter gehen fort.

DER HERZOG Ihr meldet, daß sich abgesprengte kaiserliche und schwedische Truppen auf unserem Gebiet bekämpfen.

PALAMEDES Sie sind vertrieben, mein Vater.

DER HERZOG Vor meinem Schlosse sitzend, will ich die Gnade Gottes genießen: den Frieden meines Landes und den Frieden meiner Seele.

PALAMEDES Ich verlasse Euch.

DER HERZOG Geht, mein Sohn.

Palamedes nach rechts ab.

Der Herzog. Negro da Ponte.

NEGRO DA PONTE *von links mit gezücktem Degen auftretend* Mein Herr.

DER HERZOG Wer spricht?

NEGRO DA PONTE In schwedischen Diensten. Wo bin ich hier?

DER HERZOG Vor dem Schloß des Herzogs, den man den Glücklichen nennt.

NEGRO DA PONTE *schaut sich kurz und gleichgültig im Trümmerfeld um* Vor dem Schloß des Herzogs, den man den Glücklichen nennt. *Er geht weiter.*

DER HERZOG Ihr geht an mir vorbei?

NEGRO DA PONTE *bleibt stehen* Wollt Ihr etwas von mir?

DER HERZOG Ihr geht an mir vorbei, mein Herr.

NEGRO DA PONTE Ich gehe weiter. *Er will rechts abgehen.*

DER HERZOG Ihr geht an meinem Schloß vorbei, das sich im Abendrot mit goldenen Dächern und weißen Türmen vor Euch erhebt.

NEGRO DA PONTE *verwundert* Ihr sagt, daß ich an einem Schloß vorbeigehe?

DER HERZOG Es steht reich und gewaltig vor Euch.

NEGRO DA PONTE Wer seid Ihr?

DER HERZOG Ich bin der Herzog, den man den Glücklichen nennt. Es gehört mir alles, was Euch umgibt und was Ihr seht: Das hohe Schloß, das Land, das sich zu Euren Füßen ausbreitet, die Dörfer, die Wälder und die Hügel, soweit Euer Auge reicht.

NEGRO DA PONTE Ihr seid blind.

DER HERZOG Ich bin blind. Die Krankheit, von der ich genesen bin, hat mich blind gemacht.

NEGRO DA PONTE Man nennt Euch den Glücklichen?

DER HERZOG Ich bin glücklich.

NEGRO DA PONTE Ich grüße Euch, mein Herr, und ich grüße Euer Schloß und Euer Glück!

DER HERZOG Habt Dank.

NEGRO DA PONTE Ich bin ein italienischer Edelmann, Negro da Ponte mit Namen.

DER HERZOG Ich grüße Euch, Negro da Ponte. Ich sitze zum ersten Mal nach langer Krankheit an diesem Abend wieder vor dem westlichen Portal meines Schlosses. Es ist ein schönes Portal, Edelmann, nicht wahr?

NEGRO DA PONTE Ein traumhaftes Portal, mein Herr!

DER HERZOG *zeigt ins Leere* Alte Arbeit, wie Ihr Euch überzeugen könnt, und die Geschichte Hiobs in den Mauerbogen gemeißelt. Ihr seht den alten Mann links über der Wölbung vor seinem Haus im Lande Ur sitzen. Vor ihm steht der Versucher, der eben aus Zufall vorübergeht.

NEGRO DA PONTE Ich sehe.

DER HERZOG Der Versucher hält einen Degen in der Hand.

NEGRO DA PONTE Einen Degen?

DER HERZOG Der Steinmetz dachte sich den Versucher mit einem Degen in der Hand.

Negro da Ponte steckt seinen Degen ein.

DER HERZOG Und weiter seht Ihr die ganze Geschichte gemeißelt: Die Armut Hiobs, seinen Aussatz, wie Gott mit ihm redet, und wie ihm am Ende alles wiedergegeben wird, was er verlor.

NEGRO DA PONTE Ich bewundere ein Portal, das so schöne Bilder umgeben.

DER HERZOG Kaiser Otto ritt hindurch, und ein italienischer Edelmann will vorbeigehen.

NEGRO DA PONTE Ich habe dieses Schloß und dieses Portal nicht beachtet, mein Herr. Ich bin müde.

DER HERZOG Ihr seid einer von den Feldleuten in schwedischen Diensten, die auf meinem Gebiet mit den Soldaten des Kaisers gekämpft haben?

NEGRO DA PONTE Ich bin einer von ihnen.

DER HERZOG Mein Schloß weist dem Wanderer den Weg. Ihr habt es immer vor Augen gehabt, als Ihr von den Hügeln her durch die Dörfer gekommen seid.

NEGRO DA PONTE Der Kampf war schwer, mein Herr, und ich mußte schauen, wie ich den Kaiserlichen entkomme. So habe ich Euer Schloß nicht gesehen, aber nun sehe ich es.

DER HERZOG Es ist ein schönes Schloß, Edelmann.

NEGRO DA PONTE Ein überaus luftiges Schloß.

DER HERZOG Was wollt Ihr damit sagen?

NEGRO DA PONTE Es ist sehr in die Luft gebaut.

DER HERZOG Es ragt hoch in den Himmel. Und ein herrliches Land. Es gibt wenige Länder in Deutschland, die nicht zerstört sind. So erfreut mein Land Euer Auge doppelt.

NEGRO DA PONTE Es freut mich zu sehen, daß in Deutschland ein Gebiet von Wallenstein verschont worden ist.

DER HERZOG Mein Schloß steht unberührt wie am ersten Tag.

NEGRO DA PONTE Ich danke Euch, daß Ihr mir die Schönheit Eures Schlosses offenbart habt. *Er wendet sich zum Gehen.*

DER HERZOG Ihr geht weiter?

NEGRO DA PONTE Ich muß Euch verlassen.

DER HERZOG Ihr wollt in den Krieg zurück?

NEGRO DA PONTE Ich kehre zurück. *Er wendet sich von neuem zum Herzog.* Ihr sagt, daß Ihr glücklich seid?

DER HERZOG Mich macht die große Gnade glücklich, die mich umspannt. Der Friede meines Landes und der Friede meiner Seele.

NEGRO DA PONTE Für einen Sehenden gibt es keine Gnade, mein Herr.

DER HERZOG Dann müßt Ihr unglücklich sein, Edelmann.

NEGRO DA PONTE Vielleicht habt Ihr recht. Ihr sitzt blind vor dem westlichen Portal Eures Schlosses, das sich mit weißen Türmen und goldenen Dächern erhebt, und seid glücklich. Ein italienischer Edelmann aber, der in Deutschland Krieg führt, geht an Euch vorüber, sieht und ist unglücklich.

DER HERZOG Es ist jeder in meinem Schloß willkommen.

NEGRO DA PONTE Auch ein Unglücklicher?

DER HERZOG Auch er.

NEGRO DA PONTE Ich habe hier nichts mehr zu suchen, mein Herr. Ich bin ein Fremder und gehe weiter.

DER HERZOG Ihr sollt bei mir bleiben, Edelmann.

NEGRO DA PONTE Was wollt Ihr denn von mir?

DER HERZOG Ich will Euch etwas geben.

NEGRO DA PONTE Was kann ein Blinder einem Sehenden geben?

DER HERZOG Alles, was er besitzt.

NEGRO DA PONTE Das ist viel, mein Herr, Ihr seid Besitzer von großen Gütern.

DER HERZOG Ich lege eine große Last auf Eure Schultern: Das Land, über das ich herrsche, mein Schloß, die Dörfer, eine Welt, die Euch umschließt, und die Gnade des Himmels, die mir gegeben worden ist.

NEGRO DA PONTE Ihr verschenkt die Gnade des Himmels mit vollen Händen.

DER HERZOG Ich ernenne Euch zu meinem Statthalter.

NEGRO DA PONTE Ihr wollt einen, den Ihr nie gesehen habt, der zufällig an Euch vorbeikommt und von einem Krieg zu einem anderen Kriege geht, zum Statthalter Eures Landes ernennen?

DER HERZOG Meine Wahl ist auf Euch gefallen.

NEGRO DA PONTE Ihr kennt mich nicht.

DER HERZOG Ihr seid ein Edelmann.

NEGRO DA PONTE Genügt das?

DER HERZOG Ich bin blind. Ich muß dem Menschen vertrauen, um zu sehen.

NEGRO DA PONTE Wie könnt Ihr sehen, wenn Ihr blind seid?

DER HERZOG Indem ich mich in meine Blindheit ergebe.

NEGRO DA PONTE Was heißt, sich in seine Blindheit ergeben?

DER HERZOG Das heißt glauben, Edelmann.

NEGRO DA PONTE Ihr schweigt?

DER HERZOG Das ist alles, was Euch ein Blinder zu sagen hat.

NEGRO DA PONTE *nach kurzem Schweigen* Ich bleibe bei Euch, mein Herr. Bei Euch und bei Eurem Schloß.

DER HERZOG Ihr seid mein Statthalter.

NEGRO DA PONTE Ich bin der Statthalter Eurer Blindheit.

DER HERZOG Hofdichter!

Die Vorigen. Suppe.

SUPPE *ein zerlumpter Mensch poetischen Anblicks kommt von rechts* Eure Hoheit?

DER HERZOG Ihr steht vor Negro da Ponte, einem italienischen Edelmann, der bei den Schweden diente, den ich zum Statthalter meines Landes gemacht habe.

SUPPE Ich spende Beifall, Hoheit. Die Traurigkeit des Prinzen Palamedes gab zu Bedenken Anlaß, ein Statthalter wird ihn entlasten. *Er wendet sich zu Negro da Ponte.* Ich bin der Hofdichter Suppe, Gnadenbrot mit Vornamen, Herr Statthalter, Gnadenbrot Suppe mit ganzem Namen, Suppius auf lateinisch, genannt Philander.

NEGRO DA PONTE Ich liebe Dichter.

SUPPE Ich habe den Tod des Nestor geschrieben, eine Tragödie in Alexandrinern, mit Chören in asklepiadeischen Strophen, wobei die Einheit von Ort, Zeit und Handlung aufs peinlichste gewahrt worden ist.

NEGRO DA PONTE Es gibt für die Dichtung kein größeres Thema, als den Untergang eines alten Mannes zu behandeln.

DER HERZOG Führ mich in mein Gemach, Hofdichter.

SUPPE Wie Eure Hoheit befehlen.

DER HERZOG *erhebt sich* Ich habe Euch die Herrschaft über das gegeben, was ich besitze, Negro da Ponte.

Ich habe meine Macht einem Fremden geschenkt, der zufällig irgendwoher gekommen ist.

In der Abendsonne ist Euch ein Land zugefallen. Ihr seid ein reicher Pächter geworden.

Blickt umher, dreht Euch um Euch selbst, schaut, was ich Euch gegeben habe.

Dieses Schloß, den Mittelpunkt des Reichs, die Ebene darum, die Dörfer und die Städte. Ein prächtiger Garten, will ich meinen. Er ist in Eurer Hand, Edelmann.

Empfangt die Gnade von dem, der Gnade um Gnade vom Himmel empfangen hat, den großen Frieden einer unzerstörten Erde, denn unbegreiflicher als das, was ich an Euch tue, ist das, was an mir und meinem Volk getan worden ist.
Seid willkommen, Statthalter, in meinem und Eurem Lande!
Ich aber schreite getrost ins Innere meines Schlosses.
Er geht mit Suppe rechts nach dem Hintergrund ab.

Negro da Ponte. Palamedes.

PALAMEDES *von links* Mein Herr.
NEGRO DA PONTE *wendet sich zu ihm* Wer seid Ihr?
PALAMEDES Ihr geht nur vorüber, mein Herr?
NEGRO DA PONTE Ich gehe nur vorüber.
PALAMEDES Ich darf mir schmeicheln, einen Edelmann aus Italien kennenzulernen.
NEGRO DA PONTE Ihr habt mich belauscht?
PALAMEDES Meine Pflicht, mein Herr. Meine bittere Pflicht.
NEGRO DA PONTE Wer seid Ihr nun?
PALAMEDES Ich bin der Gott meines Vaters.
NEGRO DA PONTE Es freut mich, einen Gott kennenzulernen.
PALAMEDES Wie gefällt Euch unser Schloß?
NEGRO DA PONTE Ich gebe mir Mühe, es nicht zu übersehen.
PALAMEDES Die Leichen duften in harmonischen Symphonien. Kennt Ihr Herrn Wallenstein?
NEGRO DA PONTE Ich bin einer seiner Generäle.

PALAMEDES Einem gewissen Blinden habt ihr Euch in schwedischen Diensten angegeben.

NEGRO DA PONTE Es ist gut, vorsichtig zu sein.

PALAMEDES Dann werdet Ihr keine Kinder haben. Wir sprachen eben von Herrn Wallenstein. Ich schätze ihn, denn er ist vielseitig: Ein tüchtiger Barbier, er hat dieses Land kahl geschoren, ein guter Kuppler, er hat es gleich mit den Ratten in ein Bett gebracht, und ein wackerer Missionar, der das ganze Gebiet zum Jenseits bekehrt hat.

NEGRO DA PONTE Was wünscht Ihr von mir?

PALAMEDES Ein gutes Fortkommen.

NEGRO DA PONTE Ihr habt mir Euren Namen nicht gesagt.

PALAMEDES Prinz Palamedes, mein Herr. Doktor in schmerzlichen Reden und Denker verschiedener Gedanken.

NEGRO DA PONTE Euer Vater ist blind.

PALAMEDES Ihr seid nicht blind, General?

NEGRO DA PONTE Ich bin nicht blind.

PALAMEDES Ihr seht?

NEGRO DA PONTE Ich sehe.

PALAMEDES Wieviel ist zwei mal zwei?

NEGRO DA PONTE Vier.

PALAMEDES Mein Vater sagt fünf.

NEGRO DA PONTE Und Ihr?

PALAMEDES Sechs. Die Kunst gibt viel zu tun, mein Herr.

NEGRO DA PONTE Was für eine Kunst?

PALAMEDES Die Träume meines Vaters. Der Friede seines Landes und der Friede seiner Seele.

NEGRO DA PONTE Ich bewundere Eure Kunst.

PALAMEDES Ihr bewundert, was man aus Nichts machen kann: Alles, mein Herr, Schlösser, Wälder, Städte,

Dörfer, einen gütigen Gott und das Glück eines Menschen. Es ist eine große Kunst, das Glück, es ist eine erhabene Materie, das Nichts!

NEGRO DA PONTE Ihr habt Eurem Vater viele Dinge eingeredet.

PALAMEDES Ich habe ihm nichts ausgeredet. Er war krank, als sein Land angegriffen wurde, bewußtlos, als es der Zerstörung verfiel, und als mein Vater erwachte, hatten Krankheit und Wallenstein zugleich ihr Werk vollendet: Das Land war untergegangen und der Herzog blind. Der Himmel hat ihm die Augen zugehalten.

NEGRO DA PONTE Ihr tut das gleiche.

PALAMEDES Man soll den Himmel an Tugend nicht übertreffen, Edelmann. Ich spiele mit. Ein einsames Spiel, wie es zwischen den Trümmern im letzten Abend der Zeit blüht.

NEGRO DA PONTE Ein verlockendes Spiel.

PALAMEDES Ein mühsames Spiel. Es ist für mich und unseren Hofdichter eine große Arbeit, das Rad der Geschichte zurückzudrehen.

NEGRO DA PONTE Der Herzog glaubt Euch alles?

PALAMEDES Der Herzog glaubt überhaupt alles.

NEGRO DA PONTE Warum sagt Ihr Eurem Vater nicht die Wahrheit?

PALAMEDES Man soll nicht fragen, warum ich barmherzig bin.

NEGRO DA PONTE Aus Liebe?

PALAMEDES Es gibt keine Liebe. Man muß eingesehen haben, daß es nichts gibt, um meine Kunst zu verstehen. Aber kümmert Euch nicht um meinen Vater. Bewegt Euch, wenn ich bitten darf, links um jene auf die erhabenste Weise zerbrochene Säule, und Ihr werdet zur Ebene gelangen. Ihr könnt weitergehen, und ich muß bleiben.

NEGRO DA PONTE Ich könnte weitergehen.

PALAMEDES *verneigt sich* Ich nehme Abschied von Euch, Statthalter über nichts. Ihr habt hier nichts mehr zu suchen.

NEGRO DA PONTE Ich fand, was ich suchte. Ich suche nichts mehr. *Er schlägt Palamedes mit einem einzigen Hieb seiner Faust nieder.*

Die Vorigen. Der Schauspieler.

Der Schauspieler kommt von links. Sein Kleid muß einmal ein Kleid höchster Eleganz französischer Mode gewesen sein, nun wetteifert es mit dem Zustand des damaligen Deutschland. In der Hand hält er einen Degen.

DER SCHAUSPIELER Mein General.

NEGRO DA PONTE Mein Freund?

DER SCHAUSPIELER Euch ist ein neuer Sieg über die Schweden zugefallen, den Ihr wie eine schöne Dame an Euren Busen drückt: Es lebe der Sieg!

NEGRO DA PONTE Ich siege immer.

DER SCHAUSPIELER Und dies mit einem so kleinen Heer, daß auf jeden Mann zehntausend Flöhe kommen. *Er kratzt sich.*

NEGRO DA PONTE Ihr seid durch dieses Land gegangen. Habt Ihr jemand getroffen?

DER SCHAUSPIELER Niemand, Euer Gnaden. Es ist ein eintöniges Herzogtum, das schon lange zerstört ist.

NEGRO DA PONTE Ihr werdet meine Leute in diese Ruinen führen.

DER SCHAUSPIELER Ein dreckiger Schlupfwinkel.

NEGRO DA PONTE Ein sicherer Schlupfwinkel.

DER SCHAUSPIELER Ein willkommener Schlupfwinkel. Wir werden Muße haben, uns mit schwedischen Hinterlassenschaften zu beschäftigen: Mit Weibern aus Frankreich, mit Bier aus Holland, mit Rindvieh aus Dänemark und mit einem Prediger, der wie gewöhnlich aus der Schweiz kommt.

NEGRO DA PONTE Ihr seid ein Schauspieler?

DER SCHAUSPIELER Ein Meister der richtigen Atmung und der großen Worte. Mitglied der Truppe seiner Eminenz des Kardinals Richelieu, in das Heer Eurer Gnaden verschlagen.

NEGRO DA PONTE Ich liebe Schauspieler.

DER SCHAUSPIELER Es gibt kein größeres Vergnügen als das Schauspiel.

NEGRO DA PONTE Habt Ihr Possenreißer?

DER SCHAUSPIELER Das ganze Heer besteht aus Possenreißern wider die menschliche Gerechtigkeit.

NEGRO DA PONTE Ihr versteht zu improvisieren?

DER SCHAUSPIELER Sehr wohl.

NEGRO DA PONTE Dann werdet Ihr einen französischen Chevalier improvisieren, kaiserlicher Gefangenschaft entwichen, der den Herzog dieses Landes um Schutz bittet.

DER SCHAUSPIELER Dazu müssen wir einen Hofstaat haben.

NEGRO DA PONTE Eure Phantasie wird aus diesen Trümmern den vortrefflichsten Hof Deutschlands machen.

DER SCHAUSPIELER Ich denke mir in diesen Ruinen einen auf eine spezielle Art ruinierten Herzog.

NEGRO DA PONTE Ich habe diesen Herzog gefunden, mein Freund.

DER SCHAUSPIELER Einen ruinierten?

NEGRO DA PONTE Noch besser: einen blinden.

DER SCHAUSPIELER Einen ganz ruinierten.

NEGRO DA PONTE Er ist das beste für ein Mitglied der Truppe seiner Eminenz: Ihr könnt ihm vorspielen, was Ihr wollt, und er wird alles glauben.

DER SCHAUSPIELER Es wird eine lustige Komödie geben.

NEGRO DA PONTE Führt nun meine Leute herbei.

Der Schauspieler geht links ab, und Negro da Ponte kniet bei Palamedes und untersucht ihn.

Die Vorigen. Octavia.

OCTAVIA *kommt von rechts mit zerrissenen Männerkleidern. Sie hält in der Hand eine Pistole, die sie auf Negro da Ponte richtet* Es freut mich, Euch kennenzulernen, mein Herr.

NEGRO DA PONTE *schaut auf* Wer seid denn Ihr?

OCTAVIA Was macht Ihr mit meinem Bruder, mein Herr?

NEGRO DA PONTE Ich habe ihn niedergeschlagen.

OCTAVIA Ihr seid ein Mann, der alles niederschlägt.

NEGRO DA PONTE Gewisse Formulierungen lassen sich nur auf diese Weise sagen. Ihr wollt auf mich schießen.

OCTAVIA *wirft ihm die Pistole hin* Sie ist nicht geladen. Wer seid Ihr?

NEGRO DA PONTE Ich bin Negro da Ponte, ein italienischer Edelmann.

OCTAVIA Ich bin Octavia, die Tochter eines Blinden.

NEGRO DA PONTE Das freut mich.

OCTAVIA Was tut Ihr in Deutschland, italienischer Edelmann?

NEGRO DA PONTE Ich führe Krieg.

OCTAVIA Eure Beschäftigung ist, Menschen umzubringen?

NEGRO DA PONTE Das ist heute Sitte.

OCTAVIA In wessen Diensten?

NEGRO DA PONTE General im Heere Wallensteins.

OCTAVIA Dann seid Ihr mein Feind.

NEGRO DA PONTE Wo zwei Menschen sind, sind zwei Feinde. *Er untersucht die Pistole.* Sie ist geladen. Warum habt Ihr mich nicht getötet, wenn ich Euer Feind bin?

OCTAVIA Es gibt nichts Langweiligeres als tote Menschen, denn sie schweigen. *Nach einer Pause* Man sagt, Italien sei ein schönes Land.

NEGRO DA PONTE Ich habe nie ein schöneres Land gesehen.

OCTAVIA Kennt Ihr viele Länder?

NEGRO DA PONTE Frankreich, die Niederlande, Spanien, Afrika, Amerika.

OCTAVIA Alle diese Länder sind schön?

NEGRO DA PONTE Alle sind schön, aber Italien ist am schönsten.

OCTAVIA Dieses Land, in welchem ich geboren wurde, ist nicht schön. Es ist häßlich und schmutzig.

NEGRO DA PONTE Einmal ist es auch schön gewesen.

OCTAVIA Ich will mich nicht daran erinnern. Ich habe dieses Land aus meinem Herzen gerissen. Warum habt Ihr Italien verlassen, wenn es das schönste Land ist?

NEGRO DA PONTE Weil ich nichts von seiner Schönheit wußte. Schönheit muß man erst lernen.

OCTAVIA Ihr wißt, was schön und häßlich ist?

NEGRO DA PONTE Das ist vielleicht das einzige, was der Mensch wissen kann.

OCTAVIA Bin ich schön?

NEGRO DA PONTE Ihr seid schön wie das Land Italien.

OCTAVIA Meine Mutter war aus Italien. *Nach einer Pause* Und jetzt, da Ihr wißt, daß Italien das schönste Land ist, kehrt Ihr zurück?

NEGRO DA PONTE Ich kehre nie zurück, ich gehe immer weiter.

OCTAVIA Wohin?

NEGRO DA PONTE Ins Grenzenlose.

OCTAVIA Auch hieher kehrt Ihr nicht zurück, wenn Ihr einmal weitergeht?

NEGRO DA PONTE Auch hieher kehre ich nicht zurück.

Octavia berührt Palamedes mit dem Fuß.

OCTAVIA Habt Ihr ihn getötet?

NEGRO DA PONTE Ihr scheint Euch nicht um Euren Bruder zu kümmern.

OCTAVIA Ich kümmere mich um niemand.

NEGRO DA PONTE Auch nicht um Euren Vater?

OCTAVIA Ich habe meinen Vater und meinen Bruder vergessen.

NEGRO DA PONTE Wie lebt Ihr in diesem Lande?

OCTAVIA Wie ein Tier. Aber ich lebe! *Nach einer Pause* Warum seid Ihr zu mir gekommen?

NEGRO DA PONTE Aus Zufall.

OCTAVIA Wie lange werdet Ihr bleiben?

NEGRO DA PONTE Ich weiß es nicht.

OCTAVIA Ihr werdet mich zu Eurer Geliebten machen?

NEGRO DA PONTE Warum meint Ihr das?

OCTAVIA Ich liebe es, klare Verhältnisse zwischen den Menschen zu haben. Ich hasse meinen Vater, und ich verachte meinen Bruder. Es ist leicht zu wissen, was Ihr mit mir tut – Ihr könnt mich lieben oder hassen. Ihr könnt mich niederschlagen wie meinen Bruder.

NEGRO DA PONTE Ein italienischer Edelmann schlägt kein Weib nieder.

OCTAVIA Warum seid Ihr nicht weitergegangen? Was wollt Ihr in diesen Ruinen?

NEGRO DA PONTE Ich hatte den Einfall zu bleiben.

OCTAVIA Ihr liebt es, Euren Einfällen nachzugeben?

NEGRO DA PONTE Ich gehe nur meinen Einfällen nach.

OCTAVIA Dann könnt Ihr auch den Einfall haben, mich zu töten.

NEGRO DA PONTE Ich töte kein Weib.

OCTAVIA Aber Ihr tötet ein Tier.

NEGRO DA PONTE Ich lasse vor allem die Tiere leben.

OCTAVIA Was kann Euch ein Tier geben? Es kennt nichts als das Heulen des Windes.

NEGRO DA PONTE Das Tier hat viel, was ich nicht habe. Es hat einen Bruder, den es verachtet.

OCTAVIA Es gibt Euch seinen Bruder.

NEGRO DA PONTE Es hat einen Vater, den es haßt.

OCTAVIA Es gibt Euch seinen Vater. Was gebt Ihr einem Tier für seinen Bruder und für seinen Vater?

NEGRO DA PONTE Ich verwandle es in einen Menschen.

OCTAVIA In was für einen Menschen? Das Tier verachtet die Menschen.

NEGRO DA PONTE In meinesgleichen.

OCTAVIA Was habt Ihr mehr als ein Tier?

NEGRO DA PONTE Die Herrlichkeit und die Verzweiflung der Welt.

OCTAVIA Das ist mehr und das ist weniger als ein Tier hat.

NEGRO DA PONTE Ich nehme Euch alles, und ich gebe Euch alles.

OCTAVIA Und wenn Ihr mir alles genommen und wenn Ihr mir alles gegeben habt?

NEGRO DA PONTE Dann verlasse ich Euch.

OCTAVIA Ihr könnt diese schwarzen Trümmer und mich nicht mehr verlassen. Wer die Ruinen betreten hat, ist den Ruinen verfallen. Auch wenn Ihr bis ans Ende der Welt geht, auch wenn Ihr mich tötet. Aber ich werde Euch verlassen.

NEGRO DA PONTE Ist das nicht dasselbe?

OCTAVIA Es ist nicht dasselbe. Seht zu, was Euch dann bleibt, Edelmann. Denn ich bin schön wie das Land Italien.

Die Vorigen. Suppe. Später das Gesindel des Italieners.

SUPPE *aus dem Hintergrund* Allergnädigste Prinzessin, allergnädigster Herr Statthalter! *Er erblickt den liegenden Palamedes.* Oh! Allergnädigster Prinz Palamedes!

NEGRO DA PONTE Was wollt Ihr?

SUPPE Der Herzog wünscht diese Nacht eine große Rede an sein Volk zu halten.

NEGRO DA PONTE Es ist gut, Hofdichter.

SUPPE Es wird eine schwierige Aufgabe sein, einen Volkshaufen darzustellen. Wenn vielleicht auch gnädigste Prinzessin Hurra schreien würde? Mensch sein heißt das scheinbar Unmögliche wacker vollbringen, spricht Nestor, als er zu Beginn meiner Tragödie plötzlich schwankt, denn er stirbt zum Schluß am Herzschlag.

NEGRO DA PONTE Wen erwartet der Herzog?

SUPPE Edles, vornehmes Volk, stolzes Geblüt seines Landes. Aber alles gehängt und unter der Erde. Die Völkerstämme schweben wie rote Blätter von den Wipfeln, sagt des Nestor Weib, als sie ihren Mann ins Bett legt.

NEGRO DA PONTE Wie sah der Thronsaal aus, Herr Hofdichter?

SUPPE Säle, in denen Throne ragen, sind wie Gärten, still und voller Anstandsregeln, singt das ungeborene Kind im Mutterleibe, zehnter Chorgesang, vierte Strophe. Es war ein großer Saal, von dem leider auch nichts übrig ist, denn er stand hier, wie Ihr seht, oder besser, nicht seht. Alles vergeht, nur die Dichtung besteht. Der Thron erhob sich auf sieben Marmorstufen, und hinter ihm ragten die Statuen der Gerechtigkeit, der Weisheit und der Tugend.

NEGRO DA PONTE Meldet dem Herzog, sein Volk versammle sich im Thronsaal.

Suppe ab.

NEGRO DA PONTE Ich habe zwischen Verfall und Verwesung einen Blinden gefunden und seinen Sohn, wie man kleine, seltene Tiere findet, die man in die Hand nimmt und betrachtet. Dann habe ich Euch gefunden, ein Geschöpf, das zwischen den Trümmern wie eine Gefangene auf und ab geht.

Wir stehen einander mit weißen Gesichtern in der

Dämmerung gegenüber und sehen uns an.
Wir haben uns getroffen zwischen Leben und Tod, auf der Grenze von Tag und Nacht.
Wir wissen nicht, was wir miteinander tun sollen. Die Bewegungen des einen kommen dem andern wie seltsame Blumen vor, die sich öffnen.
So geht es mir mit Euch.
Wenn Ihr ein Wort sagt, weiß ich nicht, was es bedeutet.
Wir hören einander und verstehen uns nicht. Doch werde ich Euch nicht verbergen, was ich nun tue.
Ihr seid Zeuge von allem, was ich unternehme. Ich gieße jetzt in diesen Raum die Geschöpfe, die der Krieg in meine Hand gespült hat.
Das Gefäß dieser Landschaft, leer geworden durch Brand und Mord, fülle ich aufs neue mit einem schmutzigen Strom, der von allen Ländern der Erde nach dieser Mitte fließt, von Norden, Süden, Westen und Osten.

Von allen Seiten strömt das zerlumpte Heer Negro da Pontes herein. Die Bühne wird immer dunkler.

NEGRO DA PONTE Das ist, was ich einem Blinden bringe und einem besiegten Land: Das Getier der Nacht, die Schlangen, die sich im Grund des Schreckens ringeln.
So kommen denn von allen Seiten jene, die meinem Wort gehorchen und einer leisen Bewegung meiner Brauen.
Ein dunkles Gewölk, das mich umgibt, denn ich bin eine Sonne, die über das öde Schlachtfeld rollt.
Ich rufe, und die Nacht antwortet.

Sie öffnet ihren Schoß, und aus der roten Wunde quillt hervor, was sie gebiert.

Meine Geschöpfe schwanken mit schweren Leibern herbei, die in der Finsternis wie giftige Schwämme sind.

Nebelschwaden kriechen aus den Sümpfen Asiens und Afrikas heran.

So entsteht ein neues Volk, ein Untier, das einen neuen Fluch ausbrütet.

Mörder, Zauberer, Falschmünzer und Huren lassen sich auf dieses erbärmliche Stück Erde nieder und falten die Flügel wie Fledermäuse.

Sie sind gekommen, einen Blinden auf das Folterbrett zu spannen, lüstern die spitzen Zähne in sein Fleisch zu schlagen.

So kommt denn heran, meine Mäuschen, meine Vipern, meine gierigen Ratten und lüsternen Lüchslein!

Umringe mich, mein Heer, Genosse meiner Siege! Ich gab dir Blut zu trinken, nun gebe ich dir ein Spiel zu sehen.

Ich zeige dir einen Blinden.

Er weiß nicht, daß sein Volk untergegangen ist, und er kennt die Ruinen seines Hauses nicht. Spiele ihm nun seinen Untergang. Denn ich bin da, einen Blinden zu versuchen. In seiner Verzweiflung erkenne ich meine Grenze und in seiner Qual sein Antlitz. Also hänge ich ihm einen fluchbeladenen Mantel um die Schultern und drücke ihm eine Krone von Aussatz in die Stirne. Die Nacht, die uns umgibt, ist wie seine Nacht, denn eine Qual ist wie die andere. Euch aber, Octavia, reiche ich meine Hand, eine Brücke, die ein Fremder zu einer Fremden hinüberschlägt. Seht, wie meine Zelte das Schloß Eures Vaters umspannen, ein weiter Bogen.

So will ich mit Euch in jenes Reich schreiten, das mein Geist nun erschafft, während über uns, in einem Himmel, der ohne Gnade ist, ein Komet seine Bahn zieht: Ein einsamer Kranz meines Hauptes, nächtlicher Efeu, der leise an meiner Schläfe zittert. *Er schreitet mit Octavia ins Dunkel hinein.*

Der Schauspieler. Lucianus. Schwefel. Der Neger. Die Dirne und das Gesindel. Palamedes.
Jagendes blaues Licht.

SCHWEFEL Es zieht ihn schwer unter die Erde mit seiner blauen Nase, und er bedeutet Pestilenz.

LUCIANUS Er bedeutet, was er bedeutet.

SCHWEFEL Wir zählen fünfzehn Jahre Krieg, ohne daß ein Komet gekommen wäre. Nun hängt einer vor uns, torkelt quer durch den Himmel und bedeutet Pestilenz und Weltuntergang.

LUCIANUS Die Welt ist untergegangen.

DER SCHAUSPIELER *hebt seinen Humpen* Ich trinke auf die letzten Menschen!

LUCIANUS Auf das, was nachher kommt.

DER SCHAUSPIELER Wir haben so große Weinfässer von den Schweden erbeutet, daß wir in jedem ein Nonnenkloster baden können.

SCHWEFEL Wir können einen Mond wie Graf Isolani leben, der am Morgen vor der Schlacht bei Lützen ein ganzes Schwein gegessen hat.

DER SCHAUSPIELER In einem Mond sind wir tot. Tapfere Helden, den Schweinen und dem Wein erlegen.

LUCIANUS Tot ist tot.

SCHWEFEL Es ist ein unanständiger Komet, der eine Gegend beleuchtet, die Löcher in den Hosen hat.

LUCIANUS Ein Ziegenbock von einem Stern.

DER SCHAUSPIELER Er trägt ein prächtiges blaues Gewand von einem Schwanz. Solche Wämser habe ich in Paris getragen, ich, Monsieur Maurice, der Schauspieler, der berühmte Schauspieler, der grandiose Schauspieler. Rubens hat mich in meiner Jugend abgebildet, wie ich als Ganymed in den Fängen eines Adlers entschwebe, und später zwinkerte mir ihre Majestät, die Königin von Frankreich, mit ihrem rechten Auge zu. Ich trinke auf Paris, eine Stadt wie dieser Komet, eine Stadt wie ein Märchen.

LUCIANUS Ihr hättet nicht im Bett einer Geliebten des Kardinals Richelieu liegen sollen, und Ihr wäret noch dort.

DER SCHAUSPIELER Ihr hättet nicht so viel Kardinal trinken sollen, und Ihr säßet noch auf Eurem Schloß in den Niederlanden.

LUCIANUS Es war ein guter Kardinal, Schauspieler!

DER SCHAUSPIELER Es war eine schöne Geliebte, Edelmann.

LUCIANUS Es ist ein edler Komet.

SCHWEFEL Er bedeutet, daß es Frieden gibt.

ALLE *tödlich erschrocken* Frieden?

SCHWEFEL Ein Komet bedeutet etwas Schlimmes, und es ist ein großer Komet, der das Allerschlimmste bedeutet: Der Krieg wird eine schlimme Wendung zu einem ewigen Frieden nehmen!

LUCIANUS Wenn keine Menschen mehr sind.

DER SCHAUSPIELER In Deutschland gibt es nicht mehr viele Menschen.

DER NEGER Deutschland kaputt.

SCHWEFEL Nun ist nur noch der Schwanz zu sehen.

DER SCHAUSPIELER Ein bunter Schleier um den Hals der Erde.

DER NEGER O Sabel am Himmel: Weiße Mann kaputt!

LUCIANUS Es nimmt ein Ende mit der Christenheit.

DER SCHAUSPIELER Wenn es auch ein Ende mit der Christenheit nimmt, wird es kein Ende mit der Schurkenheit nehmen. Für uns ist immer noch Platz auf der Erde.

DER NEGER Erde kaputt.

SCHWEFEL Nun ist auch der Schwanz verschwunden.

LUCIANUS Die Zeit wird alt.

DER NEGER Komet kaputt, Welt kaputt.

SCHWEFEL Nichts bleibt. Kein Komet, kein Schnaps, kein Mensch.

DER SCHAUSPIELER *kniet bei Palamedes* Da liegt einer am Boden.

SCHWEFEL Die Leichen bleiben.

Der Schauspieler richtet Palamedes auf, der zu sich kommt und entsetzt um sich blickt.

PALAMEDES Meine Herren!

LUCIANUS Er hat Manieren. Er ist ein Prinz.

DER SCHAUSPIELER Willkommen in der Unterwelt, mein Prinz, willkommen im Leben nach dem Tode, im löchrigen Palast unseres Sieges, in der windigen Halle unseres Ruhmes!

PALAMEDES Wer seid ihr?

LUCIANUS Ritter der roten Nasen, Barone der unehelichen Kinder, Grafen der Feuersbrünste, Herzöge der Leichenschänder und Könige von Raub und Mord.

PALAMEDES Das sind edle Titel. Wer gab sie Euch?

SCHWEFEL Die Läuse.

PALAMEDES Was wollt Ihr?

DER SCHAUSPIELER Wir spielen eine tragische Komödie oder eine komische Tragödie.

PALAMEDES Die Rollen?

DER SCHAUSPIELER Gute Rollen. Herzöge, Generäle, Prinzen, Nonnen, Hungerleider und viel armes Volk. Auch ein dicker Wallenstein und ein Naturbursche kommen vor.

PALAMEDES Zeigt mir einen Hungerleider, mein Herr.

Schwefel tritt vor.

DER SCHAUSPIELER Ein stattlicher Hungerleider. So dick wie Pharaos sieben fette Kühe zusammen. Die Kunst entströmt der Fülle.

PALAMEDES Laßt mich eine Nonne sehen.

Aus dem Hintergrund kommt die Dirne.

DER SCHAUSPIELER Mehr denn eine Nonne: eine Äbtissin. Ein Wunder an Tugend, ein Wunder an Nächstenliebe. Sie liebt nur aus nächster Nähe. Im vollsten Besitz der Keuschheit, eine Großgrundbesitzerin an Keuschheit, mit bestem Gewissen zu sagen. Ganze Rekrutenbataillone haben ihre Keuschheit an diese Dame abgegeben, sie könnte unseres Kaisers Armee damit einkleiden.

PALAMEDES Nun Wallenstein. Wir freuen uns, den berühmten General kennenzulernen.

Der Neger tritt vor.

DER SCHAUSPIELER Der Kunst ist nichts unmöglich. Ein königlicher Feldherr mit einer schwarzen Seele. Ihr seht, die Schauspieler sind nach den neuesten Erkenntnissen der Theaterkunst ausgewählt.
PALAMEDES Zeigt mir den Naturburschen.

Lucianus tritt vor.

DER SCHAUSPIELER Ein besonders natürliches Exemplar. Es gibt nichts Natürlicheres für ihn, als Burschen zu lieben.
PALAMEDES Und auf welchem Flecken dieser Erde spielt sich die Komödie ab?
DER SCHAUSPIELER Im Thronsaal Eures Vaters.
PALAMEDES Auf dem traurigsten Flecken, in einem Friedhof. Nun zeigt mir den Thron.

Einige Strolche tragen einen halbzerstörten Thron herbei.

DER SCHAUSPIELER Ein heruntergekommener Thron.
PALAMEDES Sehr wohl. Er parodiert die menschliche Macht, und die Nacht, in der sich alles abspielt, bedeutet, daß dunkle Zeiten gekommen sind.
DER SCHAUSPIELER Fackeln her! Dunkle Zeiten brauchen eine Erleuchtung!

Die Menge weicht zurück, und nur Palamedes bleibt im

Vordergrund links. Die Bühne erhellt sich, nur der Hintergrund rechts bleibt dunkel.

Negro da Ponte. Die Vorigen. Später der Herzog und Suppe.

NEGRO DA PONTE *auf den Stufen im Hintergrund* Seid willkommen, mein Prinz, in der Mitte meines Heeres.

PALAMEDES Ihr seid nicht weitergegangen, Edelmann? Man sollte immer weitergehen.

NEGRO DA PONTE Ich habe gesehen, was Eure Kunst vermag. Ich bitte nun, meine Kunst zu betrachten.

PALAMEDES Ihr wißt meine schwache Seite zu treffen.

NEGRO DA PONTE Ihr fürchtet Euch nicht?

PALAMEDES Nur zu, mein Herr aus Italien! Der welke Schoß der runzligen Vettel, die sich unsere Zeit nennt, ist nicht mehr imstande, ein neues Grauen zu gebären.

NEGRO DA PONTE Führt den Herzog herein.

In der Tiefe des Hintergrunds rechts wird der Herzog sichtbar, neben ihm Suppe. Der Schauspieler geht auf den Herzog zu.

DER SCHAUSPIELER Ich bitte um die Gnade, Eure Hoheit führen zu dürfen.

DER HERZOG Ich bin blind.

DER SCHAUSPIELER Ein französischer Chevalier bietet Euch seine Hilfe an.

DER HERZOG Ich bin blind.

DER SCHAUSPIELER Eure Hoheit haben Hilfe nötig.

DER HERZOG Ihr seid ein französischer Chevalier?

DER SCHAUSPIELER Ein französischer Chevalier, kaiserlicher Gefangenschaft entwichen, der den Befehl Eurer Hoheit erwartet.

DER HERZOG Führt mich mitten durch die Großen des Landes, die mich in diesem Saal erwarten, auf dem weißen Weg aus Marmor zu meinem Thron.

DER SCHAUSPIELER Ich werde Eure Hoheit führen.

Der Schauspieler führt den Herzog mitten durch das Gesindel zum Thron. Suppe geht nach dem Vordergrund rechts und bleibt dort stehen.

DER SCHAUSPIELER Wir sind beim Thron Eurer Hoheit angelangt.

DER HERZOG Ihr müßt mir helfen. Ich bin ein alter Mann. Ich bin unsicher in meiner Blindheit.

Der Schauspieler hilft ihm, als sich der Herzog setzt.

DER HERZOG Ordnet meinen Mantel, Chevalier.

Der Schauspieler legt ihm seinen zerrissenen Mantel zurecht.

DER SCHAUSPIELER Der Mantel Eurer Hoheit ist nach französischem Zeremoniell wohl geordnet. Die Falten symmetrisch und die Spitze des linken Fußes bedeckt.

DER HERZOG Sieben Stufen aus weißem Marmor führen zu meinem Thron, der steil in den Saal ragt.

DER SCHAUSPIELER Die sieben Stufen befinden sich vor Eurer Hoheit. Der Saal wurde umgebaut, so daß Ihr von der Türe ebenen Fußes zu Eurem Thron gelangen könnt. Die Blindheit Eurer Augen machte dies notwendig.

DER HERZOG Die Blindheit meiner Augen.

DER SCHAUSPIELER Ihr würdet den Saal kaum erkennen, so sehr hat er sich durch diesen Bau verändert.

DER HERZOG Die Welt verändert sich, und selbst ein lebloses Ding wie dieser Saal nimmt eine andere Gestalt an. Nur die Welt des Blinden verändert sich nicht.

DER SCHAUSPIELER Alle Dinge sind veränderlich, Hoheit.

DER HERZOG So gebt mir Eure Augen, Chevalier.

DER SCHAUSPIELER Ich werde nicht von Eurer Seite weichen.

Hinter dem Thron stellen sich Schwefel, der Neger und die Dirne auf.

DER HERZOG So sagt denn, was Ihr seht.

DER SCHAUSPIELER Überaus prächtig, Hoheit, ist der Anblick des Saales, den Ihr, von sieben Stufen getragen, mit Eurem Leibe krönt, voll im Lichte der Leuchter, die Euch mit Gold überschütten.
Hinter Euch erheben sich die Standbilder der Weisheit und der Tugend, zu beiden Seiten der Gerechtigkeit hingegossen, die mit verbundenen Augen die Waage hält und das Schwert trägt.
Vor Euch, in der Tiefe des Raums, auf der endlosen Fläche des Marmors, knien die Edlen des Reichs, bereit, Euch ewige Treue zu schwören.
Die Männer sind stumm vor Ehrfurcht, und die Mütter heben ihre Kinder empor, die gleichsam wie Früchte in ihren Händen liegen.
Es ist ein erhabener Anblick, Eure Hoheit, es ist,

als würde die Erde ihren ewigen Lauf um die Sonne für einen Moment unterbrechen, da Ihr, nach langer Krankheit, wieder vor Eurem Volk erschienen seid.

Er verbeugt sich, das Gesindel klatscht lautlos Beifall.

DER HERZOG Nachdem uns die Hälfte jener Zeit seit langem verflossen, die unserem Leben gegeben ist, vor dem Höchsten zu bestehen, befiel uns,
als wir schon glaubten, einst unbeschadet in der Erde zu ruhen, eine Krankheit, die unseren Augen das Licht entriß, so daß die Nacht des Grabes uns umgibt, bevor wir noch in dieses hinabgestiegen sind. Uns ward große Gnade zuteil, die auf uns ruhte als eine schwere Last, wie ein Raub, den wir begangen, und wie Gold, das uns nicht zukommt.
Wir haben viel Reichtum und Macht.
Unsere Felder sind unermeßlich.
Sie breiten sich weit über die Ebene, die mit Städten und Dörfern besät ist.
Der Krieg hat sich von uns gewandt.
Nur von ferne sind die brennenden Dörfer als ein schwaches Leuchten in der Stille des Abends jenseits der Hügel sichtbar.
Der dunkle Zug der Vögel, die in weiten Kreisen die Schlacht umkränzen, meidet unser Land, und dieser Palast, der uns alle umgibt, hochragend, an dem Jahrhunderte bauten, ist unversehrt.
Doch wird dem Menschen Gutes und Schlechtes gegeben, Gnade und Fluch.
Uns verdirbt der Sohn, hinabgesenkt in unvergänglichen Gram, Palamedes,

und fremd bin ich Octavia, dem geliebten Kind, das meinem Herzen näher liegt als jetzt meine Hand.
Nun mußten wir auch unsere Krankheit demütig entgegennehmen.
Wir sind blind, und der riesige Leib ist hilflos, so ist denn alles bezahlt.
Heiter ist nun das Alter.
Voll genieße ich, was mir gegeben worden ist am Abend meiner Zeit:
Den Frieden meines Landes, die Stille meiner Seele und eure Liebe, die ihr mich wie einen Vater umringt.
Wir haben Negro da Ponte zum Statthalter über dieses Reich gesetzt.
Er wird eure Schritte leiten und die Geschicke dieses Landes überwachen.
Ihm sei die Weisheit und die Liebe zu allen Dingen verliehen. Wir aber, gekrönt und alt, sitzend auf diesem Thron, der euch alle überragt, sprechen über euch und eure Taten das Recht, obgleich mit schrecklicher Blindheit behaftet wie das Standbild der Gerechtigkeit hinter uns.
Wir beten nun zu Gott, im Angesicht von euch allen, zu eurem und unserem Richter,
daß uns der Glaube gegeben werde, die Nacht, die uns umfängt, wie mit einem Schwert zu zerteilen,
damit sich in seinem Lichte das Gute vom Schlechten scheide. Wer Klage hat, trete hervor, und wer den Schutz unserer Krone benötigt, beginne zu sprechen.

Die Dirne tritt hervor.

DIE DIRNE *tief dekolletiert* Die Gräfin Freudenberg,

Hoheit, tritt zaghaften Busens vor Euch, von jedem Schutz entblößt, indem sie Eure Hand küßt und auf die Knie fällt.

DER HERZOG Ihr sollt nicht knien, Gräfin.

DIE DIRNE Ich rufe den Schutz Eures Thrones an.

DER HERZOG Sprecht.

DIE DIRNE Ich war Äbtissin eines Klosters.

DER HERZOG Wo befand sich dieses heilige Haus?

DIE DIRNE In München in Bayern. Wir gaben uns ganz dem Dienst der Liebe hin. Wir waren nie unwillig. Stets waren wir bereit, uns denen zu schenken, die uns nötig hatten. Keiner ging von uns, den wir nicht erleichtert hätten. Wir machten viele Menschen mit unserer Liebe glücklich.

DER HERZOG So habt Ihr Euch in Liebe aufgeopfert.

DIE DIRNE Ich habe Tag und Nacht geopfert.

DER HERZOG Die Liebe allein ist nicht umsonst, Gräfin.

DIE DIRNE Wir lieben nie umsonst.

DER HERZOG Warum habt Ihr Euer Kloster verlassen?

DIE DIRNE Wir sind übermannt worden.

DER HERZOG Ihr seid nun auf der Flucht?

DIE DIRNE Ich werde von einem Feldherrn zum andern getrieben.

DER HERZOG Es sind schlimme Zeiten außerhalb meines Landes.

DIE DIRNE Man gerät ständig unter Soldaten.

DER HERZOG Wer den Boden meines Landes betritt, fürchte sich nicht. Was mir gehört, gehöre Euch. Schenkt Eure Liebe denen, die Euch hier umgeben.

DIE DIRNE Ich werde alle mit meiner Liebe beglücken.

DER HERZOG Ich entlasse Euch in voller Gnade.

Die Dirne tritt zurück, Negro da Ponte kommt.

NEGRO DA PONTE Der Statthalter grüßt Euch.
DER HERZOG Seid vor meinem Throne willkommen.
NEGRO DA PONTE Ein Unglücklicher bringt Euch Unglück.
DER HERZOG Was habt Ihr zu melden?
NEGRO DA PONTE Ein Unglück, das größer ist denn Eure Blindheit. Der Herzog von Friedland brach unvermutet mit sechzigtausend Mann von Norden in Euer Land, vernichtete Euer Heer und rückt gegen das Schloß.
PALAMEDES *springt von links vor* Mein Vater.
DER HERZOG Mein Sohn?
NEGRO DA PONTE Prinz Palamedes scheint sich zu fürchten.

Palamedes und Negro da Ponte sehen sich an.

DER HERZOG Fürchtet Euch nicht, mein Sohn. Wir müssen dieses Unglück ertragen.
PALAMEDES Verzeiht, mein Vater. Ich werde mit keinem Schrei mehr Euren Untergang stören. *Er geht wieder nach links außen.*
DER HERZOG Ruft meine Feldleute herbei, Statthalter.
NEGRO DA PONTE Eure Feldleute sind tot.
DER HERZOG Mein Land ist schutzlos?
NEGRO DA PONTE Ihr seid nicht fähig, es gegen ein Gesindel von Bettlern zu schützen.
DER HERZOG Es bleibt uns nur die Flucht ins Gebirge.
NEGRO DA PONTE Ihr faßt einen harten Entschluß.
DER HERZOG Empfangt die Krone, die ich Euch nun

übergebe, bewahrt sie wohl, mein Statthalter, dem Landlosen ziemt es nicht mehr, sie zu tragen.

Er übergibt Negro da Ponte die Krone, der sie Lucianus zuwirft.

NEGRO DA PONTE Ich bewahre sie wohl.

DER HERZOG Wir fliehen getrennt und vereinigen uns in der Schlucht an der östlichen Grenze. So können wir hoffen, in der Wildnis menschlicher Wildheit zu entgehen. Ich führe mit dem Chevalier den ersten Haufen und Ihr den zweiten, in welchem sich meine Tochter befindet. Prinz Palamedes wird sich allein durchschlagen. Der Hofdichter bleibe bei ihm. Man führe die Gräfin Freudenberg vor meinen Thron.

Die Dirne kommt.

DIE DIRNE Edler Herzog?

DER HERZOG Mit Euch, Gräfin, muß auch meine Tochter ein so großes Unglück auf sich nehmen. Wir bitten Euch, nicht von ihrer Seite zu weichen und ihr durch Gebet beizustehen. Möge sie Euresgleichen werden.

DIE DIRNE Sie wird meinesgleichen werden. *Sie küßt seine Hand und tritt zurück.*

DER HERZOG So wird unser Haupt aufs neue von einem Unglück wie mit Schnee überdeckt.

Unsere Rede ist ein leeres Wort geworden, ein Irrengelächter. Was wir versprochen, ist Wind, der sich in den Gassen verläuft, Wasser, das zwischen den Steinen versickert.

Wir können nicht abwehren, was uns bedroht.

Die Hände sind hilflos, der Fuß weiß nicht, wo er geht.
Im Alter sind wir zum Kind geworden.
Ehe die Nacht vergangen, wird dieser Thron zerstört sein, und dieser Saal wie ein Spiegel, der meine Herrlichkeit sah und nun zerspringt.
Die Zeit hat sich erfüllt.
Ich war blind, als ich sah, und blind, da ich blind geworden bin. Jetzt aber erkenne ich, daß der Mensch ein Narr ist,
wert, daß die Huren über ihn lachen,
denn sie wissen allein, was sie tun.
Seht denn, wie ich von dem getroffen werde, der allein nicht blind ist,
der mich nun verstößt, wie man einen Toren von sich weist, der mich in die Nacht treibt wie einen Dieb, den man ertappt, oder wie einen Prasser, der an einem Tische saß, an den er nicht geladen wurde.

DER SCHAUSPIELER Eure Hoheit?

DER HERZOG *erhebt sich* Führt mich hinaus, Chevalier.

Der Schauspieler gibt ihm die Hand.

DER HERZOG *langsam und dumpf* Ich bin blind.

Der Schauspieler führt ihn hinaus.

DER HERZOG *bevor er im Hintergrund verschwindet, mit riesenhafter Verzweiflung* Ich bin blind.

NEGRO DA PONTE Mit dem Schrei dieses Blinden beginnt mein Spiel, Prinz Palamedes.
Es ist erbärmlich, denn das Wahre ist stets erbärmlich.

Der Vorhang hebt sich, und Ihr seht nichts weiter als einen Menschen, den Inhalt meines Spiels.
Daher führe ich es nicht irgendeinem Fürsten vor, der gern gute Verse hört, oder Leuten, die gern Trauerspiele nach der Mahlzeit sehen, damit auch der Kopf voll werde,
sondern ich biete mein Spiel jenen dar, die allein das Erbärmliche begreifen, den betrunkenen Soldaten, die sich unterdessen übergeben, und den Dirnen, die sich dabei schon dem Nachbarn verschachern. Diese sehen einen Menschen und lachen, diese bemerken seine Blindheit und halten sich die Bäuche.
Sie haben den Mut, kein Mitleid zu haben.
Sie blicken nach ihm und halten fest, wie er geht, das Stocken seines Fußes und die weiten Bewegungen der Arme.
Dann gibt es nichts Lächerlicheres für sie als dieser Blinde.
Was er tut, ist ein Wahn, und was er glaubt, ist ein Wahn.
Er saß inmitten der Trümmer und war glücklich:
Ein Wort meines Mundes, ein leichter Atemzug, und sein Glück war ihm genommen.
Dies ist die Macht, die ein Mensch über einen Menschen haben kann,
ein Beweis, daß es nichts außer dem Menschen gibt und daß alles, was geschieht, vom Menschen kommt, Glück und Unglück.
Es ist nichts an ihm, das nicht das meine wäre.
Was ich denke, geschieht an ihm.
Den Weg, den ich ihm weise, muß er einschlagen.
So häufe ich Qual über Qual auf ihn, eine Hölle über

die andere. Ich werfe ihn euch hin, meinem Gesindel, wie man einen Knochen den Hunden vorwirft.
Er soll nicht an der Größe dieser Welt zerbrechen, er soll an ihrer Lächerlichkeit zugrunde gehen, die wie die seine ist.
Überschüttet diesen Blinden mit jeglicher Mühsal, verscheucht seinen Schlaf.
Treibt ihn unermüdlich in jagendem Kreis auf den Trümmern seines Schlosses herum.
Er soll denken, sich auf endloser Flucht zu befinden.
Laßt ihn den Hunger schmecken und brennt ihm den Durst in sein Fleisch.
Nie soll sein Fuß ruhen, und wenn er zusammenbricht, senkt ihn hinab in die Angst.
Dann werdet ihr sehen, was der Mensch ist:
ein schreiender Mund,
zwei gebrochene Augen, in denen sich nichts mehr spiegelt!

Tag.

Palamedes. Suppe.

SUPPE Ihr seid frei, mein Prinz!
PALAMEDES Warum breitet Ihr die Arme aus, Hofdichter?
SUPPE Ich freue mich, Euch in Freiheit zu sehen.
PALAMEDES Es lebe die Freiheit!
SUPPE Es lebe die Freiheit!
PALAMEDES Laßt die Arme nicht sinken, Hofdichter. Laßt die Freiheit nicht sinken. Man soll sie immer hochleben lassen.

Suppe steht mit erhobenen Armen da.

PALAMEDES Was ist mit meinem Vater geschehen?

SUPPE Schlimme Dinge, Prinz, unglaubliche Dinge, künftiger Tragödien würdig. Die Arbeit strenger Wochen ist vernichtet; was unser Geist erfunden, ist zerstoben. Wie Spreu, wie Staub, wie Laub.

PALAMEDES Ein hergelaufener Italiener hat uns bös mitgespielt.

SUPPE Der Dichter in mir weigert sich, diesen Scharlatan ernst zu nehmen.

PALAMEDES Ihr müßt die Arme herunternehmen, mein Herr. Ihr seid nicht würdig, die Freiheit zu umarmen, und mir ziemt es nicht, die Dichtkunst an meinem Busen zu wärmen.

SUPPE Wir müssen dem Herzog alles gestehen. Wir müssen ihn aus der Gewalt des Italieners befreien.

PALAMEDES Was ist die Bestimmung der Söhne: Ihre Väter glücklich zu machen oder unglücklich?

SUPPE Glücklich, mein Prinz.

PALAMEDES Ich habe meine Pflicht getan, ich machte ihn glücklich, ohne Glaube, mit sehr geringer Liebe und mit um so größerer Traurigkeit. Aber dieses Glück ist jetzt der Grund seines Übels, er muß zahlen, was ich für ihn kaufte. Es würde ihn jedoch am glücklichsten machen, wenn er von unserer Liebe erführe, denn er würde auf den Grund seiner Narrheit stoßen. Unsere Hände sind gebunden. Geht mit Eurer Freiheit, sie ist ein schöner Name, aber dem Wesen nach ein Frauenzimmer, dessen Namen wir nicht aussprechen dürfen, ohne zu erröten.

SUPPE Ihr seid bitter, mein Prinz.

PALAMEDES Ihr wollt sagen, daß die Welt bitter sei, eine landläufige Ansicht. Liebt Ihr Rätsel?

SUPPE Sehr, mein Prinz.

PALAMEDES Ist Gott gerecht oder ungerecht?

SUPPE Ungerecht, mein Prinz.

PALAMEDES Gerecht, Hofdichter: Sonst wäre die Welt keine Hölle.

Die Vorigen. Der Herzog, sich auf den Schauspieler stützend. Lucianus.

PALAMEDES *packt Suppe vorn am Rock* Nicht wahr, dort wird mein Vater geführt?

SUPPE Sie führen ihn auf den Ruinen dieses Schlosses herum. Immer im Kreise herum, man kann dabei schwindlig werden.

PALAMEDES Warum eine so mühselige und eintönige Arbeit?

SUPPE Der Herzog soll glauben, sich auf der Flucht zu befinden.

PALAMEDES Glauben macht selig.

SUPPE Dieser Glaube macht Euren Vater unselig.

PALAMEDES Ihr seid nicht wert, daß man Euch anrührt. Ihr schreibt schlechte Tragödien, denn Ihr kennt die Narren nicht. Ihr würdet sonst wissen, daß man die Narren von der Art meines Vaters zwar unglücklich machen kann, daß sie aber immer ihre Seligkeit erhalten.

SUPPE Gibt es besondere Arten von Narren?

PALAMEDES Zwei Sorten: Mein Vater ist ein Narr, weil er an Gott glaubt, und ich denke mir einen Gott, weil ich ein Narr bin.

SUPPE Der Unterschied?

PALAMEDES Daß ich noch unglücklicher bin als mein Vater: Er ist unglücklich in der Zeit, und ich unglücklich in der Ewigkeit.

SUPPE Sie kommen näher! Sie kommen auf uns zu, mein Prinz!

PALAMEDES Ihr seid ein Hofdichter. Ihr solltet sagen: Seht den jammervollen Mann, den besser das Grab verschlänge!

DER HERZOG Drei Tage, Chevalier, haben wir den Weg beschritten, der uns zur Grenze unseres Landes führt.
Ich umfange Eure Schultern.
Euer Leib ist der Fels, an den ich mich klammere, mein einziger Halt in den Meeren der Finsternis, die mich umgeben.
Ich betaste mit meiner Sohle die Erde wie mit einer Hand.
Sie verändert sich gleich der Wolke über uns und bleibt sich doch immer gleich, als spürte ich den Wänden eines Kerkers nach, die sich schließen.
So gehe ich und scheine doch zu stehen.
O Eintönigkeit meiner Flucht, wie ist die Ewigkeit in mein Dasein gebrochen, wie ist nun alles endlich und unendlich zugleich!

LUCIANUS He, anhalten!

DER SCHAUSPIELER Was schreit Ihr, Bursche?

LUCIANUS Wir können kurze Zeit bleiben. O meine Füße!

Die drei setzen sich auf den Boden.

DER HERZOG Mit wem habt Ihr gesprochen, Chevalier?

DER SCHAUSPIELER Mit dem neuen Führer. Es ist ein Naturbursche aus der Gegend, vielleicht etwas zu natürlich, aber treu wie Gold, Hoheit, treu wie Gold.

DER HERZOG Es freut mich, einen treuen Menschen mehr um mich zu haben. Wo bin ich?

DER SCHAUSPIELER Auf einem kleinen verborgenen Hügel. Sehr steil, wie Hoheit sich überzeugt haben, fast einer aparten Schloßruine ähnlich. Rings sehen wir beinahe greifbar das Land, und über uns wölbt sich eine Eiche. Von ferne dringt der Schein des brennenden Schlosses.

DER HERZOG Das Schloß meiner Väter brennt.

DER SCHAUSPIELER Es ist ein großes Unglück mit dem Schloß Eurer Väter.

LUCIANUS Alles brennt, ihr Herren! Die Funken stieben, und bis hieher riecht man die Brände!

SUPPE *mit kreischender Stimme*

Das Glück, das Glück!
Geht zu Stück!
Der Schmerz, der Schmerz!
Zerreißt das Herz!

Einundvierzigster Chorgesang, zweiundzwanzigste Strophe, dritter Gegengesang. O arme, schaudervolle Hoheit.

DER HERZOG Ist das nicht mein Hofdichter, der aus seiner Tragödie zitiert?

SUPPE Aus dem zweiten Teil, Eure Hoheit, aus der Stelle, wo die Meldung eingetroffen ist, daß der Arzt gestorben, den man ans Bett des kranken Nestor gerufen.

DER SCHAUSPIELER Auch ich bin überrascht, in dieser Einsamkeit die Stimme eines Hofdichters zu hören.

PALAMEDES Platz dem Erbprinzen Palamedes!

DER HERZOG Mein Sohn!

PALAMEDES Ich grüße meinen Vater unter diesem Birnbaum, der im stillen Talgrunde steht!

DER SCHAUSPIELER Unter dieser Eiche, die freilich etwas von einem Birnbaum an sich hat, auf dem Berge, der im stillen Talgrunde steht.

DER HERZOG Wir treffen uns an einem Ort der Verzweiflung, mein Sohn.

PALAMEDES Ihr habt recht, mein Vater, ich bin verzweifelt.

DER HERZOG Das Schloß brennt.

PALAMEDES Ich erfriere, mein Vater.

DER HERZOG Ihr seid traurig. Ihr leidet an Euch.

PALAMEDES Meine Traurigkeit ist eine Flamme, die mehr als Euer Land verwüstet: Sie verwüstet Euren Sohn.

DER HERZOG Ihr seid unglücklich, und ich kann Euch nicht helfen. Ihr habt mir noch nie den Grund Eures Kummers entdeckt.

PALAMEDES Mein Kummer hat keinen Grund. Er ist bodenlos. Ihr seid blind, und es ist leicht, glücklich zu sein, wenn man blind ist.

DER HERZOG In dieser Stunde des Untergangs ist niemand glücklich.

PALAMEDES Diese Stunde wird Euch vorübergehen, aber ich habe keine Stunde, die vorübergeht.

DER HERZOG Ich leide doppelt unter Eurer Traurigkeit, da nun das Feuer mein Land verwüstet, ohne meinen Augen den Weg zu erhellen.

PALAMEDES Es ist freilich traurig, daß meine Worte Euch unglücklich machen. Ihr müßt aber nicht auf das achten, was ich rede: Es ist in den Wind gesprochen.

DER HERZOG Ihr seid die Hoffnung, die mir geblieben ist, das Leben, in dem ich weiterlebe.

PALAMEDES Laßt Eure Hoffnung fahren.

DER HERZOG Muß ich alles fahren lassen?

PALAMEDES Alles, mein Vater, dann werdet Ihr mich verstehen.

DER HERZOG So geh in Frieden, mein Sohn.

PALAMEDES Mein Friede ist der Tod. Es ist bitter von Euch, mir den Tod zu wünschen.

LUCIANUS Wir müssen fort mit Eurer Hoheit.

DER SCHAUSPIELER Es zeigen sich überall kaiserliche Reiter.

PALAMEDES Ihr seid überall von Spitzbuben umgeben, mein Vater. Ihr müßt den Platz unter dieser Pappel verlassen.

Der Herzog wird fortgeführt.

PALAMEDES Lebt wohl, mein Vater! Ihr flieht vor dem Feind und ich vor Eurer Blindheit!

DER HERZOG *verschwindend* Mein Sohn Palamedes! Mein armer Sohn Palamedes!

SUPPE *mit jämmerlicher Stimme*

Hienieden, hienieden
ist uns nichts als Haß beschieden,
doch oben, doch oben
werden wir die Engel loben!

Einundachtzigster Chorgesang, erste Strophe, an der Stelle, wo das Weib des Nestor sich an der Bettstatt erhängt, aus Kummer darüber, daß dieser sterben muß, wobei das ungeborene Kind im toten Mutterleib einen dreifachen Klagegesang anstimmt: Erstens über den Tod der Mutter, zweitens über den bevorstehenden Tod des Vaters und drittens über den bevorstehenden eigenen Tod. *Er zieht eine Schnapsflasche hervor und trinkt.* Diese jammervolle Szene hat mich überzeugt, daß wir Eurem Vater die Augen öffnen müssen. Es geht nicht um sein Glück, es geht um seine Würde. Wir müssen ihm die lautere Wahrheit einschenken, die klare, lautere Wahrheit.

PALAMEDES Er hat keine Augen, denen Ihr den Star stechen könnt, und die Wahrheit läßt sich nicht in Eure Schnapsflasche abfüllen.

SUPPE Er wird die Wahrheit hören.

PALAMEDES Die Wahrheit hat keinen Mund zu schreien und mein Vater keine Ohren zu hören.

SUPPE Ich werde selbst zu seiner Hoheit gehen.

PALAMEDES Dann gebt acht, daß Ihr in seine Blindheit nicht wie in eine Höhle greift, in der ein Löwe schläft.

SUPPE *schüttelt die leere Schnapsflasche* Alles Unglück ist auf uns heruntergekommen!

PALAMEDES Wir sind alle heruntergekommen; mein Vater ist ein heruntergekommener Narr, Ihr ein heruntergekommener Hofdichter, ich ein heruntergekommener Prinz und der Italiener ein heruntergekommener Gott.

SUPPE Und Eure Schwester?

PALAMEDES Sie ist heraufgekommen. Diese Teufelin hat die Hölle verlassen und ist zu uns heraufgekommen.

Die Vorigen. Octavia.

Octavia von links in einem prächtigen Kleid.

SUPPE Seht, ein Weib.

PALAMEDES Seht, ein Kleid.

SUPPE Eure hochwohlgeborene Schwester, mein Prinz.

PALAMEDES Ich habe von Euch gesprochen, Schwester, und Ihr seid gekommen.

OCTAVIA Was habt Ihr gesprochen?

PALAMEDES Eine Thronrede an meine Untertanen, die aus lauter Grimassen besteht.

OCTAVIA Wer sind Eure Untertanen?

PALAMEDES Alle traurigen Menschen.

OCTAVIA Eure Ländereien?

PALAMEDES Bei Gott, unermeßlich! Über meinem Gebiet geht die Sonne nicht auf, und meine Schiffe kreuzen wochenlang auf dem Meer meiner Tränen.

OCTAVIA Worüber seid Ihr traurig?

PALAMEDES Über den bedenklichen Wandel der Zeit und über Eure Traurigkeit.

OCTAVIA Ich bin nicht traurig.

PALAMEDES Tragt Ihr kein Trauerkleid, meine Schwester? Eure Barmherzigkeit hat Euch traurig gemacht.

OCTAVIA Ich bin nicht barmherzig.

PALAMEDES Ihr seid barmherzig, Schwester, Ihr teilt alles, was Ihr habt: Mit mir den Vater, mit irgendeiner Dirne die Unzucht und mit dem Italiener das Bett.

OCTAVIA Ihr redet lasterhaft.

PALAMEDES Ihr seid lasterhaft.

OCTAVIA Ich handle, wie ich bin.

PALAMEDES Dann seid Ihr ein Ungeheuer.

OCTAVIA Ich bin schön wie das Land Italien.

PALAMEDES Sehr wohl: Keusch wie das Land Babylonien und wahr wie das Land Utopien.

OCTAVIA Ich habe keine Lust, Euch zu hören.

PALAMEDES Aber Ihr habt Lust, den Italiener zu erhören. Ihr wollt soeben zu ihm gehen.

OCTAVIA Ich tue, was mir gefällt.

PALAMEDES Es gefällt mir nicht, was Ihr tut.

OCTAVIA Ihr seid nicht mein Richter!

PALAMEDES Aber Euer Scharfrichter: Hättet Ihr ein Herz, so müßtet Ihr an der Rede Eures Bruders sterben.

OCTAVIA Ich lebe, wie Ihr seht.

PALAMEDES Ich sehe: Ihr habt kein Herz.

OCTAVIA Ich habe keinen Bruder.

Wir haben nichts gemeinsam, und ich kenne Euch nicht.

Ich bin allen fremd.

Ihr seht nach mir und wißt nicht, was Ihr seht.

Ihr erblickt meine Schönheit und wißt nicht, warum ich schön bin.

Ich bin in jener Stunde geboren, in der dieses Land versank, wie eine Göttin entstieg ich den Wellen des Untergangs.

Denn ich ging zwischen den zerstörten Mauern. Mein Fuß berührte den Stein, und meine Hände glitten über das, was gewesen war.

Dann schrie mein Mund: Eine Wölfin war ich in der roten Dämmerung.

Ich hüllte mich in die zerrissenen Kleider eines Toten, der eine Säule umschlang.

Ich kroch in die Tiefe der Erde.

Ich war dumpf wie ein Tier.

Ich gab mich dem Manne, der meinen Vater höhnt und meinen Bruder schlägt.

Denn er schlägt, was ich von mir werfen mußte, um leben zu können, und er höhnt, was mein Gefängnis war.

Mein Leib umfing jenen, der die Dinge zu dem ver-

wandelt, was sie sind: die Toten in Tote, und in Lebende die Lebendigen.
Euch und Euren Vater hat er in Tote verwandelt, mich hat er zu einem Weibe gemacht.
Ich bin ein Mensch geworden.
Ich scheide mich von diesem Lande: Die Toten gehen mich nichts an.
Ich gehöre niemand als nur mir.
Ich bin frei.
Euch aber habe ich immer verachtet.
Ihr verneint alles, und dennoch wagt Ihr zu leben.
Es gibt nichts, das entfernter von Euch wäre als Ihr Euch selbst. Ihr seid namenloser als die Verwesung, die zwischen den Gräbern herabsinkt.
So verbirgt sich die Schande immer in den Ruinen.
In mich und Euch hat sich die Welt geteilt.
Wie könnt Ihr noch sagen, daß Ihr mein Bruder seid und ich Eure Schwester?
Ihr habt mir nichts entgegenzusetzen als ein leises Stöhnen Eures Mundes. *Sie geht rechts ab.*

SUPPE Sie ist von uns gegangen, mein Prinz.

PALAMEDES Sie geht den Weg des Fleisches.

SUPPE Ei, geht sie ins Grab?

PALAMEDES Der Italiener ist ein Grab.

Palamedes. Suppe. Negro da Ponte.

Negro da Ponte kommt von links.

PALAMEDES *zieht den Degen* Sucht Ihr meine Schwester, mein Herr?

NEGRO DA PONTE Es freut mich, Euch zu treffen, mein Prinz.

PALAMEDES Ihr habt mich mitten ins Herz getroffen. Ihr habt aus meiner Schwester eine Dirne gemacht.

NEGRO DA PONTE *zieht den Degen* Es ist recht und billig, daß ich mit Euch kämpfe.

PALAMEDES Ihr habt recht, Ihr kämpft mit einer billigen Waffe: Ihr habt mich mit einem Weibe verwundet.

NEGRO DA PONTE Ihr seid witzig.

PALAMEDES Ich liebe die scharfen Pointen.

NEGRO DA PONTE Ich werde Euch die scharfe Pointe zu Eurem Witz durch den Leib rennen.

PALAMEDES So setzt die Pointe zu diesem Witz! *Er wirft ihm den Degen vor die Füße.*

NEGRO DA PONTE Ihr wollt nicht kämpfen?

PALAMEDES Ich bin wie mein Vater. Ein Tier, das man abschlachtet.

NEGRO DA PONTE Ich kämpfe nicht gegen Wehrlose.

PALAMEDES Mein Vater ist wehrlos.

NEGRO DA PONTE Er hat seinen Glauben.

PALAMEDES Ich habe auch meinen Glauben. Ich glaube an die Hölle. Doch mit wem seid Ihr verbunden?

NEGRO DA PONTE Ich bin niemand verbunden.

PALAMEDES Dann auch nicht der Ehre. Stoß zu, Halunke!

NEGRO DA PONTE Eure Verzweiflung wird der Dolch sein, mit dem ich zustoße, und Ihr selbst der Degen, mit dem ich Euch durchbohre. *Er geht rechts ab.*

SUPPE Mein Prinz.

PALAMEDES Tragödienschreiber?

SUPPE Er wird Euch töten.

PALAMEDES Es wäre schön zu sagen, daß die Ruinen, die

uns nun umgeben, nur der Trauermantel sind, in den gehüllt ein Dichter zur Unterwelt schreitet.

Nacht. Mondschein.

Der Herzog. Der Schauspieler. Lucianus.

DER SCHAUSPIELER Hier endlich, Hoheit, haben wir die östliche Grenze erreicht, indem wir gleich einem nächtlichen Leichenzug herwandeln.
DER HERZOG Nur zu, meine Nimmermüden, nur zu!
LUCIANUS Nur zu! Nur zu!
DER SCHAUSPIELER Wir betreten die Schlucht, in der wir den Statthalter und Prinz Palamedes erwarten.
DER HERZOG Und Octavia, meine Tochter.
DER SCHAUSPIELER Die Felsen ragen wie die Wände einer gottverlassenen Kathedrale.
DER HERZOG Hinab! Taucht hinab!
LUCIANUS Und über uns der Mond ein blauer Stein.
DER HERZOG Wasser! Wasser! Ich höre die Wasser nicht rauschen!
DER SCHAUSPIELER Die Wasser sind versiegt.
DER HERZOG Ich höre Stimmen.
DER SCHAUSPIELER Eure Völker, die mit Euch fliehen.
LUCIANUS Eure Krähen, die mit Euch ziehen.
DER SCHAUSPIELER Gerippe, nichts als Gerippe.
LUCIANUS Gespenster, nichts als Gespenster!

Die Vorigen. Schwefel und das Gesindel.

SCHWEFEL *von einigen hereingetragen mit einem Humpen und einem großen Stück Fleisch* Platz da, ihr Leute! Platz da, ihr schmierigen Röcke! Seht, wie eine Hoheit die andere besucht! Heil dir, Herzog des Glücks! *Er torkelt betrunken auf den Herzog zu und küßt ihm die Hand.*

DER HERZOG Wer küßt meine Hand?

SCHWEFEL Euer Bruder, der Herzog der Hungerleider. Ihr habt Staatsbesuch bekommen, Bruder.

DER SCHAUSPIELER Es scheint ein Bauer zu sein.

LUCIANUS Er ist toll.

DER HERZOG Was wollt Ihr, Bauer?

DER SCHAUSPIELER Ihr müßt ihn anders anreden, wenn er toll ist: Was wollt Ihr, Herzog der Hungerleider?

DER HERZOG Sprecht, Bruder.

LUCIANUS Geruhen zu reden, Hoheit.

SCHWEFEL Heil dir, Herzog zum Massengrab!

DER SCHAUSPIELER Er kann nicht recht sprechen, er ist zu benommen in seinem Fürstenstand.

Schwefel schwankt hin und her.

LUCIANUS Er ist von einem überaus wackligen Stand.

SCHWEFEL Ich bin der Herzog der Hungerleider, der Vater jener, die bald krepieren.
Ich bin da, das große Lied vom großen Hunger zu singen,
das ewige Lied mit den unendlichen Strophen, dessen Text ich vergessen habe und das nur jene singen, die nicht mehr singen können, und das nur jene hören, die nicht mehr hören, denn sie essen und trinken nicht mehr.

Er trinkt.

Ich hatte tausend Pferde und tausend Kühe und tausend Schafe und tausend Säue.

Ich war ein Nero des Ackerbaus, ein Salomo der Viehzucht.

Aber es steht schlimm um ein Land, das besiegt worden ist, denn wer siegt, achtet nicht auf seine Füße.

Er zertritt den Besiegten.

Er frißt.

Den sieht niemand.

Wer besiegt ist, kommt in Not, und Not lehrt töten.

So wird schlecht, wer siegt, und schlecht, wer unterliegt.

Wie soll die Welt besser werden dabei?

Er trinkt.

Mein Dorf ist zerstört, es ist dem Erdboden gleichgemacht.

Überhaupt ist in unserem Lande alles dem Erdboden gleichgemacht: Städte, Schlösser, Dörfer und Menschen, diese besonders. Die Not, der Tod und die Verzweiflung ist groß, noch größer aber der Hunger. Der Hunger ist immer am größten!

Er frißt.

Weib, Kind, Knechte und Mägde sind von den Soldaten Wallensteins auf verschiedenen Umwegen getötet worden.

Auf eine grausame Weise, denn Soldaten sind immer grausam, wenn sie töten.

Das ist stets so gewesen, bei Deutschen, Russen, Hottentotten und Chinesen!

Prosit!

Er trinkt.

In meinem Dorf wurden viele getötet.
Ich kann Euch die Zahl nennen: Fünfundzwanzig Personen.
Aber ich kann euch die Zahl nicht nennen, die dann der Hunger getötet hat.
Da hört man auf zu zählen.

Er frißt.

Sterben ist ein Wort mit sieben Buchstaben, es stirbt sich meistens kurz.
Aber niemand weiß, wie viele Buchstaben Vor-Hunger-Sterben hat:
Das stirbt sich meistens lang, und das ist dann die Hölle!

Er trinkt.

Der Tod geht herum und lacht.
Und die Soldaten gehen auch herum und lachen und fressen und klopfen sich auf die Bäuche.
Am meisten geht aber der Hunger herum:
Der frißt auch am meisten und der lacht auch am meisten.

Er frißt.

Während wir abnehmen, nimmt er zu, während wir schwächer werden, wird er stärker.
Er hängt über uns wie ein bleicher Mond.
Gott erbarme dich unser!
Aber Gott hat auch Hunger, er hungert danach, daß die Menschen sich ihrer erbarmen.

Er trinkt.

Man sagt, daß die Ratten und Geier schon Hunger haben.
Vielleicht, daß am Ende der Zeit noch zwei Wölfe irgendwo in der Ebene heulen.

Aber auch sie werden schweigen, denn was sollten sie noch fressen?
Wir haben Hunger!

Er wirft das Stück Fleisch fort.

DER HERZOG Ich kann Euch nicht helfen, Bauer.
DER SCHAUSPIELER Vergeßt nicht, daß er ein Wahnsinniger ist, Eure Hoheit.
DER HERZOG Ich kann Euch nicht helfen, herzoglicher Bruder. Ihr seht, ich bin ein Herzog ohne Macht, mit dieser dunklen Schlucht als meinem Land.
DER SCHAUSPIELER Sehr schön der Ton, Hoheit, nur immer den Titel. Der Tolle beruhigt sich.
SCHWEFEL Ich habe Hunger.
DER SCHAUSPIELER Er fängt wieder an zu sprechen.
SCHWEFEL Ich habe Durst.
DER SCHAUSPIELER Ihr leert den Kelch Eurer Qual bis zur Neige!
SCHWEFEL Bis zur Neige, ihr Knechte. *Er leert seinen Humpen.* Ich will essen. Schwein, Kalb, Hase, Forelle!
DER SCHAUSPIELER Hoheit haben sein letztes Brot verteilt.
LUCIANUS Sein allerletztes Brot, und Hoheit haben selber Hunger. Und ich erst, ein Mann des Volks, mit einem Hunger wie das Volk, mit einem Magen wie das Volk und allem weiteren wie das Volk. Oh, wir haben nichts, weniger als nichts, keine Spur mehr von nichts.
SCHWEFEL Dürftig, ihr Knechte, dürftig! Wer bin ich, ihr Knechte eines hohen Herrn?
DER SCHAUSPIELER Der Herzog der Hungerleider.
LUCIANUS Herzogliche Gnaden der Magenkrämpfe.
DER HERZOG Unser armer Bruder im Elend.
SCHWEFEL Falsch geraten, ihr Herren. Ich könnte sagen,

daß ich Schwefel sei. Ich könnte sagen, daß ich ein Musketier bin, der viele Menschen umgebracht hat, aber ich bin ein Einkäufer, ihr Herren, ein simpler Einkäufer.

LUCIANUS Er wechselt die Farbe, Hoheit. Aus dem Herzog ist ein Einkäufer geworden.

DER SCHAUSPIELER Wir wollen sehen, was er einkauft.

DER HERZOG Einkäufer.

SCHWEFEL Herr, großer Herr?

DER HERZOG Was kaufst du ein, Einkäufer? Es ist schwierig für dein Gewerbe in diesen Zeiten.

SCHWEFEL Ich habe ein ehrliches Gewerbe, großer Herr. Ich kaufe seltene Ware ein.

DER HERZOG Was bietest du dafür, Einkäufer?

SCHWEFEL Gute Ware, edler Herr, echte, gute Ware, ehrlich erstanden und nicht gestohlen.

DER HERZOG Zeig her, Einkäufer.

SCHWEFEL Es ist ein gewaltiger Besitz, gnädiger Herr, ein immenser Besitz: Gewaltige Haufen an Elend jeder Art: Kriege, so viel Ihr wollt, Hunger, wie Ihr begehrt, Tote, was Ihr braucht, und Soldaten nach jeder Auswahl.

DER HERZOG Gegen was willst du diesen Besitz umtauschen, Einkäufer?

SCHWEFEL Gegen ein Wörtchen, erlauchter Herr, gegen ein einziges Wörtchen des Trostes mit prompter Wirkung, daß ich keinen Hunger mehr spüre, daß die Toten lebendig werden und die betrunkenen Soldaten Gutes tun. Schlagt ein, hochwohlgeborener Herr, ich bin ein ehrlicher Einkäufer.

DER HERZOG Ich kann dir dieses Wort nicht geben. Kein Mensch kann dir dieses Wort geben.

SCHWEFEL Ihr könnt mich nicht trösten?

DER HERZOG Ich kann dich nicht trösten.

SCHWEFEL Ich bin ein bescheidener Einkäufer. Ihr braucht mir nur zu sagen, daß dies der letzte Krieg ist, daß dies der letzte Hunger ist, und Ihr könnt haben, was ich besitze.

DER HERZOG Ich kann es dir nicht sagen, Einkäufer.

SCHWEFEL Es gibt immer wieder Krieg?

DER HERZOG Immer wieder.

SCHWEFEL Immer wieder Hunger?

DER HERZOG Immer wieder.

SCHWEFEL Kommt keine Rettung vom Menschen?

DER HERZOG Vom Menschen kommt keine Rettung.

SCHWEFEL So hat denn der Mensch nichts, weiser Herr?

DER HERZOG Er hat seine Blindheit, Einkäufer.

SCHWEFEL Das ist wenig.

DER HERZOG Das ist alles.

SCHWEFEL So muß ich Euch den schönsten Krieg, den erlesensten Hunger, die ausgesuchtesten Toten und die mit den speziellsten Bieren betrunkenen Soldaten umsonst geben, ohne Trost, ohne Hoffnung?

DER HERZOG Ohne Trost, ohne Hoffnung.

SCHWEFEL Für eine billige Blindheit?

DER HERZOG Dafür.

SCHWEFEL Was soll ich mit dieser rabenschwarzen Blindheit, gelehrter Herr?

DER HERZOG Es ist gute Erde. Senke ein Körnchen Glauben in sie.

SCHWEFEL Sehr gut. Ich liebe Korn.

DER HERZOG Dann wirst du finden, was du suchst: Hoffnung und Trost.

SCHWEFEL Gebt mir zwei Pfund feinste Glaubenskörner für ungefähr vierhundert Zentner Trost und Hoffnung. Ich gebe Euch einen soliden Krieg von dreieinhalbjähriger Dauer, achthundert Tote netto, zwei Kompanien Holländer und ein Bataillon Schweizer. Zwei Bürgerkriege, eine Palastrevolution, und den Prager Fenstersturz kriegt Ihr gratis.

DER HERZOG Das kann ich dir nicht geben.

SCHWEFEL Ihr habt keinen Glauben?

DER HERZOG Ich kann dir meinen Glauben nicht geben.

SCHWEFEL Ihr bekommt noch ein Spital Blessierter und zweitausend Verhungerte bester Lagerung dafür.

DER HERZOG Der Mensch ist schwach, Einkäufer, und arm: Er kann nicht geben, was sein Bruder braucht.

SCHWEFEL Dann will ich mich verwandeln, ihr Knechte!

DER SCHAUSPIELER In was wollt Ihr Euch verwandeln, Hoheit der Hungerleider?

LUCIANUS In was wollt Ihr Euch umtauschen, Einkäufer?

SCHWEFEL In einen betrunkenen und besoffenen Soldaten, der mehr mit Sünden belastet ist als ein Mülleresel mit Säcken,
dessen Verbrechen mit seinem Schnaps um die Wette zum Himmel stinken,
in einen dicken Musketier, der nicht mehr recht auf zwei Beinen stehen kann
und sich darum auf allerlei Weiberlein stützt!
Ich will mich zu denen verwandeln, bei denen der Sieg wie ein Adler wohnt.
Ich will mich an ihren Tischen vollfressen, denn auf den Tischen der Sieger häuft sich die Speise.
Und das Recht ist immer auf ihrer Seite.
Es lebe das Recht!

Ein Narr, wer dort nicht sein Haus aufgeschlagen hat, ein Lump, wer unterliegt.
Schön ist das Leben der Soldaten!
Kommt her, ihr Dirnchen, ihr heißen, weißen Täubchen des Sieges!
Ich will mich auf euch stützen, ich will meine Arme um eure Schultern biegen.
So stampfen wir mit nackten Füßen über die Besiegten, die vor uns wie in der Kelter liegen!

Er wankt auf zwei Dirnen gestützt in die Menge zurück.

Die Vorigen. Negro da Ponte. Später Palamedes.

NEGRO DA PONTE Mein Herzog.
DER SCHAUSPIELER Es ist der Statthalter, Euer Gnaden.
DER HERZOG Mein Volk hungert, Statthalter.
NEGRO DA PONTE Das Volk hungert immer.
DER HERZOG Es geht jämmerlich zugrunde.
NEGRO DA PONTE Das Volk geht immer jämmerlich zugrunde.
DER HERZOG Ihr seht sein Elend, und Ihr helft ihm nicht.
NEGRO DA PONTE Es gibt keine Hilfe.
DER HERZOG Ihr seid ein unbarmherziger Statthalter.
NEGRO DA PONTE Ihr seid ein unbarmherziger Herr. Ihr habt in der Abendsonne vor Eurem Schloß sitzend über Euer Land einen Ohnmächtigen gesetzt, dem nun Stück um Stück Eures Reichtums entrissen wurde.
DER HERZOG Es war Gottes Wille.
NEGRO DA PONTE Es war eines Menschen Wille. Ihr seid in die Hände Wallensteins gefallen. Seine Musketiere

besetzten die Ausgänge der Schlucht, in die Ihr gestiegen seid.

DER HERZOG Und Octavia, mein Kind?

NEGRO DA PONTE Octavia, Eure Tochter, fiel in Gefangenschaft. Der Feldherr des Kaisers ließ sie in sein Zelt bringen und machte sie zu seiner Mätresse.

Schweigen.

DER HERZOG *unbeweglich* Redet weiter, Statthalter.

NEGRO DA PONTE Dagegen ist Euch die Gräfin Freudenberg geblieben.

DER HERZOG Man führe sie zu mir.

Die Dirne kommt.

DIE DIRNE Eure Hoheit?

DER HERZOG Ihr habt mehr Leid erfahren denn wir alle, ehrwürdige Mutter. Euer Kloster in Bayern ist zerstört, Eure Töchter geschändet. Auch mein Reich ist nun zerstört, auch meine Tochter ist nun geschändet. Ich bitte Euch, an meiner Seite zu bleiben. So wird die Liebe mich nie verlassen.

Die Dirne setzt sich neben den Herzog.

DER HERZOG Wir sind in ein Gefängnis geflüchtet. Der Feind raubte meine Tochter und umzingelte unsere letzte Zuflucht. Wie war ihm dies möglich?

NEGRO DA PONTE Wir sind verraten worden.

Palamedes wird auf ein Zeichen Negro da Pontes vor den Herzog gebracht.

DER HERZOG Wer ist der Verräter?

NEGRO DA PONTE Er steht vor Euch.

DER HERZOG Sein Name?

NEGRO DA PONTE Palamedes, Euer Sohn.

Tiefe Stille.

DER HERZOG Mein Sohn.

PALAMEDES Mein Vater.

DER HERZOG Gebt mir meine Tochter Octavia zurück.

PALAMEDES Ich kann Euch meine Schwester nicht zurückgeben. Sie ist die Dirne eines Schurken geworden.

DER HERZOG Ihr werdet nun die Klage hören, die Negro da Ponte wider Euch führt.

PALAMEDES Ich höre.

NEGRO DA PONTE Palamedes verriet seinen Vater. Er zeigte einem feindlichen Hauptmann die Schlucht und ließ kaiserliche Truppen vor die Ausgänge führen. Er unternahm den Angriff auf unsere Truppen, wobei Octavia, seine Schwester, in Gefangenschaft der Feinde, er selbst aber, als Führer des kaiserlichen Unternehmens, in unsere Hände fiel.

DER HERZOG Was für eine Strafe fordert Ihr?

NEGRO DA PONTE Den Tod.

DER HERZOG Prinz Palamedes, was habt Ihr zu diesen Worten zu sagen?

PALAMEDES Worte sind Worte.

DER HERZOG Wollt Ihr Euch nicht verteidigen?

PALAMEDES Ich könnte Euch ein Wort sagen, das Eure dunkle Welt, in deren Tiefe Ihr wie ein Mühlstein liegt, wie ein Blitz des Himmels erleuchten würde.

NEGRO DA PONTE Sagt dieses Wort, Prinz Palamedes.

DER HERZOG Redet, mein Sohn.

PALAMEDES Ich schweige.

DER HERZOG Ich bin blind, mein Sohn.

PALAMEDES Ich sehe.

DER HERZOG In meiner Nacht gibt es nur die Wahrheit.

PALAMEDES Oder es gibt nur die Lüge.

DER HERZOG Es geht um Euer Leben, und es geht um Euren Tod.

PALAMEDES Es geht um die Gerechtigkeit, mein Vater.

DER HERZOG Ihr seid Fleisch von meinem Fleisch und Blut von meinem Blut. Ihr werdet die Last tragen, die ich Euch auferlege, die schwerste Last, die je einem Menschen auferlegt worden ist.

PALAMEDES Ich bin Euer Gefangener.

DER HERZOG Euch gehört das Licht, das Gut und Böse scheidet, und mir gehört die Nacht, in der es nur den Glauben gibt.

PALAMEDES Die Gerechtigkeit ist immer blind.

DER HERZOG Es ist nicht an mir, das Urteil über Euch zu fällen.

PALAMEDES Was kommt Euch denn zu, mein Vater?

DER HERZOG Es zu glauben.

PALAMEDES Wie kann man ein Urteil glauben, mein Vater?

DER HERZOG Indem man es vollstrecken läßt. Das ist das einzige, was mein Glaube vermag.

PALAMEDES Der Glaube woran?

DER HERZOG An Gott und seine Gerechtigkeit.

PALAMEDES Ich bin angeklagt.

DER HERZOG Ihr seid angeklagt, Euren Vater verraten zu haben.

PALAMEDES Einer muß mein Richter sein.

DER HERZOG Ihr müßt Euer Richter sein, Prinz Palamedes. Das ist die Last, die Euch der Vater auferlegt.

PALAMEDES Ihr werdet dem Urteil glauben, das ich über mich fälle?

DER HERZOG Ich glaube dieses Urteil.

PALAMEDES Wenn ich sage: Ich bin unschuldig, werdet Ihr an diese meine Unschuld glauben?

DER HERZOG Ich werde an Eure Unschuld glauben.

PALAMEDES So werdet Ihr an den Worten Negro da Pontes zweifeln?

DER HERZOG Ich zweifle nie an den Worten eines Menschen.

PALAMEDES So werdet Ihr beiden glauben?

DER HERZOG Ich werde beiden glauben, und Ihr werdet frei sein.

PALAMEDES Das ist unmöglich. Einer von uns muß lügen, wenn ich sage, daß ich unschuldig bin.

DER HERZOG Ich würde denken, daß ein Blinder die Welt nicht immer verstehen kann.

PALAMEDES So wenig glaubt Ihr Eurem Verstand, daß Ihr nicht zu sagen wagt: Der oder jener lügt?

DER HERZOG So sehr vertraue ich meinem Glauben, daß ich das nicht sage.

PALAMEDES So glaubt Ihr an den Menschen, mein Vater.

DER HERZOG Ich glaube dem Menschen.

PALAMEDES Es ist eine Torheit, so etwas zu tun. Der Mensch ist ein jämmerliches Geschöpf.

DER HERZOG Ist die Liebe töricht, mein Sohn?

PALAMEDES Liebt Ihr mich, mein Vater?

DER HERZOG Ihr seid mein Sohn, den ich liebhabe.

PALAMEDES Dann ist Eure Liebe töricht, und ich will diese Eure Narrheit vor aller Welt beweisen.

DER HERZOG Sprecht.

NEGRO DA PONTE Fahrt fort, mein Prinz, ich höre.

PALAMEDES *höhnisch* Die Welt, über die Ihr gesetzt seid, Statthalter, wird ob meinen Worten in Erstaunen geraten.

NEGRO DA PONTE Ihr seht mich unbeweglich.

PALAMEDES Euch, Vater, wird meine Wahrheit zu einem steinernen Standbild erstarren lassen.

DER HERZOG Eure Verzweiflung ist groß, mein Sohn.

PALAMEDES Sie ist so groß wie Eure Blindheit. Ihr habt Euch ganz Eurer Nacht übergeben, ich habe mich ganz meiner Verzweiflung übergeben. Euer Glaube hat Euch blind gemacht, und mich hat Euer Glaube verzweifelt gemacht.
Denn was Ihr von innen seht, sehe ich von außen.
Ihr seid der Grund meiner Traurigkeit,
es gibt kein größeres Elend, als Euch zu sehen.
Wahrlich, wir sind Vater und Sohn.
Nun aber ist die Stunde gekommen, da ich von Euch gehe.
Ich lasse Euch fahren.
Ihr müßt nun in Eurer Blindheit versinken, ich strecke die Hand nicht mehr aus, Euch zu halten.
Ich wende mich jetzt an die, welche mich umgeben, an jene, die von der Nacht in mein Angesicht gespeit sind.

Er wendet sich zum Gesindel.

Ich stehe mitten unter euch, ein Verdammter unter Verdammten.
Ich reiche allen denen die Hand, die mit mir verloren sind.

Die Fetzen eurer Kleider schließen sich zu einem Teppich, über den ich zum Schafott schreite.
Hört nun das Urteil, das ich über mich spreche und das auf meinen Vater fällt, den ich durch mein Gericht richte.
Denn so wird offenbar, was mein Vater ist.
Durch das Urteil, das ich über mich abgebe, werdet ihr diesen Blinden erkennen.
So ist das Wesen, das Gott am sechsten Tag erschaffen hat, ein bleibendes Denkmal seiner Schande.
Durch mein Urteil werdet ihr sehen, was der Glaube des Menschen ist;
Ein Wahn, den sich dieses Geschöpf machen muß, um nicht zu verzweifeln.
Er gibt sich dem hin, der ihn tötet, und so vernichtet er nun den, welchen er liebt.
Alles, was er tut, ist eine Torheit, und sein Sohn spottet seiner im Angesicht des Todes.
Dies sind die Früchte, die ich aß, der Wein, von dem ich genoß:
Es ist alles vergiftet, was wir erhalten.
So wende ich mich denn zu meinem Vater zurück und schreie ihm zu, diesem Blinden,
der jeden Schlag hinnimmt, den man ihm tut, wie ein Hund, der alles glaubt, was man ihm sagt, wie ein Narr,
daß ich, Palamedes, sein Sohn, ihn verraten habe.

DER HERZOG *ruhig* So hast du mich verraten, mein Sohn.

PALAMEDES *zuckt zusammen und sinkt dann in sich* Ja, mein Vater, ich habe Euch verraten.

DER HERZOG So mußt du sterben.

PALAMEDES So will es die Gerechtigkeit.

DER HERZOG Du hast das Urteil über dich gefällt.

PALAMEDES Ich habe mich gefällt, mein Vater.

DER HERZOG Ich aber will mich dem Herzog von Friedland ergeben.

NEGRO DA PONTE Wallenstein befiehlt Euch, ins Schloß zurückzukehren.

DER HERZOG So müssen wir voneinander gehen, mein Sohn, den Befehlen gehorsam, die an uns ergangen sind.
Wenn der Morgen kommt, mußt du sterben.
Ich kann dir keinen andern Segen geben als deinen Tod.
Empfange ihn denn aus meinen Händen.
Ich schließe dir selbst die dunkle Türe auf.
Ich breite vor dir ihre Flügel weit auseinander.
Schreite getrost über die Schwelle.
Wie ein Mantel fällt nun deine Schuld von dir.
Zwischen uns sei nur noch die Liebe, die ein Vater zu seinem Sohne hat.
Durch deinen Tod bist du wieder mein.
Ich aber kehre in mein Schloß zurück, das nun zerstört ist.
Ich durchmesse noch einmal den Weg, der mich zu meinem Sohne führte.
Lebe denn wohl, mein Sohn.
Ich werde alles in meiner Blindheit wiederfinden,
wie du alles in deinem Tode wiederfinden wirst.
So kehren wir beide zu unserem Ursprung zurück.

Die Dirne führt ihn hinaus, die andern und das Gesindel folgen.

Palamedes. Negro da Ponte. Später der Henker. Dann Octavia.

PALAMEDES Mein Herr aus Italien.

NEGRO DA PONTE Mein Prinz.

PALAMEDES Ihr habt kühn gehandelt. Ich hätte Euer Spiel verraten können.

NEGRO DA PONTE Ich habe mit Eurer Traurigkeit gerechnet.

PALAMEDES Gut gerechnet. Ihr habt mich Zug um Zug mattgesetzt.

NEGRO DA PONTE Ihr habt Euch selbst mattgesetzt.

PALAMEDES Um so größer Eure Kunst. Ich wollte die Blindheit meines Vaters verhöhnen und habe seinen Glauben verherrlicht. Seht Euch vor, daß Ihr nicht dasselbe macht: Ihr kämpft mit einem gefährlichen Gegner. Es verwandelt sich alles in Wahrheit, was er glaubt.

NEGRO DA PONTE Ich liebe gefährliche Gegner.

PALAMEDES Ich war ein leichter Gegner. Ihr habt mich dorthin getrieben, wo ich nicht mehr weiter konnte: An die Mauer meiner Verzweiflung.

NEGRO DA PONTE Ihr hättet Euren Vater retten können, nun umschließt ihn meine Hand.

PALAMEDES Zeigt mir Eure Hand. Hat sie nicht fünf Finger? Wie wollt Ihr mit fünf Fingern die Blindheit meines Vaters umschließen? Ihr greift ins Leere, Edelmann.

NEGRO DA PONTE Ihr müßt sterben.

PALAMEDES Es ist das einzige, was mir geblieben ist: der Tod.

NEGRO DA PONTE *umschließt ihn mit den Armen* So reiße

ich Euch an mich. Ich nehme zu mir, was mir gehört. Ich umfange, was mir verfallen ist. Den Leib, den ich töte, presse ich an meinen Leib.
Wir sind Brüder geworden.
Ich umklammere Eure Schultern, und ich grabe die Nägel in Euer Fleisch.
Ich bin der Feind, der Euch bezwungen hat, der Rachen, der Euch verschlingt.
Der Abgrund, der die Welt in seine Tiefe saugt.
So trinke ich von Eurer Kehle, und ich sättige mich an Eurem Blut. Es ist uns alles gemeinsam.
Was Ihr besitzt, das besitze auch ich, und was Euch fehlt, das fehlt auch mir.
Wir können nicht mehr zurück.
Wir haben uns wie zwei Wölfe ineinander verbissen.
Ihr müßt sterben, und ich muß vollenden, was ich begonnen habe. Ich weiche nicht mehr von Eurem Vater.
Ich reiße wie ein Geier den Glauben aus seinem Leibe.
Ich lasse nicht von ihm, bis er so geworden ist wie ich.
Denn warum sollen die am meisten leiden, die am meisten wissen, und warum soll allein der Narr nicht verzweifeln?
Seht, der Morgen steigt herauf, ein steinernes Meer!
Im steigenden Licht fallen Leib und Schatten auseinander.
Geht denn in Euren Tod.
Dort kommt, den Ihr erwartet, jener, der seine Hand in Eure Brust senken wird.

Von hinten kommt der maskierte Henker, der seinen Mantel um Palamedes legt.

NEGRO DA PONTE Sein Mantel umgibt Euch wie eine Urne. Bald werdet Ihr nichts mehr sein denn ein silberner Todesschrei, der über mir schwebt,
eine sanfte Brücke,
sich spannend über dem Abgrund.

Negro da Ponte verschwindet rechts im Dunkel, von links kommt Octavia.

OCTAVIA So finde ich Euch noch einmal, mein Bruder.

PALAMEDES Ihr findet mich in den Armen des Henkers, meine Schwester. Ich suche in ihnen den Tod wie Ihr in den Armen des Italieners das Leben.

OCTAVIA Könnt Ihr nicht vergessen?

PALAMEDES Ich mache mich daran, alles zu vergessen.

OCTAVIA Ihr habt Euren Tod gewollt.

PALAMEDES Und Ihr habt Euer Leben gewollt. Was erhofft Ihr von Eurem Leben?

OCTAVIA Ich habe jede Hoffnung von mir geworfen.

PALAMEDES Ihr habt aber die Liebe. Es ist eine unzüchtige Liebe, und ich gebe keinen Heller dafür, aber es ist die Liebe.

OCTAVIA Ich habe auch die Liebe von mir geworfen.

PALAMEDES Werft, Schwester, werft! Steine auf mein Haupt. Aber irgendeinen Glauben habt Ihr nicht von Euch geworfen. Zeigt mir Euren Glauben.

OCTAVIA Ich glaube an nichts.

PALAMEDES Und Ihr lebt? Ich glaube auch an nichts, aber ich sterbe. Ich hoffe auch nicht, aber ich gehe zugrunde, und ich liebe niemand mehr, denn ich habe alles verloren. Geht, Schwester, vielleicht fürchtet Ihr Euch?

OCTAVIA Ich fürchte mich nicht.

PALAMEDES Was ist Euch denn in Eurem Leben geblieben?

OCTAVIA Allein der Haß.

PALAMEDES Dann kommt mit mir, Schwester, sterben ist besser denn leben.

OCTAVIA Ich bin noch einmal zu Euch gekommen, Palamedes. Noch einmal erblickt Ihr meine Schönheit.
Noch einmal steht jene vor Euch, die Euch verachtet und die wie Ihr den Vater verraten hat.
Bevor Ihr den stillen Weg des Todes hinabgeht, enthülle ich Euch noch einmal mein Wesen.
Erblickt denn zum letzten Mal den Tag.
Ich habe nichts anderes getan als die Freiheit gewählt, Ihr aber das Grab.
Wie Ihr gehe ich nun einen einsamen Pfad.
Er führt steil hinan.
Ihr seht in die Nacht, und ich sehe in die Sonne, ich wende meinen Blick nicht ab.
Wer vermöchte zu schauen, was ich erblicke, und wer vermöchte mir zu folgen?
Ich erfülle, was ich bin.
Ich versenke Himmel und Hölle in mir und verschließe sie in meiner Brust.
Wer leben will, muß das Ungeheure tun, Sterben allein ist kein Verbrechen.
Ich trage die Schuld, und ich will keine Gnade.
Ich verwerfe den Segen, und ich greife nach dem Fluch.
Der Liebe des Vaters setze ich meinen Haß entgegen wie einen Schild.
So lebe ich.
Ich will nichts erkennen als mich selbst.

Ich will niemand lieben als mich selbst.
Ich verlasse dieses Land.
Ich trenne mich von meinem Ursprung.
Wie eine steile Flamme schieße ich hinauf in das Grenzenlose. Ich verbrenne, was mich berührt, ich zerstöre, was sich mir entgegensetzt.
Ich frage nicht, wohin mein Fuß mich treibt, ich habe keine Frage mehr.
Ich habe mich der Welle übergeben, die mich trägt.
Gegrüßt sei die Küste, die mich erwartet, der Fels, an den ich geworfen werde, der Strand, der meine Heimat sein wird.
Ihr aber seid ein verwundetes Tier, das allein sterben muß.
So gehe jeder seinen Weg. Ihr in die Nacht und ich in einen unbekannten Tag.

PALAMEDES Wie wollt Ihr verflucht sein, wenn unser Vater Euch segnet, und wie wollt Ihr schuldig sein, wenn unser Vater Euch freispricht?

OCTAVIA Ich bin davon losgekommen, auf das zu achten, was Ihr sagt.

PALAMEDES Aber Ihr seid nicht von unserem Vater losgekommen, meine Schwester.
Ihr könnt ihn verneinen, Ihr gehört ihm dennoch.
Je mehr Ihr ihm flucht, desto mehr seid Ihr ihm verfallen.
Denn Euer Vater bleibt Euer Vater.
Ihr sucht ihn nicht, aber er findet Euch, ohne zu suchen.
Ihr liebt ihn nicht, aber er wird nie aufhören, Euch zu lieben.
Ihr habt ihm alle Eure Freiheit wie eine Diebin genom-

men, und dennoch habt Ihr nur eins, das Euch gehört: Euren Haß.
Der gehört Euch allein, den müßt Ihr selber tragen.
Das ist die Unendlichkeit Eurer Qual, der Kreis, der Euch bannt, der Stein, der Euch immer wieder zur Tiefe rollt.
Ihr flucht, und man segnet Euch.
Was Ihr sucht, das findet Ihr nicht, und was Ihr findet, das habt Ihr nicht gesucht.
Niemand steht Ihr gegenüber als Euch selbst.
Wenn Ihr tötet, tötet Ihr Euch, wenn Ihr verdammt, verdammt Ihr Euch.
Dies sind die Worte, die ich an Euch richte.
Ich senke sie mitten in Euer Herz.
Ich fälle Euch wie mit einem Beil.
Von nun an werdet Ihr lügen müssen, um zu leben.
Ihr seid wie ich geworden.
Ihr lacht.
Noch seht Ihr nicht, daß Ihr verwandelt seid, daß Eure Hände zittern und Eure Lippen bleich werden.
Meine Verzweiflung ist nun die Eure, denn sie ist die Verzweiflung aller Menschen.
Seht zu, wie Ihr dieser entgehen könnt, ich war dazu nicht fähig.
Was nützt es Euch, in die Sonne zu starren, um nicht zu sehen: Einmal wird die Sonne versinken.
Dann werdet Ihr die Hände vor das Gesicht schlagen, aber einmal werden Eure Hände müde sein.
Ich bin da mit meiner Verzweiflung und warte,
daß man mich überwinde.
Möge der Tag kommen, da ich besiegt werde.
O großer Kampf, den ich verlor und den meine Ver-

zweiflung gewann, denn auch die Blindheit schützt meinen Vater nicht mehr.
Ich wollte ihn verschonen um des süßen Wahns seines Glaubens willen.
Denn wer immer wach ist, liebt den Schlaf, und wer die Wahrheit kennt, liebt den Wahn,
zwei Dinge, die allein köstlich sind.
Du goldene Hoffnung, daß allein der Schwache siege, daß allein der Blinde sehe.
So gehe ich von Euch, Schwester.
Meine Tage sind gezählt, meine Schuld ist gewogen, und meine Qual ist gemessen.
Die Stunden entrollen mir wie die Perlen einer zerschnittenen Schnur in die Unendlichkeit.
Ich rufe Euch nicht mehr, Ihr werdet mich rufen, aber ich werde Euch keine Antwort mehr geben.

Sie trennen sich.

Der Herzog, von der Dirne und dem Schauspieler geführt. Lucianus. Ringsum das Gesindel. Später der Neger.

DER HERZOG Wallensteins Befehl gehorsam, kehren wir in unser Schloß zurück. Wir schreiten mitten durch die kaiserlichen Soldaten.

DER SCHAUSPIELER Die uns mit Hohn überschütten.

LUCIANUS Und mit Steinen.

DER HERZOG Die unser Land zerstörten, schlagen uns, und die mit unserem Reichtum praßten, überhäufen uns mit Flüchen.

LUCIANUS Wir sind vor das kaiserliche Lager gekommen, edler Herzog.

DER SCHAUSPIELER Der Feldherr erwartet Euch.

LUCIANUS Sein Zug naht sich.

DER SCHAUSPIELER Ein ungemein prächtiges Schauspiel.

LUCIANUS Eine pompöse Staatsaktion.

DER HERZOG Schart Euch um mich, meine Getreuen. Wir wollen den Herzog erwarten.

Sie setzen sich.

DER SCHAUSPIELER Du Herzog eines besiegten Landes, du Vater eines geschlagenen Volkes, du Fürst des Hungers, der Armut und der Krankheit! Es erscheint nun vor deinem Angesicht dein Überwinder, dein großer Besieger, dein mächtiger Vernichter, der kluge Politiker, der hervorragende Stratege, der strahlende General, der leuchtende Generalissimus, der erleuchtete Albrecht, der gebenedeite Wenzel, der Hüter des Friedens, der Herzog von Friedland und Mecklenburg, der gerechte Herr Deutschlands, der gestrenge König Europas, der zukünftige Kaiser von Amerika, Chan Asiens, Oberhäuptling Afrikas, Kalif Arabiens, Papst der Päpste, Überluther der Lutheraner, Medizinmann der Medizinmänner, Dschingis-Khan der Erde: Der allgewaltige, göttliche Eusebius von Wallenstein!

DER NEGER *noch vom Gesindel verdeckt* Timbuktu ubangi sambesi omotoka quipungo.

DER HERZOG Wer schreit so mächtig, Chevalier?

DER SCHAUSPIELER Der Herzog von Wallenstein, Eure Hoheit. Er ist ein gewaltiger Kriegsherr.

DER NEGER *hervorbrechend* Koruru kamakama tanganika omotozu!

DER HERZOG Ich verstehe kein Wort.

DER SCHAUSPIELER Er spricht böhmisch, Eure Hoheit. Er ist in einem böhmischen Dorf geboren.

DER NEGER Kaputt.

DER SCHAUSPIELER Er fängt an, deutsch zu sprechen.

DER NEGER Herzogtum kaputt.

DER SCHAUSPIELER Der erhabene Herzog von Friedland erscheint wie ein dunkler Kriegsgott vor Eurer Hoheit.

DER NEGER Tschibuti.

LUCIANUS Tschubiti, gewaltiger Generalissimus, Tschubiti!

DER HERZOG Ihr versteht böhmisch, Bursche?

LUCIANUS Auch ich bin in einem böhmischen Dorf aufgewachsen, auch ich verstehe die böhmische Sprache: Tschibuti: Seid gegrüßt, Tschubiti: Ich grüße Euch in untertänigster Demut. Tschubiti, erstaunlicher General, Tschubiti!

DER HERZOG Ich heiße Wallenstein willkommen.

DER NEGER Wer sein Mann?

DER SCHAUSPIELER Der Kriegsherr des Kaisers sieht sich dem Herzog dieses Landes gegenüber.

DER NEGER Kaputt.

DER SCHAUSPIELER Sehr wohl, Eure Herrlichkeit, überaus kaputt.

DER HERZOG Ich bin blind.

DER NEGER Blind?

DER SCHAUSPIELER Blind, unermeßlicher Armeeführer, blind. Die Augen kaputt.

DER NEGER Herr Blind: Ich gefreß Euer Land.

DER HERZOG Ihr habt von meinem Land Besitz genommen.

DER NEGER Mir gehören alles.

DER HERZOG Die Länder der Erde sind Euch übergeben worden, Herzog von Friedland.

DER NEGER Eure Tochter meine Konkubin.

DER HERZOG Sie fiel in Eure Hände.

DER NEGER Mir gehören Bauch, und mir gehören Erde, die ich freß und die ich tu in meinen Bauch.
Ich ras über Völker, feg über Städte, Dörfer, Schlösser, roll hinab über Hügel, roll hinab über Berg und spring in dunkelblaues Meer, plitschplatsch!
Ich satz von Insel zu anderer Insel, von Kontinent zu Kontinent, von einem Bein auf anderes Bein.
Ich schwing Popo wie Kuchen, ich wackel Kopf wie Fahne!
Ich tanz und schwing großen runden Sabel!
Kopf ab!
Ich tanz wie Wolke vor Sonn, und ich tanz wie Turm vor Mond mit Trompete im Maul.
Ich blas, ich blas!
Ich blas herbei Soldat, Krieger, Sklav, Henker und Minister, meine großen, dicken Minister.
Sie füllen Tal, sie füllen Land, sie füllen ganze Ebene.
Ein Wald von Spießen, ein Urwald von Kanon und langen Pistol, ein Kilimandscharo von Donner und Blitz.
Sie kommt, sie kommt, meine Armee, mein Heer, meine Hord.
Ich blas, ich blas!
Mauern kaputt, Schloß kaputt, Stadt kaputt!
Ich trampel, ich heul, ich spring, ich stöhn, ich lach, ich schluchz!
Ich gieß aus meine Armee, ich gieß aus tausend Mann, hunderttausend, Million, Million mal Million, Trillion!

Ich ersäuf Menschheit.

Ich töt, ich töt!

Ich töt Mann mit Bart, ich töt Frau mit Kind im Bauch, töt Jungfrau, töt Knecht, töt Pfarr, töt Schreiber, töt Händler, töt Sklav, töt Soldat mit Panzer.

Ich wat in Blut, ich schmier roten Fleck auf meine Backe, ich schmier roten Kreis um meinen Nabel.

Ich häng Kette von Darm um den Hals, ich stülp Magen über den Kopf.

Ich mach Berg von Schädel, ich mach Gebirg von Lunge, ich mach rotes Meer von Blut und schwarzes Meer von Hirn.

Ich erober die Welt, ich erober Komet, ich erober Sternschnupp am Himmel, Mond und Nebel. Alles duckt Rücken vor mir.

Ich werden Baumeister, ein großer Baumeister, ein gewaltiger Baumeister, der größte Baumeister.

Ich peitsch die Völker, daß sie schleppen herbei den Fels, daß sie tragen heran den Stein, daß sie türmen alles aufeinander in Wüste von Staub, in rotem Ozean von Sand.

Ich bau spitze Pyramid, ich bau schwarze Pyramid, ich bau große Pyramid, hoch, hunderttausend Kilometer.

Rundherum Schlangen, rundherum Leichen, rundherum Grab von Soldaten, Sklav, Henker, Völker und dickem Minister, rundherum tote Menschheit.

Rundherum alles still.

Nur ich sitz oben auf höchster Pyramid, oben auf der Spitze von höchster Pyramid.

Und lach und trommel auf Bauch und trommel auf Brust, schüttel Gott am Bart und geb ihm Klaps, und schlaf dann eingewickelt in grünes Blatt von Kokos.

DER HERZOG Ihr seid gekommen, unsere Unterwerfung entgegenzunehmen, Herzog von Friedland.

DER NEGER Ihr müßt knien.

DER HERZOG Ich knie vor Euch.

DER NEGER Ihr müßt küß die Hand.

DER HERZOG Ich küsse Eure Hand.

DER NEGER Ihr müßt Euch werf auf Boden.

DER HERZOG Ich werfe mich vor Euch auf den Boden. *Er legt sich auf den Boden.*

DER NEGER Ihr knien vor mir, Ihr küß meine Hand, Ihr werf auf Boden.

DER HERZOG *erhebt sich* Ich habe mich Euch unterworfen.

DER NEGER Ich Sieger.

DER HERZOG Ihr habt mich besiegt.

DER NEGER Ihr keine Ehr mehr.

DER HERZOG Ihr habt mir alles genommen.

DER NEGER Ihr sein geringster Mensch.

DER HERZOG Ich bin der geringste und Ihr der mächtigste der Menschen.

DER NEGER Ihr können mir nichts mehr geben.

DER HERZOG Ihr habt von mir genommen, was ich hatte: Mein Land, mein Volk, meinen Sohn, meine Tochter und meinen Reichtum.

Dann habe ich Euch gegeben, was nur der Geringste dem Mächtigsten geben kann: Ich kniete vor Euch, ich küßte Eure Hand und ich lag zu Euren Füßen.

Ich kann Euch nichts mehr geben, Herzog von Friedland, meine Hände sind leer.

Ich kann nur noch dem geben, der so arm ist wie ich, so ohne Land, so ohne Sohn, so ohne Tochter.

Dem kann ich meinen Segen geben, meine Tränen und den Frieden, der unter den Geringsten wohnt.

Zwischen Euch und mir ist eine Mauer errichtet, die Ihr nicht durchbrechen könnt.
Denn wer vermöchte die Grenze zu überschreiten, welche die Macht sich selber setzt, und wer vermöchte den Mann zu bezwingen, der den heiligen Weg der Armut betreten hat?
Als ich vor Euch auf der Erde lag, wurde ich zur Schwelle, vor der Eurem Fuß Halt geboten ist,
solange noch ein Körnchen Macht an ihm haftet.
Nehmt denn, was Euch zukommt, die Leiber der Menschen, ihre Hütten und Städte, das Gold und Silber ihrer Gewänder, den unermeßlichen Reichtum der Welt.
Dies ist alles in Eure Hand gegeben.
Euch fällt zu, was dem Menschen gehört, aber was Ihr zurückläßt, gehört keinem Menschen mehr.
Ich sitze auf diesem Hügel und warte, daß ich gefunden werde.
Ich warf mich dem Mächtigsten dieser Erde hin, ich verlor mich selbst.
So bin ich gesät und warte, daß ich Frucht trage,
so bin ich blind und warte, daß sich eine Hand auf meine Augen lege.

DER NEGER Dann gehe ich fort mit Eurem Volk, Eurem Land, Eurem Reichtum, Eurem Sohn und Eurer Tochter, meine Konkubin.
Ich nehme alles in Bauch und trag alles fort in Bauch, tuttiquanti.
Ich laß zurück alles durcheinand, alles übereinand, alles untereinand, alles quer, alles tot.
Und mitten in Land voll Ratt, Mäus, Wanz, Wurm, Mad,

in Weltall von Ruin, Ihr sitzt auf Hügel mit nichts, ein Klümpchen unter meinem Stiefel, ein Rülpserchen von meinem Darm, ein Stäubchen, das ich wirbel fort, wenn ich schneuz.
Vogel schwirr über Euch mit Bein im Schnabel und lach.
Mond schein in Euer Gesicht und lach.
Sonn funkel auf Euer Kron und lach.
Gott sitz auf Stern von Gold und lach, und großer General verdreh sein Aug und lach.
Alles lach.
Wallenstein klatsch in die Hand, Wallenstein wink seinem Roß, Wallenstein reit fort mit Soldat, mit Sklav, mit Henker, mit dickem Minister.
Wallenstein verschwind wie Gewitter, verroll wie Erdbeb, flut zurück wie Well vom Meer, verhall im Nichts wie böser Pfiff.

LUCIANUS Der Herzog von Friedland entfernt sich.

DER NEGER *abtretend* Kaputt!

DER SCHAUSPIELER Und so verschwindet der Feldherr des Kaisers in der unerforschlichen Tiefe Eures zerstörten Landes.

Stille.

DER HERZOG Verlaßt mich, meine Getreuen.

DER SCHAUSPIELER Wir verlassen Euch alle.

Es gehen alle hinaus.

Der Herzog. Suppe. Später Negro da Ponte.

Die Bühne wird dunkel. Nur der Herzog ist beleuchtet. Von links kommt Suppe.

SUPPE Eure Hoheit!
DER HERZOG Wer ruft?
SUPPE Die Dichtung ruft Euch!
Allein die Klarheit
birgt die Wahrheit,
die Erhabenheit des Nichts
und die Schönheit des Gedichts!
Letzter Chorgesang, letzte Strophe. Das ungeborene Kind ist tot, das Weib ist tot, Nestor ist tot, alles ist tot. Die Tragödie hat ein Ende genommen.

DER HERZOG Es haben mich alle verlassen, wie ich es befohlen habe. Auch du sollst mich verlassen.

SUPPE Ich bringe Euch etwas, Hoheit.

DER HERZOG Was kannst du mir bringen, Dichter?

SUPPE Die Wahrheit.

DER HERZOG Es gibt nichts Größeres als die Wahrheit.

SUPPE Sie ist das Höchste.

DER HERZOG Du bist reicher als die anderen Menschen, Dichter, wenn die Wahrheit in deinem Besitze ist.

SUPPE Ich besitze sie: Ich sehe.

DER HERZOG Du siehst, weil du die Wahrheit hast.

SUPPE Umgekehrt, Eure Hoheit. Ich besitze die Wahrheit, weil ich sehe. Ich werde Euch alles sagen, die ganze Wahrheit.

Aus dem Hintergrund ist Negro da Ponte gekommen, ohne daß ihn Suppe sieht. Er zückt den Degen und stellt sich hinter den Hofdichter.

DER HERZOG Komm, Sehender, und knie vor mir, dem Blinden, nieder.

Suppe kniet vor den Herzog nieder.

DER HERZOG Ich lege dir jetzt meine Hände auf die Schultern.
Ich sitze vor dir, und deine Augen sehen mein erloschenes Antlitz.
Um uns ist die Stille der Nacht und die Einsamkeit der Finsternis.
Wir sind allein.
Du bist gekommen, mir jene Wahrheit zu bringen, die vom Menschen stammt.
Du bist gekommen, einen Becher von Gift an die Lippen eines Blinden zu legen.
Du bietest mir die Wahrheit und willst mir die Verzweiflung geben.
Denn wenn ein Blinder nicht allen glaubt, muß er an allem zweifeln.
So reichst du mir für meine Blindheit eine Nacht, die unendlich ist.
Du Tor, dessen Leib ich mit meinen Armen umfange, was ist die Wahrheit, die du mir bringst?
Sie ist flüchtiger denn Wasser, veränderlicher denn Wind und wesenloser denn eines Trunkenen Lied.
Was willst du, daß ich mich um jene Welt kümmere, von der du kommst?

Wie kannst du glauben, du wissest vom Licht, weil du zwei Augen hast?
Du Narr, nur der Blinde sieht.
Meine Hände schließen sich um deinen Hals wie zum Gebet.
Du sinkst zurück, dein Leib fällt leblos hinab.
Du wolltest mir die Wahrheit eines Sehenden geben und hast die Wahrheit eines Blinden bekommen.
So wende ich mich ab von dir.
Empfange nun die Wahrheit, die allein nicht tötet, die allein nicht aus den Händen eines Menschen ist.
O Glaube, der mich leitet.
O Weg, der sich zum Ende neigt.
O heilige Blindheit, du Wasser, über das ich schreite, du Meer, über das ich wandle.

Er schreitet tastend hinweg.

Negro da Ponte. Der Schauspieler.

DER SCHAUSPIELER Was habt Ihr da vor Euch, Herr?
NEGRO DA PONTE Einen armen Sohn der Dichtkunst.
DER SCHAUSPIELER *untersucht ihn* Ihr habt ihn erwürgt?
NEGRO DA PONTE Der Blinde hat ihn erwürgt.
DER SCHAUSPIELER *verwundert* Wozu?
NEGRO DA PONTE Um die Wahrheit nicht zu hören, mein Freund. Doch nützt ihm dies nichts, er wird ihr nicht entgehen.
DER SCHAUSPIELER Wie das? Er kann sie nicht sehen und will sie nicht hören. Unser Spiel ist erhaben, aber es findet keinen Abschluß.

NEGRO DA PONTE Macht aus diesem Dichter einen tragischen Schauspieler, und der Blinde wird die Wahrheit fühlen.

DER SCHAUSPIELER Was soll Euch diese traurige Leiche darstellen?

NEGRO DA PONTE Eine Dame.

DER SCHAUSPIELER Es ist ein stummer Schauspieler mit wenig Mitteln.

NEGRO DA PONTE Ich denke an eine stumme Dame, die keine Mittel mehr braucht.

DER SCHAUSPIELER Ihr meint ein stummes, frostiges und mittelloses Frauenzimmer, das eine geachtete Stellung unter denen einnimmt, die liegen?

NEGRO DA PONTE Eine Dame, die wie ein Grab zu schweigen weiß.

DER SCHAUSPIELER Ihr Name, mein General?

NEGRO DA PONTE Der schönste Name: Octavia.

DER SCHAUSPIELER Diese Leiche wird Euch die herrlichste Dame abgeben. Ich werde sie in den erbärmlichsten Mantel Eures Heeres hüllen.

NEGRO DA PONTE Dann tragt den toten Dichter als tote Octavia in feierlichem Leichenzug vor den Blinden.

Der Schauspieler winkt zwei Kreaturen herbei, die Suppe hinaustragen.

DER SCHAUSPIELER Ihr werdet mit dem Schauspiel zufrieden sein, Euer Gnaden. *Der Schauspieler geht links ab.*

Negro da Ponte. Octavia.

Octavia tritt von rechts auf.

NEGRO DA PONTE Seid willkommen in dieser Nacht, in der sich alles entscheidet, Octavia.

OCTAVIA In dieser Nacht werde ich von Euch scheiden.

NEGRO DA PONTE Wo wollt Ihr hin?

OCTAVIA Das Tier hat seine Höhle, mein Vater seinen Gott, mein Bruder steigt in seine Verzweiflung hinab. Ich bin Euer Geschöpf, wohin soll ich nun gehen, Edelmann?

NEGRO DA PONTE Lernt ins Grenzenlose gehen, und lernt ins Leere sehen.

OCTAVIA Zeigt mir den Weg dorthin.

NEGRO DA PONTE Er ist die Qual, die Ihr ertragen müßt.

OCTAVIA Was gebt Ihr mir auf diesen Weg, Edelmann?

NEGRO DA PONTE Ich habe Euch alles gegeben, was ich besaß. Ich kann Euch nichts mehr geben.

OCTAVIA Ich habe Euch einen blinden Vater gegeben, einen verzweifelten Bruder, ein zerstörtes Land und mich selbst, nicht mehr als ein Tier. Was habt Ihr mir dafür gegeben?

NEGRO DA PONTE Die Freiheit.

OCTAVIA Ich bin frei geworden.

NEGRO DA PONTE Ich machte Euch zu einem Weibe.

OCTAVIA Ich bin ein Weib geworden.

NEGRO DA PONTE Ich legte die Herrlichkeit der Welt in Eure Hände.

OCTAVIA Ich habe alles genommen, was Ihr mir gegeben habt, ich wies keine Eurer Gaben zurück.
Meine Hände glitten über die Schätze dieser Welt, und

mein Leib erkannte ihre Lust. Ich verwandelte mich in tausend Gestalten, und ich verhüllte mein Antlitz mit farbigen Masken, ich durchmaß die Nächte, ich schritt im Lichte des Monds und verbarg mich nicht vor der Sonne.

Ich sammelte die Früchte des Lebens.

Ich öffnete die geheimen Türen, die zum Reiche der Gedanken führen.

Ich stieg hinab.

Ihr gabt mir die Qual, und Ihr gabt mir den Stolz der Mächtigen, sie zu ertragen.

Ich gab Euch meinen Leib, aber ich gab Euch meine Liebe nicht; denn zwischen den Menschen soll nicht die Liebe sein, die vergänglich ist, sondern die Einsamkeit.

Ich hob die Faust gegen den Himmel und lachte.

Die Blitze durchfuhren mich und konnten mich nicht töten.

Der Donner rollte über mich, und meine Stimme hörte nicht auf, ihn zu verhöhnen.

Ich häufte ein Verbrechen auf das andere und eine Todsünde auf die andere, und nichts berührte meine Schönheit.

Ich bin so geworden wie Ihr, das Geschöpf Eures Geistes, die Tat Eurer Gedanken.

Eine steile Flamme, die im Leeren verlöscht, ein einsamer Schrei, der verhallt.

Ich gehe den Weg, den Ihr mir gewiesen habt.

Ich schreite ins Grenzenlose, ich blicke ins Leere.

Ich sehe ein Antlitz von Eis, eine gläserne Wand.

Die Bewegung meines Herzens erstarrt, und silberner Frost bedeckt meinen Leib.

Es umschließt mich Kreis um Kreis und Ring um Ring eine schweigende Kälte.
Palamedes, mein Bruder, du blutiger Leichnam, zerschellte Brücke zwischen mir und dem Vater.
Wie bin ich ganz ohne Gnade, ohne Hoffnung, ohne Glaube!
Wie bin ich jetzt verloren, wie hat mich jetzt niemand gefunden!
Wie senkst du dein Haupt, wenn ich mich zu dir wende, wie schweigst du, wenn ich rufe, wie gibst du mir keine Antwort, wenn ich frage!

NEGRO DA PONTE Die Toten antworten nicht.

OCTAVIA Nur noch die Toten können mir eine Antwort geben.

NEGRO DA PONTE Es gibt keine Antwort.

OCTAVIA So werde ich verstummen, Edelmann. Ich bin gekommen, Euch zum letzten Mal zu sehen. Das Geschöpf Eures Geistes wendet sich von Euch ab.
Ich werfe Euch hin, was Ihr mir gegeben habt, es ist nicht mehr, als was mir vorher gehörte: Das Leben eines Tieres.
Ihr habt mir alles gegeben, und ich habe nichts erhalten.
Ihr habt mir gereicht, was dem Menschen gehört, und Eure Hände waren leer.
So kehre ich zurück.
Ihr werdet mich wiedersehen, wenn ich Euch verlassen habe, ich werde zu Euch kommen, wenn Ihr nicht mehr zu mir kommen könnt.
Willkommen, mein Bruder!
Willkommen, mein Vater! Den ich nicht verstehe, der mir unbegreiflicher ist denn die Bahn der Gestirne.

Ich habe dein Gesetz gebrochen, ich habe deinen Namen verflucht, und ich habe dich verraten.
Ich will nun verflucht sein nach deinem Gesetz, und meinen Händen entfällt, ein zerrissenes Banner, der Haß.

Octavia will nach dem Hintergund, da kommt ihr tastend der Herzog entgegen, der einen Augenblick unsicher stehenbleibt.

Die Vorigen. Der Herzog. Später das Gesindel. Dann der Schauspieler.

DER HERZOG Ehrwürdige Mutter.

Octavia tritt langsam zum Herzog und ergreift seine ausgestreckte Hand.

DER HERZOG Führt mich in meinen Palast, in die Unermeßlichkeit meines Untergangs, in das ewige Schweigen meiner Ruinen.

Octavia führt den Herzog durch die Trümmer in den Vordergrund, wo er sich auf einen Mauerrest setzt.

DER HERZOG Ich danke Euch, Gräfin.

Octavia geht langsam nach links hinaus.

NEGRO DA PONTE Mein Herr.
DER HERZOG Ich bin in mein Schloß zurückgekehrt, wie

es Wallenstein befahl. Ich bin dort angelangt, wo ich ausgegangen bin. Der Kreis hat sich geschlossen.

NEGRO DA PONTE Ich trete aus dem Dunkel in den Mond. Ich grüße Euch in derselben Fläche des Lichts.

DER HERZOG Was bringt Ihr mir in dieser Stunde der Rückkehr?

NEGRO DA PONTE Was Euch geblieben ist, mein Herr. Eure Tochter Octavia, die sich Eurem Feinde hingab.

DER HERZOG Führt sie zu mir. Wie sich der Vater erniedrigt hat, so erniedrigte sich auch die Tochter. Wir gaben uns beide unserem Feind, wir sind eins geworden. Ich habe sie verloren, als ich erhöht war, nun finde ich sie in der Tiefe meines Unglücks wieder.

NEGRO DA PONTE Der Chevalier wird sie vor Euch führen.

DER HERZOG Ruft mein Volk herbei, die Getreuen, die mein Unglück teilen.

NEGRO DA PONTE Ihr seid von Eurem Volk umgeben.

Das Gesindel ist hereingeströmt.

DER HERZOG Ich vertraute Euch die Krone meines Reiches an, Statthalter.

NEGRO DA PONTE Ich verwahrte sie wohl.

DER HERZOG Laßt die Gräfin kommen, daß sie mich kröne.

Die Dirne kommt mit einer lächerlichen Krone.

DIE DIRNE Edler Herzog?

DER HERZOG Ihr allein seid würdig, mir die Krone auf die Stirne zu senken, ehrwürdige Mutter.

Die Dirne krönt ihn.

DER HERZOG Ich danke Euch. Nun bin ich bereit, die Tochter, die ich liebe, in meine Arme zu schließen. Laßt sie vor mir erscheinen.

Vier zerlumpte Gestalten tragen einen mit einem zerfetzten Mantel verhüllten Leichnam herein, vor ihnen der Schauspieler.

DER SCHAUSPIELER Der französische Chevalier grüßt Euch.
DER HERZOG Ihr führt Octavia zu mir, Chevalier?
DER SCHAUSPIELER Eure Tochter befindet sich vor Euch, Hoheit, in einem Kleid, das ihrer Lage angemessen ist.

Die Gestalten legen den Leichnam vor den Herzog nieder.

DER HERZOG Ich habe dich erwartet, meine Tochter. Ich war immer bei dir, nun bist du gekommen.
DER SCHAUSPIELER Eure Tochter ist stumm, Hoheit. Sie wird Euch keinen Gruß geben und keine Antwort, wenn Ihr sie fragt, und sie wird Eure Hand nicht ergreifen, wenn Ihr sie ausstreckt.
DER HERZOG Dann habt Ihr mir eine Tote gebracht, Chevalier.
DER SCHAUSPIELER Sie starb durch eigene Hand. So ist sie als eine Leiche vor Euch gekommen.
DER HERZOG Dann sei willkommen, tote Tochter, du Schwert, das mich durchfährt, du Wunde, die ich empfange.
Ich nehme dich auf, ein Vater das Kind.

Du wußtest keinen Weg mehr, nun ist es an mir, für dein Verbrechen zu sühnen.
Du bist gestorben, nun ist es an mir, für dich zu leben.
Ich schließe deine Verzweiflung in mein Gebet.
Du bist meine Last geworden, die Schuld, die ich trage, die Strafe, die ich erleide, die Gerechtigkeit, die mir widerfahren ist, und die Hoffnung auf Gnade, die mich nie verläßt.

NEGRO DA PONTE Du hast den Untergang deines Landes ertragen und den Tod deines Sohnes, den du gerichtet hast.
Dein Glaube hat dir geholfen.
Du hast dich vor deinem Feinde erniedrigt, und den Leichnam deiner Tochter empfängst du wie ein Fürst ein Geschenk.
Nun sieh zu, wie du meine Worte erträgst und wie du mich durch deinen Glauben widerlegst, versuche mir zu entgehen.
Ich falle dich an wie ein Tier, und ich komme über dich wie ein Schwert.
Ich gebe dir, was du nie gewollt hast, und ich zeige dir, was du nie gesehen hast: Die Wahrheit.
Ich zwinge dich, zwischen ihr und deinem Glauben zu richten, denn ich stelle dich der Wahrheit gegenüber wie einem Gegner, der gekommen ist, dich zu töten.
So empfange denn, was ich dir gebe, vernimm, was ich dir sage.
Octavia lebt.
Ich habe sie zu einem Weibe gemacht, und sie gehört mir Nacht um Nacht,
ein Geschöpf wie ich, ruhelos wie ich, ewig wie ich,
ein Fluch im Angesicht Gottes,

ein Mensch und nichts weiter, eine Flamme und nichts weiter, ein Lachen und nichts weiter, ein Wesen, das deine Liebe von sich geworfen hat wie ein unnützes Ding und das dich verspottet wie meine Geschöpfe, die dich umgeben,
wie dieser Schauspieler, der dein Chevalier war,
wie dieser Edelmann, der dich im endlosen Kreis durch die Trümmer führte,
wie dieser vollgefressene Musketier, triefend von Blut, der dein Bruder im Elend war,
wie mein Neger, vor dem du im Staub gelegen hast,
wie meine Dirne, die dich gekrönt hat.
Ich aber entrolle das Bild dessen, was dir geblieben ist. Richte deine blinden Augen auf das, was war, als ich kam, und sein wird, wenn ich gehe, auf den Ort, den du nie verlassen hast, den allein deine Träume verwandelten und den ich jetzt mit meinen Worten wie durch Feuer erhelle!
Sieh, was dich umgibt:
Ein Wirrwarr zerbrochener Säle, ein Irrsal von Mord, ein Unding von Blut, ein zitternder Pesthauch, ein Leben des Todes!
Nimm Besitz von dem, was in rotes Mehl zerfällt.
Schreite über deine zerschmetterte Herrlichkeit.
Betaste die Mauern voll Blut und umfasse die gestürzten Säulen. Spiele mit den Trümmern deiner Türme, dies war das Reich, das du mir übergabst und das ich dir wieder zurücklasse!
Umgürte dich mit denen, die ich an die Stelle deines toten Volkes setzte, mit den Kreaturen der Finsternis.
Sie steigen herauf.

Sie speien in dein erblindetes Antlitz, gierig, dich zu verhöhnen!
Sie sind mit blutigen Lumpen bedeckt, und ihre Glieder sind verstümmelt.
Ihre Väter sind Gehenkte und ihre Söhne die Henker.
Ihre Mütter haben Kinder von fremden Soldaten, und ihre Töchter geben sich für ein Stück altes Brot.
Dies ist das Volk, das zu dir kommt.
Die Menschen, die dich nun in ihre Mitte nehmen, eine dunkle Wolke von Haß, eine unsägliche Masse an Elend,
eine Dornenkrone um dein Haupt, ein Fluch, der sich erfüllt hat –
So fasse denn nach dem, was vor dir liegt, greife nach der Leiche, die vor dich gebracht worden ist,
wage es, nach ihrem Gesicht zu langen, du Blinder!
Hinein in das Antlitz eines verendeten Mannes, hinein in dieses wächserne Fleisch, das noch nach dem Tode nach Schnaps stinkt, in dieses Abbild deiner Lächerlichkeit, hinein in diesen Beweis, daß Octavia lebt, hinein in diese Antwort auf deinen Glauben, die ich jetzt vor dir enthülle!

Er zieht den Mantel von der Leiche, und Octavia wird sichtbar.

NEGRO DA PONTE Octavia!
DER SCHAUSPIELER Wir brauchten kein Spiel, Herr, wir brauchten keinen Hofdichter: Octavia hat sich vor meinen Augen getötet.
NEGRO DA PONTE Euch ist geschehen nach Eurem Glauben: Octavia ist tot.

DER HERZOG *ruhig* Bringt meine Tochter hinaus. Begrabt sie in diesen Trümmern, bedeckt sie mit meinem Schloß, hüllt sie ein in die Erde meines Landes, in ein vergessenes Grab: So ruhe sie in meinem Schweigen, und so lebe sie in meiner Liebe.

Das Gesindel trägt Octavia hinaus und verschwindet langsam.
Die Bühne wie zu Beginn.

Der Herzog. Negro da Ponte.

Negro da Ponte will nach rechts hinaus.

DER HERZOG Ihr geht an mir vorbei.
NEGRO DA PONTE Was wollt Ihr noch von mir?
DER HERZOG Ihr geht an mir vorbei, mein Herr.
NEGRO DA PONTE Ich gehe weiter.
DER HERZOG Ich sitze hier inmitten meines zerstörten Schlosses.
NEGRO DA PONTE Ich sehe.
DER HERZOG Um Euch breitet sich mein Land, eine Wüste.
NEGRO DA PONTE Ich muß zurück in den Krieg.
DER HERZOG Ich habe Euch zu meinem Statthalter gemacht, italienischer Edelmann.
NEGRO DA PONTE Ich wollte Euch den Tod geben, mein Herr.
DER HERZOG Wer glaubt, überwindet den Tod.
NEGRO DA PONTE Euer Glaube hat Euren Sohn und Eure Tochter getötet.

DER HERZOG Wer nicht das Leben hat, muß umkommen, und wer nicht durch den Tod geht, wird nicht das Leben haben.

NEGRO DA PONTE Ihr könnt mir nichts mehr geben, und ich kann Euch nichts mehr nehmen.

DER HERZOG Es ist von uns genommen, was wir hatten.
Unsere Stätte ist zerstört, über die leere Ebene schweifen die Wölfe.
Wir sind dahingesunken, der Name unseres Landes ist vergessen.
Was zwischen Mensch und Gott war, ist zerbrochen.
Wie Scherben liegt die Größe des Menschen um uns her,
und in unser Fleisch ist der Weg gesprengt, den wir gehen müssen, wie in einen Fels.
So haben wir erhalten, was uns zukommt.
So sind wir an den Platz zurückgewiesen, den wir einnehmen müssen.
So liegen wir zerschmettert im Angesicht Gottes, und so leben wir in seiner Wahrheit.

NEGRO DA PONTE Ich aber gehe weiter. Ich ziehe ein durch die Pforten, die mich erwarten, ein Engel des Todes.
Ich gehe ein in die Länder, die mir gehören und die ich wie Sand zwischen meinen Fingern zerreibe.
Aufs neue streue ich meine Geschöpfe nach allen Teilen der Welt.
Ich weiche von Euch, tappend wie ein Blinder.
Ihr habt mir nicht widerstanden und habt mich überwunden.
Ich bin an dem zugrunde gegangen, der sich nicht wehrte.

Ich verlasse Euch nun, wie Satan Hiob verließ, ein schwarzer Schatten.

DER HERZOG So geht denn von mir im Namen Gottes.

Negro da Ponte geht langsam hinaus.

Anhang

Anmerkung 1 zu ›Es steht geschrieben‹

Es wurde gefragt, was ich mit *Es steht geschrieben* hätte sagen wollen, der Satz wurde verlangt, der das ganze Schauspiel umschreiben müßte als dessen Sinn, das Wort, welches alles, was dargestellt wird, noch einmal wie ein Spiegel wiedergeben sollte, und zum letzenmal verdichtet.

Es kann hier nur gesagt werden, daß es diesen Satz nicht gibt und daß es dieses Wort nicht geben kann. Es ist nicht so, daß *Es steht geschrieben* sinnlos wäre, weil kein Satz und kein Wort den Sinn des Schauspiels wiedergeben kann. Diesen Sinn kann eben nur das Schauspiel selbst enthalten, und das ist der Grund, warum es überhaupt geschrieben wurde.

Es ist nun auch nicht so, daß es keine letzten Verdichtungen in diesem Stücke gibt. Es sind dies nur nicht Worte, sondern der Tanz auf dem Dach, oder das Rad, das die Täufer am Schluß umspannt.

Alles was ich hier sage, berührt nicht das Ästhetische; ob das Stück von hier aus gesehen gut oder schlecht sei, steht auf einem andern Blatt, ich bin da nicht zuständig, doch glaube ich, daß jene recht haben, die sehr skeptisch sind.

Um wieder auf den ›Sinn‹ des Stückes zurückzukommen: Man ist vielleicht versucht zu sagen, daß dieser Sinn in dem sei, was geschrieben steht: Du sollst nicht ehebrechen, du sollst nicht töten, liebe deinen Nächsten wie dich selbst – die Verheißung, daß Gottes Reich kommen werde. Auch das wäre falsch. Die Worte der Bibel sind nicht der Sinn des Stückes, sondern die Schwerter, welche die Leiber der Menschen durchfahren, die Schwerter also, die töten. Das, was ›geschrieben steht‹, ist das, was diese Stadt zugrunde richtet, womit schon gesagt ist, daß es um ein Gericht geht.

Was ist nun der Sinn des Schauspiels? Ich weiß es nicht, sowenig ich den Sinn dieser Welt weiß, die nicht sinnlos ist, nur daß es den Menschen nicht zukommt, diesen Sinn zu wissen.
Ich hoffe, daß man mich versteht: Ich wollte keine Moral geben, sondern nur darstellen, und was ich darstellen wollte, ist eine Welt in ihrem Untergang, in ihrer Verzweiflung, aber auch in ihrem Glanz, der jedem Ding anhaftet, das untergeht.
Zu bemerken wäre noch, daß *Es steht geschrieben* nicht ein pathetisches Stück ist, obschon die großen Monologe, die Grundpfeiler des Stückes, zu einer solchen Auffassung verleiten könnten. Diese Monologe sind auch nicht lyrisch, sie sollen wie Angaben der Position sein, wie Signale der Schiffe, die im Endlosen der Meere verschollen sind und die sich vergeblich mit Raketen zu retten suchen, die sie in die Nacht werfen, in der Hoffnung, daß jemand diese Zeichen zu sehen vermöchte.
Schließen möchte ich mit einer kurzen Anmerkung, die im Textbuch des Schauspiels steht: »Wir geben nicht mehr als einige dürftige Noten und Farben zu einer kunterbunten Welt, die gestern genau so war wie heute und morgen.«
So bleibt mir nur noch das Schönste: der Dank. Der gehört dem Schauspielhaus, das ein so problematisches Werk angenommen hat, und den Zuschauern, die gekommen sind.

Geschrieben 1947 für das Programmheft der Uraufführung am Schauspielhaus Zürich.

Anmerkung II zu ›Es steht geschrieben‹

Ich schrieb dieses Stück im Winter 1945/46 in Bern. Ich wohnte bei meinen Eltern und studierte Philosophie bei Herbertz, bei welchem einst Walter Benjamin promoviert hatte. Ich schrieb angeblich an einer Dissertation ›Kierkegaard und das Tragische‹, aber in Wirklichkeit hatte ich meinen Wunsch, Kunstmaler zu werden, aufgegeben und den Entschluß gefaßt, Schriftsteller zu werden, wenn ich auch äußerlich hoffnungslos dem Doktorexamen entgegenzutreiben schien. Was mich in meinem Estrichzimmer, dessen Wände ich mit grotesken Bildern ausmalte, bewog, ein Stück über die Wiedertäufer in Münster zu schreiben, ist schwer auszumachen. Gelesen hatte ich über sie in einem Band der weiß-blauen Monographien zur Weltgeschichte, Velhagen und Klasing, und einen Artikel in der Enzyklopädie der Evangelischen Kirche, der etwas vom Besten darstellt, das über diese Episode je wissenschaftlich geschrieben wurde. Das berühmte Buch ›Bockelson‹ von Reck-Malleczewen lernte ich erst Jahre danach kennen, doch sei sein Anfang hier wiedergegeben: »Das Kapitel, das hier umgeblättert wird, dürfte in des deutschen Volkes wunderlicher Geschichte als das wunderlichste, das schaurigste und zugleich das unbekannteste dastehen, obwohl es durch fast zwei Jahre die Welt in Atem hielt, eine ganz beträchtliche Stadt des alten Reiches samt einem seiner Kreise in ein Narrenhaus verwandelte und für jene alte Welt von Kaiser und Reichsständen beinahe den gleichen Brandherd bedeutete wie neun Jahre zuvor der Bauernkrieg. Wenn aber eine ganze Stadt sich für volle achtzehn Monate absperrt gegen die Außenwelt, wenn sie, nicht nur unter dem Geschrei des Mobs, sondern unter lebhafter Zustimmung auch von Handwerkern, Großbürgern, Patriziern und sogar von diesem und jenem in die Stadt gelaufenen Edelmann, einen landfremden Schneidergesellen von anrüchiger Vergangenheit zum König von Zion wählt, wenn endlich dieser König, wiederum unter Zustimmung von hoch und gering, alle gewohnten Begriffe auf den Kopf stellt, alle bürgerlichen Bindungen des Mittelalters zerreißt ... wenn Edelfrauen sich sozusagen in seinen Harem drängen und wenn endlich dieses alles hinter einem Schleier von Blutdampf und hemmungsloser Gier und mißverstandener alttestamentarischer Legende sich vollzieht: dann ist es doch am Ende wohl am Platze, von einem Massenwahn, von einer rätselhaften, auf ein ganzes Gemeinwesen gefallenen Psychose zu sprechen.« Nichts vermag die Vorgänge in Münster 1534 bis 1536 besser wiederzugeben als diese Zeilen. Daß sich mir dieser Stoff 1945 aufdrängte, erscheint mir nachträglich selbstverständlich: das irrationale Phänomen des Dritten Reichs, sein Untergang spiegeln sich zwar in diesem Stoff wider – es ist Unsinn, es abstreiten zu wollen –, was ich aber in Wirklichkeit widerspiegeln wollte, bin ich nicht so sicher. Vom Zeichnen her war ich gewohnt, alles aus der Phantasie zu gestalten; eine Zeichnung schien mir erst dann eine Zeichnung, wenn sie bis ins kleinste Detail nicht ›abgezeichnet‹, sondern eine Vision war: Auch die Stadt Münster war für mich eine Vision. Sie war in mir, nicht außer mir, und so gestaltete ich das Drama aus der Phantasie. Wichtiger ist jedoch, daß mir *Es steht geschrieben* die Zunge löste. Ich hatte mich in jenem Winter in ein Drama verbohrt, *Thogarma*, dessen Handlung ich nicht mehr zu rekonstruieren vermag. Das Stück, das nach der Sintflut spielt, beginnt mit einem Monolog in Jamben, dann folgt eine Henkerszene. Ich gebe sie wieder. Aus ihr ist *Es steht geschrieben* entstanden. Meine dramaturgischen Lieblingsautoren waren damals Büchner und Grabbe, vom letzteren liebte ich freilich nur ›Scherz, Satire, Ironie und tiefere Bedeutung‹ und seinen ›Hannibal‹; die Szene Prusias-Hannibal gegen den Schluß der Tragödie scheint mir ihre Spuren in der Karl V.-Szene in *Es steht geschrieben* hinterlassen zu haben. Dies als Hinweis für literaturgeschichtliche Detektive.

Geschrieben 1980 für die vorliegende Ausgabe.

Henkerszene aus ›Thogarma‹

Großer Platz. In der Mitte das Blutgerüst. Darum viel Volk.

EINE MARKTFRAU Ihr Leute, seht diese Salatköpfe! Grün, frisch, rund wie junge Mädchen! Wer seinen Mann liebt, kauft diese Salatköpfe, und er wird dir treu sein, und deine Kinder nur so aus deinem Schoß hüpfen, wenn sie auf die Welt kommen!

EIN MANN Schlechte Zeiten sind das! Keine Freude, kein Festchen, nicht einmal ein ganz winziges, und keine Hinrichtung. Da wundert sich einer, warum er überhaupt auf dieser Erde ist.

Ein Trompetenstoß hinter der Bühne.

EIN WEIB ZU IHRER TOCHTER Da sind sie! Da kommt der Ansager und der Scharfrichter!

DIE MARKTFRAU Und seht diese Bananen! Diese gelben Bananen! Da staunen die Frauen! Da kichern sie! Da werden sie rot! Seht diese Bananen! Diese erstaunlichen, schönen, gelben Bananen.

DIE TOCHTER Das ist ein schöner Scharfrichter.

DER MANN Die Weiber sind alle geil. Die zeigt schon die Brüste, kaum sieht sie den Scharfrichter.

Der Ansager tritt vor die Leute. Er steht auf dem Blutgerüst und ist sehr feierlich gekleidet.

DER ANSAGER König Japheth an sein Volk.

EIN MANN Wer ist das: Volk.

DER ANSAGER Das Volk seid ihr.

DAS WEIB Wir heißen so, weil unsere Männer immer voll sind.

DIE MARKTFRAU Zwiebeln! Schöne frische Zwiebeln! Wer seine Nachkommen liebt, die noch nicht da sind, kauft Zwiebeln! Da werden die Frauen von selber schwanger und kriegen kanadische Fünflinge! Eßt Zwiebeln! Wir stehen erst am Anfang der Weltgeschichte und haben noch eine ganze Menge vor! Eßt Zwiebeln! Denkt an die zukünftigen Erfindungen! Was das Hirn braucht! Darum: Zwiebeln essen! Auf ein bißchen mehr oder weniger Gestank kommt es nicht an, wenn sich einer entwickeln will! Eßt Zwiebeln!

DER ANSAGER König Japheth an sein Volk: Heute wird hingerichtet: Tharsis, geboren 672 vor Christi Geburt, aus dem Geschlechte Japheth. Weil der lumpige Urenkel ungehorsam war gegen seinen Urgroßvater.

DAS WEIB Tharsis war auch ein schöner Mann.

DIE TOCHTER Er hat mir ein Kind gemacht, und sein Scharfrichter wird mir auch eines machen.

Auf dem Blutgerüst geht der Scharfrichter hin und her und zeigt die Muskeln seiner Arme und Beine, etwa wie die Athleten heutzutage im Zirkus.

DIE TOCHTER Kolossal! Was das Mensch für Ärmer und Beiner hat! Und eine frische Haut!

DIE MARKTFRAU *mit schriller Stimme* Kauft Äpfel! Frisch aus dem Paradies importiert!

Soldaten führen Tharsis, begleitet von Javan, Thubal und Mesech herein.

THARSIS Das ist ungerecht! Das ist ungerecht! Und wenn mein Mund mit tausend eisernen Schlössern versperrt wäre, ich würde schreien: Das ist ungerecht!

JAVAN Mein Sohn! Mein Sohn! Mein lieber Sohn!

THUBAL Ihr jammert, daß der Himmel herunterkommt! Beherrscht Euch, Ihr seid ein alter Knochen und habt viele Söhne sterben sehen.

THARSIS Das ist ungerecht! Bei Gott, das ist ungerecht! Und wenn die Erde auseinanderbricht darum, ich schreie: Es ist ungerecht!

MESECH Denk: Ich bin aus Japheths Geschlecht.

THUBAL Haltung, meine Herren, Haltung!

THARSIS Ihr könnt mir die Zunge ausreißen, ihr könnt mich tausendfach erwürgen, tausend Klafter unter die Erde graben, ich werde bis in alle Ewigkeit schreien: Es ist ungerecht!

JAVAN Mein Sohn! Mein Sohn! Mein lieber Sohn!

MESECH Zum Teufel! Laß dir den Kopf abschlagen! Ich bin zum Mittagessen eingeladen.

Soldaten reißen ihn auf das Gerüst.

THARSIS *zu den Menschen um das Gerüst* Leute, hört mich an, Leute!

DIE MARKTFRAU Schöner Rettichsalat! Schöner roter Rettich! Wer kauft Rettich?

DER MANN Zum Teufel, Weib, da will einer eine Ansprache halten!

THARSIS Hört mich!

DIE MARKTFRAU Junger Mann, leg deinen Kopf auf den Block und schweig! Ich habe sechzehn Kinder und siebzehn Väter zu ernähren! Rettich! Rettich! Rot wie Blut und gut wie 'ne Zeugung!

THARSIS *schon auf dem Block* Volk! Hör an, Volk!

DIE MARKTFRAU Rüben! Wer kauft Rüben! Das macht intelligent! Das ist Philosophie! Das ist Liebe, die durch den Magen geht! Rüben! Gelbe Rüben!

JAVAN Mein Sohn! Mein lieber Sohn!

DAS WEIB Was der Scharfrichter für Schenkel hat!

THUBAL *zum Scharfrichter* Schlagt zu!

MESECH Aber schnell, es ist mein Neffe.
DAS WEIB Kopf ab! Wie ein Gott ist der Henker!

Magog kommt hereingestürzt.

MAGOG Halt an! Henker! Henker! Halt an!

Der Kopf Tharsis' fliegt dem Weib in weitem Bogen in den Schoß.

DAS WEIB Guten Tag, Tharsis! Zum zweiten Male bist du in meinem Schoß! *Sie küßt den Kopf.* Aber nun runter, du Biest! Was soll ich mit deinem Kopf anstellen, wenn nichts dranhängt! *Sie wirft ihn auf den Boden.*
MAGOG Japheth ist tot!
JAVAN Tharsis, Tharsis! *Zu Mesech gewandt* Ihr seid schuld an seinem Tod! Gebt mir meinen Sohn!
MESECH Ich bin zum Mittagessen eingeladen. Macht einen andern! Aber was sagte der Kerl? Japheth tot?
DER MANN Thogarma ist König.
DAS WEIB Es lebe der König!
THUBAL Thogarma ist nicht aus Japheths Geschlecht. Er ist aus Hams Geschlecht.
MESECH Er ist ein Hurensohn! Seine Mutter ist aus Hams Geschlecht!
DAS VOLK Thogarma ist König! Es lebe König Thogarma!

Alles wird vom Volk fortgerissen. Die Marktfrau hebt den Kopf Tharsis' auf.

DIE MARKTFRAU Ein Menschenkopf! Ein schöner, fetter, runder Menschenkopf! Wie seine Augen glänzen.

Anmerkung zu ›Der Blinde‹

Meine Frau und ich heirateten 1946 in Ligerz am Bielersee, zwei Tage später, am 14. Oktober, zogen wir nach Basel, wo meine Frau am Stadttheater als Schauspielerin wirkte. Im Zügelwagen fuhr neben meinem Schwager auch eine Heilsarmee-Familie mit. Wir bezogen in der St. Alban-Vorstadt – Basels Patrizierquartier – in einer leerstehenden riesigen Villa der Familie Sarasin im zweiten Stock zwei Zimmer, richteten im Korridor eine Küche ein, und als am Abend des Umzugstages meine Frau vom Theater kam, wo sie in einem Ibsen spielte, war die Wohnung schon eingerichtet. Im Frühjahr 1947 fand in Zürich, vom Direktor des Basler Schauspiels Kurt Horwitz inszeniert, die Uraufführung von *Es steht geschrieben* statt, und durch den Skandal wurde ich bekannt. Von da an arbeitete ich mit dem Stadttheater Basel zusammen. Ich befreundete mich mit Kurt Horwitz und Ernst Ginsberg. Das Basler Schauspiel war damals durchaus keine Provinzbühne. Gäste wie Therese Giehse, Agnes Fink, Leonard Steckel, Erwin Kalser, Bernhard Wicki usw. spielten; auch das Ensemble wies gute Kräfte auf: Eva Maria Duhan, Margrit Winter, Gallinger, Volkert, Erwin Kohlund, Willi Duvoisin usw. Weit weniger theaterinteressiert als das Zürcher war dagegen das Basler Theaterpublikum. Horwitz und Ginsberg machten gutes Theater, doch stießen sie ins Leere. Für diese Bühne schrieb ich *Der Blinde* und später *Romulus der Große**. Besonders *Der Blinde* ist mit dem damaligen Basel verbunden. Man probierte schon, während ich das Stück zu Ende schrieb – Ginsberg, der Regie führte, war schon ungeduldig geworden, und wir wohnten in einer anderen

* ›Romulus der Große‹. Werkausgabe Bd. 2, detebe 20832.

leeren Villa in der Vorstadt. Nach der Uraufführung gab es in einem Privathaus eine Diskussion über das Stück, an der Karl Barth und Hans Urs von Balthasar teilnahmen. Horwitz und Ginsberg waren praktizierende Katholiken, die insgeheim hofften, mich zum Katholizismus zu bekehren. Wie ich mich in Bern mit dem Glauben meines Vaters auseinanderzusetzen hatte, so in Basel mit dem Katholizismus. Ich tat es insofern, als ich mich mit dem ›Glauben an sich‹ auseinandersetzte. Glauben verlangt Vertrauen. Daher glauben wir nicht abstrakt, sondern an eine bestimmte Person. Man glaubt an Jesus, an Moses, an Mohammed, an Buddha; man vertraut ihnen. Man glaubt, daß sie eine Wahrheit wissen, die man ohne sie nicht wüßte. Sogar der moderne Glaube, die Ideologie, glaubt an Personen: Marx, Engels, Lenin, Stalin, Mao usw.; und nicht umsonst setzte der Papst in Polen dem modernen Glauben an Männer des Kommunismus einen Glauben an eine Frau gegenüber: den Glauben an die Jungfrau Maria. Glauben heißt auch heute noch: jemandem glauben. Der Herzog in *Der Blinde* befindet sich in einer existentiellen Position, wo er zwischen dem Glauben an die Sehenden und dem Zweifel an den Sehenden zu wählen hat. Indem er den Glauben an die Sehenden wählt, wird er für diese schrecklich und auf eine gespenstische Art unmenschlich: er nimmt sie beim Wort. Nicht umsonst wird an einer bestimmten Stelle dieses Stückes das Wort ›Beten‹ unmittelbar an das Wort ›Töten‹ gerückt. »Meine Hände schließen sich um deinen Hals wie zum Gebet«, sagt der Herzog, als er jenen erwürgt, der ihm die Wahrheit sagen will. Aus den Basler Auseinandersetzungen kroch ein merkwürdiger Christ hervor. Nun sind das Nachgedanken und somit Hintergedanken. Ich weiß nicht, ob damals jemand diesen Aspekt des Stückes bemerkte – man hielt es stets für eine Allegorie statt für ein Experiment – sicher kam auch nicht der, welcher es damals schrieb, darauf: ich selber. Mich reizte es vor allem, in diesem Stück das Wort gegen das Bild zu setzen. Eine Allegorie zu schreiben wäre mir freilich nie eingefallen; doch vom Denken ins Schreiben ausgebrochen, machte ich von so dichterischen Worten wie ›Gott‹ und ›Nichts‹ einen gar zu unbedenklichen Gebrauch, keinen anderen, als man heute mit den nicht minder poetischen Begriffen ›Sozialismus‹ oder ›links‹ anstellt. Jede Generation hat ihre Wortgläubigkeit. Von den damaligen Aufführungen ist mir besonders die letzte noch gegenwärtig. Ich erlebte sie von einem Stehplatz im dritten Rang. Nicht daß das Theater ausverkauft gewesen wäre, aber ich war dort mit meinem Stück allein.

Geschrieben 1980 für die vorliegende Ausgabe.

Untergang und neues Leben

Eine Komödie

Personen

Der Fremde
Der Soldat
Der Gehängte
Der Betrunkene
Der Polizist
Die Hure
Mäusekrieg
Der einbeinige Rasputin
Der Lustmörder Nabelpfiff
Der General
Der Henker
Der Henkerlehrling
Zwei Soldaten
Menschen

Geschrieben 1943, umgeschrieben 1951

I

Ruinen in der Nacht vom Regen überschwemmt. Rechts unter einem Mauervorsprung ein Soldat ohne Arme und Beine. Er schläft. In der Mitte des Hintergrundes eine schlechtbrennende Laterne, an der ein nackter Mann hängt. Zu der Laterne führen einige Stufen. Ganz links außen lehnt, gehüllt in einen Mantel, der Fremde an einer Mauer.

DER FREMDE Ich habe keinen Namen. Sie heißen mich den Fremden. Ein Mann hat mich gezeugt, ein Weib geboren. Von fernher bin ich in eine Stadt gekommen. Sie ist zerstört. Irgendeinmal geschah dies. Die meisten Menschen sind tot. Krieg, Pestilenz, Erdbeben, Hunger.

DER SOLDAT Wer lamentiert da so? Wer treibt sich im Regen herum und lärmt?

DER FREMDE Das ist ein verfluchter Regen. Gibt es Unterstand bei dir? Ich werde schweigen wie einer, der begraben ist.

DER SOLDAT Ein Loch zum Dreinsitzen. Das ist alles. Und die Ratten werden deinen Hintern fressen.

Der Fremde tastet zum Soldaten hinüber.

DER FREMDE Was ist das für ein Stück Fleisch?

DER SOLDAT Das bin ich. Keine Arme und keine Beine. Aber wer bist du?

DER FREMDE Irgendeiner.

DER SOLDAT Woher?

DER FREMDE Irgendwoher. Soldat?

DER SOLDAT *spuckt aus* Frag meine Spucke, was die ist. Habe ich Hände zum Töten? Meine Zähne klappern. Leg mir den Mantel um die Schultern.

DER FREMDE Ich will mich an deinen Leib klammern. Ich will deine Stümpfe fühlen, mein Gesicht an deinem haben. Siehst du die Wolken quer über den Himmel rennen? Hörst du die Menschen schreien? Ist das nicht lustig? So recht zum Sterben?

Gesang der näher und näher kommt:

Der Tod hat ein Maul,
Das klappt auf und zu,
Er beißt dir den Kopf ab
Und still wirst du.

DER FREMDE Wie ein Knäuel wälzen sich Menschen heran, und Schatten tanzen auf den Steinen.

DER SOLDAT Eine Seuche ist in der Stadt. Da tragen sie Leichen fort.

Ein geballter Zug dunkler Gestalten zieht vorbei und verschwindet:

Du sinkst in die Erde
Wie in ein Meer,
Du wirst vergessen,
Und unsere Schreie hörst du nicht mehr.

DER FREMDE Wer hängt da oben an der Laterne? Wer zappelt im Wind und eine Krähe sitzt auf seinem Schädel?

DER SOLDAT Was weiß ich? Einer, der sich gehängt hat, als die Sonne aufging.

DER FREMDE Als die Sonne aufging. Er ist nackt.

DER SOLDAT Braucht eine Leiche Kleider? Soll sie irgendeiner da nicht nehmen? Aber laß mich schlafen mit meinen Stümpfen. Es ist alles ohne Hoffnung.

Der Regen hat aufgehört. Der Fremde geht zum Gehängten hinauf und schaukelt ihn.

DER FREMDE Was hängst du da, nackter Mann? Was machst du da unter uns mit deinem Strick und mit deinem Tod?

DER GEHÄNGTE Wer schaukelt mich? Wer schreckt mich aus dem Tod?

DER FREMDE Warum hast du dich gehängt, als die Sonne aufging?

DER GEHÄNGTE Ich sah die Sonne. Sie war groß und rund und rein und schön. Da schämte ich mich. Aber was willst du von mir?

DER FREMDE Du sollst mir sagen, warum wir leben.

DER GEHÄNGTE Ich weiß es nicht.

DER FREMDE Du bist tot.

DER GEHÄNGTE Weiß ich darum mehr?

DER FREMDE *verzweifelt* Du sollst mir Antwort geben, warum wir leben!

DER GEHÄNGTE Berühre mich nicht mit deinen Händen, sie sind kälter denn Eis.

Der Fremde setzt sich an der Laterne nieder, so daß des Gehängten Beine über seine Schultern hangen.

DER GEHÄNGTE Was bist du für ein Mann zwischen meinen Beinen.

DER FREMDE Ich bin der Fremde.

DER GEHÄNGTE Was willst du in unserer Stadt? Weißt du nicht, daß es die Stadt der Toten ist?

DER FREMDE Ich suche meine Schuld.

DER GEHÄNGTE Dann mußt du einen Tropfen in einem Meer und ein Meer in einem Tropfen suchen. Aber gib mir eine Zigarette.

DER FREMDE *reicht ihm eine Zigarette hinauf* Meine letzte, und ich habe kein Feuer.

DER GEHÄNGTE Kommt nicht der Mond gelb hervor aus den Wolken? *Er zündet die Zigarette am Mond an.*

DER FREMDE Das ist allerhand. Mach das noch einmal.

Der Gehängte nimmt den Mond vom Himmel und reicht ihn dem Fremden, der ihn in Händen hält und betrachtet.

DER FREMDE Mond! Mond! Wie klein du bist. Wie ein Kinderkopf in meinen Händen! *Er küßt ihn.* Pfui, Freund meiner Melancholie, ist dein Feuer so kalt? Bist auch du gestorben? *Er gibt ihn wieder dem Gehängten.* Hinauf in den Himmel mit ihm. Hat nicht das Ding uns vorgelogen, es sei nur fünfzigmal kleiner als unsere alte, schiffbrüchige Erde?

EIN BETRUNKENER *torkelt daher*

Unser Herrgott hat uns lieb,
Wunderschön, wunderschön,
Ach, er hat uns alle lieb,
Wunderwunderschön.

Auch Herr Christus hat uns lieb,
Wunderschön, wunderschön,
Ach, er hat uns alle lieb,
Wunderwunderschön!

Hallo!

DER FREMDE Hallo!

DER BETRUNKENE Holla!

DER FREMDE Holla!

DER BETRUNKENE Bist du ein närrischer Mensch oder ein menschlicher Narr? Bist du überhaupt oder bist du nicht, das heißt, nur in meiner Trunkenheit, also Gott?

DER FREMDE Ich bin ich.

DER BETRUNKENE Das wundert mich. Das erstaunt mich. Das setzt mich in Verlegenheit. Bist du sicher? Bist du ich? Bist du nicht du? Ich habe geglaubt, du bist du, jetzt bist du ich. Darf ich mich neben mich setzen?

DER FREMDE Meinetwegen.

DER BETRUNKENE *fällt um* Bums! Die Welt ist auf mich heraufgefallen. Die Welt hat mir einen unsittlichen Antrag gemacht. Die Welt hat ein Kind von mir gewollt, ein Weltkind, aber meine Tugend ist meine Tugend. Weißt du, was ich bin?

DER FREMDE Du bist nichts und doch etwas.

DER BETRUNKENE Das ist eine gute Antwort. Ich bin etwas besoffen. Weißt du, was du bist?

DER FREMDE Du bist ein honetter Junge, wenn du mir das sagen kannst.

DER BETRUNKENE Du bist nicht besoffen. Darum mußt du von diesem Schnaps trinken.

Er gibt dem Fremden eine Flasche, der sie auf dem Boden zerschmettert.

DER FREMDE Würde ich betrunken genug! Was weißt du von meiner Nüchternheit, du Narr!

DER BETRUNKENE *todunglücklich* Was macht einer da! In die Hoden, nicht auf den Boden!

DER FREMDE Ich sollte dir eine Ohrfeige geben. Aber ein Narr wie du ist nicht mit Gold zu bezahlen.

DER BETRUNKENE Mach eine Offerte.

DER FREMDE Es juckt mir in den Fingern, dir meine Antwort handgreiflich auseinanderzulegen.

DER BETRUNKENE Wenn's dich juckt, so klettere auf die Laterne, greif in den Himmel und hol mir die Milchstraße herunter. Ich habe Durst, ich will sie austrinken; den großen Bären, ich habe Hunger, ich will ihn essen; den Andromedanebel, ich brauche eine Serviette.

Unser Herrgott hat uns lieb,
Wunderschön, wunderschön,
Ach, er hat uns alle lieb,
Wunderwunderschön!

DER FREMDE Bleib! Ich will mir deine Narrheit um den Kopf wickeln und meine Ohren zustopfen damit!

DER BETRUNKENE Was nützt dir das? Meine Narrheit hat Löcher in den Hosen.

DER FREMDE Ich versinke im Leeren. Ich ersticke in ewiger Nacht und verzweifle an diesem Leben!

DER BETRUNKENE

Auch Herr Christus hat uns lieb,
Wunderschön, wunderschön,
Ach, er hat uns alle lieb,
Wunderwunderschön!

DER FREMDE Wo rennst du hin?

DER BETRUNKENE Um die Erde, bis ich meinen Hintern vor mir sehe wie einen Komet.

DER FREMDE Was suchst du auf deinem Weg?

DER BETRUNKENE Das wird mir einfallen, wenn ich renne.

Der heilige Geist hat uns auch lieb,
Wunderschön, wunderschön,
Ach, er hat uns alle lieb,
Wunderwunderschön.

Er springt davon.

DER FREMDE Ich werde dich wiedersehen. Dann wird deine Narrheit zu Ende sein und die meine, wie es mit unserer Weisheit schon lange zu Ende ist. Sei froh, da oben! Du bist tot, und den Menschen geht es schlecht!

DER GEHÄNGTE Das machen die Gedanken. Sie sind Wolfszähne im Menschenfleisch.

Der Fremde springt hoch und klammert sich am Halse des Gehängten fest, heftig in der Luft hin und her schaukelnd.

DER FREMDE Meine Gedanken lassen nicht von mir! So will ich meine Verwesung in mich ziehen.

DER GEHÄNGTE Du Narr! Glaubst du ihnen entfliehen zu können? Das ist unsere Hölle: Daß wir fragen müssen in Ewigkeit und finden kein Ende!

Sie schaukeln immer wilder.

Von links kommt ein Polizist, klein, versoffen, armselig, in schäbiger Uniform.

DER POLIZIST Wer lärmt da? He, Kerl! Was machst du da oben bei der Leiche!

DER FREMDE Was geht es dich an? Was störst du zwei tote Männer?

2

Zerfallene Gasse. Die Sonne sinkt dunkelrot unter die Trümmer. Vor einer Höhle sitzt die Hure, das Gesicht mit einem Tuch verdeckt, das weiß leuchtet. Der Fremde kommt von ferne.

DIE HURE

Meine Herren und Damen,
Ich bin eine Hure, zu haben für Geld,
Heiße Nore mit Namen
Und mache alles, was jedem gefällt.

Ich bin eine Witwe,
Mein Mann war Großkaufmann, Sie müssen gestatten,
Da fiel eine Bombe vom Himmel
Und nahm mir die Augen und dazu den Gatten.

Ich bin eine gewöhnliche Hure,
Nicht mehr als auf der Straße das Tier,
Doch kann ich ruhig behaupten,
Meine Kunden sind zufrieden mit mir.

Um mich ist ewig das Dunkel,
Und ich halte das Tuch vor das Gesicht.
Erbarmt euch, ihr Damen und Herren,
Verachtet meine Liebe nicht.

DER FREMDE Hure, ich will mit dir schlafen.

DIE HURE Neige dein Gesicht zu mir, ich will es fühlen mit meinen Händen. Deine Stirne ist wie Eisen.

DER FREMDE Was willst du, Hure. Sie ist so geworden in der Zeit.

DIE HURE Deine Augen sind tief in Höhlen.

DER FREMDE Sie haben das Grauen geschaut.

DIE HURE Gib mir deine Hände. Es sind grausame Hände. Was willst du geben, daß ich bei dir schlafe?

DER FREMDE Verlange, was du willst.

DIE HURE So gib mir meinen Tod.

DER FREMDE Bin ich ein Mörder?

Er will gehen, aber die Hure hält ihn zurück.

DIE HURE Geh nicht. Verachte mich nicht. Warum willst du nicht gut an mir tun? Ich will bei dir liegen, du sollst meinen Leib an deinem haben. Nur töte mich, wenn der Morgen kommt.

DER FREMDE Was soll ich dein Henker sein? Laß mich, Hure.

DIE HURE Weißt du nicht, daß du verflucht bist dazu?

Sie zieht das Tuch weg, so daß er ihr Gesicht sieht.

DER FREMDE Ich werde dich töten.

Sie nimmt seine Hand und führt ihn hinein.

3

Enges dunkles Gewölbe. Links im Vordergrund sitzt der Fremde. Rechts liegt die Hure. Der Hintergrund verliert sich im Dunkeln.

DIE HURE Ist es Tag?

DER FREMDE Was weiß ich. Stunden, Tage, Jahre, dafür kehrt einer die Hand nicht um.

DIE HURE Die Augenhöhlen brennen. Daß unsereiner so verfaulen muß.

DER FREMDE Dazu werden wir geboren.

Es ist still.

DIE HURE Willst du nicht reden? Immer das Dunkel macht wie wahnsinnig.

DER FREMDE Jeder verbrennt in seiner Höhle. Soll da einer den andern schreien hören? *Er entsichert den Revolver.*

DIE HURE Was war das?

DER FREMDE Ratten. Große Ratten.

DIE HURE Ich habe Durst.

DER FREMDE Die Schüssel ist neben dir, neige den Kopf über sie wie ein Tier, und du wirst trinken.

Die Hure neigt sich über die Schüssel, um zu trinken.
Der Fremde schießt ihr durch den Kopf.

DER FREMDE Ist dein Blut nicht warm?

Der alte Mäusekrieg kommt aus dem Dunkel.

MÄUSEKRIEG Hat da einer geschossen? *Er stößt an die Leiche.* Da ist etwas tot. Verflixt. *Er nimmt ihr den Kopf aus der Schüssel.* Mitten durch den Kopf. Da hinein und da hinaus. Donnerwetter, die ist ganz tot.

DER FREMDE Laß sie liegen. Da kann einer nichts ändern.

MÄUSEKRIEG Du hast sie erschossen, die Hure Nore!

DER FREMDE Ein armer Mann hat ein armes Weib getötet.

Er verschwindet langsam im Dunkeln, Mäusekrieg dreht ihren Kopf hin und her.

4

Der einbeinige Rasputin hinkt mit seiner Guitarre vorbei und singt das Lied vom Erbarmen der Ratten.

RASPUTIN

Ich mußt in den Krieg,
Mein Weib hieß Marie,
Der General zog die Hose aus
Und schlief mit ihr.
Dideldideldum.

Sie bekam ein Kind,
War weiß wie der Schnee,
Doch die große rote Ratte
Fraß es auf, o je!
Dideldideldum.

Ich kam aus dem Krieg,
Aus Holz war das Bein,
Sie lag beim Trompeter
Und ließ mich nicht ein.
Dideldideldum.

Ich saß vor der Tür,
Im Schatten versteckt,
Und die große rote Ratte
Hat mich zärtlich geleckt.
Dideldideldum.

5

Ufer eines Kanals. Dichter Nebel. Auf der Kanalmauer sitzt Nabelpfiff. Über seine Knie hat er ein Tuch gebreitet und verspeist einen ungewissen Gegenstand. Der Fremde taucht aus dem Nebel und läßt den Revolver ins Wasser sinken.

NABELPFIFF Was läßt du da ins Wasser fallen?

DER FREMDE Einen Revolver.

NABELPFIFF So, einen Revolver. Und warum?

DER FREMDE Was geht es dich an? Vielleicht habe ich Angst, mich zu töten.

NABELPFIFF Das ist ehrlich gesprochen. Das gefällt dem alten Nabelpfiff. Die Todesfurcht ist ein Stachel im Mensch.

DER FREMDE Was machst du da?

NABELPFIFF Ich esse Ratten. Schöne, gute Ratten.

DER FREMDE Wer bist du?

NABELPFIFF Ich bin ein Kollege von dir. Ich bin der Lustmörder Nabelpfiff.

DER FREMDE Du nennst mich Kollege. Habe ich deinen Beruf?

NABELPFIFF Ei, bist du nicht im Krieg gewesen?

DER FREMDE Im Krieg? Das ist schon lang gewesen diese Zeit.

NABELPFIFF Hast du da nicht Menschen getötet?

DER FREMDE Ich habe Menschen getötet, weil ich mußte.

NABELPFIFF Weil du mußtest? Weil du wolltest! Hast du gemeutert?

DER FREMDE Ein Soldat meutert nicht.

NABELPFIFF Wie darfst du da sagen, du hättest töten müssen? Bist du nicht zufrieden gewesen mit deinem Soldatenstand? Dein Blut hat's gewollt und das meine. Und es ist schlechtes Blut, Menschenblut, Kollege.

DER FREMDE Habe ich Schuld? Hast du Schuld? Sind wir nicht zum Leben verdammt?

Er verschwindet im Nebel.

6

Zyklopischer, vermooster Saal. In der Mitte des Hintergrundes eine ungeheure zylindrische Maschine, umgeben von einem Kranz kleiner Lämpchen, die den Raum in immer neues Licht tauchen. Links von der Maschine ein großer Stahlschrank, rechts eine Türe. In der Mitte ein von Sesseln umgebenes Tischchen, auf ihm Flaschen und Gläser. Vor dem Tisch am Boden eine aufgerollte Landkarte. Am Tisch sitzt ein General mit einem Monokel.

DER GENERAL

Als der Krieg nach zwanzig Jahr'
Endlich ausgegangen war,
Sah der General sich um:
Da waren alle Menschen tot
Im Massengrab und im Kot:
Der Feldherr nahm das krumm.

Nun hatte er kein Defilee,
Die Fahne stand allein im Schnee.
Es lagen die Kasernen leer,
Da waren alle Toten tot
Im Massengrab und im Kot:
Die Kanone schoß nicht mehr.

Da trank der General den Sekt,
Im sichern Bunker gut versteckt,
Und fluchte auf die Welt.
Es waren alle Toten tot
Im Massengrab und im Kot:
Der schönste Krieg zerschellt!

Durch die Türe vorne links kommt der Fremde.

DER FREMDE Ist einer da? Heda, ist einer da?

DER GENERAL Der schreit wie am Spieß, aber es vertreibt die Zeit.

DER FREMDE Wer bist du, silberner Sekttrinker?

DER GENERAL Ich bin der General der großen Armee, die unter dem Boden liegt. Ich schickte hundert Divisionen nach Wladiwostok, hundert an den Guadalquivir und hundert gegen Timbuktu, und wie niemand zurückkam, hat man mich hier vergessen.

DER FREMDE Was machst du nun unter deinen Spinnweben?

DER GENERAL Was die Generäle immer machen, wenn sie vergessen sind: Ich mache beim Sekt Erfindungen.

DER FREMDE Was hast du erfunden?

DER GENERAL Das Gähnen.

DER FREMDE Einer sollte dich noch einmal zeugen. Du bist ein süperber General.

DER GENERAL Ferner eine Hose, die sich von selbst zuknöpft.

DER FREMDE Das läßt sich sehen. Das ist praktisch.

DER GENERAL Dann eine Bombe, mit der kann ich den Kontinent in die Luft sprengen samt Manhattan bis zu den Urwäldern Afrikas.

DER FREMDE Das ist auch eine schöne Erfindung!

DER GENERAL Nicht wahr? Und was hast du erfunden?

DER FREMDE Die Verzweiflung.

DER GENERAL Dann bist du ein besonderer Narr. Wo kommst du her?

DER FREMDE Aus dem Bauch irgendeiner Hure.

DER GENERAL Seit zwanzig Jahren habe ich keinen Menschen mehr gesehen. Das ist lustig, wieder so einen vor sich zu haben. Wie das Arme sind und Beine! Und die Nase, wie die im Gesicht steckt. Und die Augen! Ha, ha, die Augen! Was sind das für unsinnige Löcher im Kopf! Zum Lachen das alles. Aber das ist es eben, mein Gähnen frißt mir mein Lachen. Und einer ist aussätzig, wenn er die Langweile hat. Aber du da! Du sollst lachen, daß dir dein Bauch wackelt!

DER FREMDE Ich kann nicht lachen.

DER GENERAL Wie bist du zu mir gekommen?

DER FREMDE Ich habe mich verirrt in dieser Stadt. Drei Tage und drei Nächte. Ich bin müde wie ein Hund.

DER GENERAL Was tut's. Wir sind alle Lumpenhunde und sterben wie Lumpenhunde. Und die Flasche ist leer. Die ganze Welt gähnt mich an. Das ist trostlos. Eine neue Flasche her. *Er schenkt ein.* Trink, Lumpenhund, wenn du zahlen kannst.

DER FREMDE Ich habe kein Geld.

DER GENERAL Du hast eine Seele zum Zahlen.

DER FREMDE Reiß sie mir aus dem Leib, ich habe meine Nüchternheit satt. Ich will mich mit deinem Sekt betrinken.

DER GENERAL Ich werde mit deiner Seele zur Hölle fahren.

DER FREMDE Nur zu! In die Hölle mit uns!

Er setzt sich, sie trinken viel und schnell.

DER GENERAL Nimm eine Henry Clay. Generale rauchen nur Henry Clay.

DER FREMDE Dein Sekt ist gut. Schenk mir ein.

DER GENERAL Du kannst saufen. Was suchst du?

DER FREMDE Was geht's dich an? Meine Schuld und mein Grab.

DER GENERAL Ein und dasselbe. Du wirst beides finden bei mir. Nur zu mit Saufen!

DER FREMDE Der Wein ist Blut auf dem Tisch, und es kann sich einer spiegeln darin.

DER GENERAL Siehst du dein Gesicht auf der nassen Fläche? Mein Henker sieht dir entgegen.

DER FREMDE Ich schwöre, ich werde dich nicht töten, und wäre ich ein König!

DER GENERAL Du bist ein Mensch und Menschen sind Mörder und ihre Eide Meineide. Trink, die Nacht ist lang.

DER FREMDE Die Nacht ist ewig und der Tag vorbei. Was funkelt da im Schatten mit allen Farben?

DER GENERAL Das ist meine Bombe, meine Maschine!

DER FREMDE Warum hast du sie gemacht?

DER GENERAL Warum hat dein Vater dich gemacht? Wir tun alles aus Langweile.

DER FREMDE Was hast du mit ihr vor, General?

DER GENERAL Nichts. Ich warte, wie ich immer gewartet habe, den ganzen Krieg, bis die Soldaten tot waren. Ich warte, bis sie explodiert.

DER FREMDE Wann wird das sein?

DER GENERAL Frag nicht. Trink. Das kann heute sein. Oder morgen oder übermorgen. In zehn Jahren. In dieser Minute. Wann du willst. Du mußt nur auf den Knopf drücken hier auf diesem Tisch.

DER FREMDE Und die Maschine explodiert.

DER GENERAL Drück auf den Knopf oder vergiß das Uhrwerk dort im Stahlschrank aufzuziehen.

DER FREMDE Und die Vernichtung zerreißt alles!

DER GENERAL Der Kontinent stürzt in den Atlantischen Ozean, der Manhattan überspült und die Wälder Kanadas, er versinkt auseinanderbrechend im Mittelmeer. Dann steht in Afrika der Himmel flammend hinter den Dschungeln und bricht in die fliehenden Antilopen hinein, mitten in die Herden trompetender Elephanten, in die trommelnden Neger!

DER FREMDE Auf deine Maschine!

DER GENERAL Auf die Maschine!

Sie stoßen an.

DER GENERAL Sie ist eine schöne Maschine! Mit einem Totenkranz um die Stirn! Wie ein bekränzter Gott!

DER FREMDE Nie sah ich eine schönere!

DER GENERAL Ich bin betrunken!

DER FREMDE Der Wein am Boden ist ein Purpurmantel!

DER GENERAL Wir wollen König und Narr spielen!

Er nimmt eine Schere und zerschneidet die Landkarte.

DER GENERAL Es lebe der König!
DER FREMDE Es lebe der Narr! Wer ist der Narr?
DER GENERAL Du bist der König, denn du bist der lausigere Narr! Wir wollen eine Welt für uns bauen.
DER FREMDE Es lebe die Welt, die wir bauen!

Der General faltet die zerschnittene Landkarte auseinander.

DER GENERAL Was ist das da, Lumpenhund?
DER FREMDE Eine Krone für meinen Kopf!
DER GENERAL Sie wird dich den Kopf kosten.
DER FREMDE *begeistert* Kröne mich, Erzengel von einem Narren!

Der General setzt ihm die Krone auf den Kopf.

DER GENERAL Ich kröne dich, Lumpenhund der Erste, zum König aller Menschen.
DER FREMDE Ich ernenne dich zum allerobersten närrischen Untertanen und gestatte dir, dreißig mal täglich geprügelt zu werden.
DER GENERAL Ich schenke dir meine Maschine!
DER FREMDE Wie soll das zugehen, Narr?
DER GENERAL Das soll lustig zugehen. Du mußt einen Menschen totschlagen. Alles fängt an mit Mord.
DER FREMDE Zu viel Umstände!
DER GENERAL Braucht es so viel Umstände, einen totzuschlagen, als es braucht, einen in die Welt zu setzen? Im Stahlschrank befindet sich ein Uhrwerk, das alle vierundzwanzig Stunden aufgezogen werden muß, um zu verhüten, daß die Maschine automatisch explodiert. Zugang zum Uhrwerk hat nur, wer das Kennwort zum Tresor besitzt; den Stahlschrank mit Gewalt zu öffnen ist unmöglich, es würde die Katastro-

phe nach sich ziehen. So brauchst du nur den Arbeiter zu töten, der das Kennwort einsetzt, und niemand kann dir die Maschine entreißen. Die Menschen müssen tun, was du willst!

DER FREMDE Oder sterben!

DER GENERAL Die Menschen kleben am Leben wie Fliegen am Leim. Auf mein Wort marschierten Millionen in die Gräber, ein endloser Zug singend geradewegs ins Nichts! Hat sich einer gewehrt? Ihre Angst macht sie feige!

DER FREMDE Ich werde ihr großer König sein!

DER GENERAL Ich ihr Narr! Der Schrecken ihr Glaube!

DER FREMDE Und die Maschine ihr Tod!

DER GENERAL Eine Welt mehr oder weniger, es kommt nicht darauf an! *Er erhebt sich langsam.* Und so gehe ich, schwankend von Sekt, von Spinnweben umgeben wie mit einem Witwenschleier, eingehüllt vom eisigen Odem meiner Seele, ein Königsmacher, wieder auf meinen Posten. Ein verwesender Leib, der neue Verwesung ausbrütet, watend durch das Blut meiner nie gesehenen Opfer.

Doch liegt der General auch krepiert,
Er wartet, bis man neu marschiert,
Es weckt ihn der Trompete Schrei:
Und sind die Toten alle tot
Im Massengrab und im Kot:
Der General ist nicht dabei!

Lebwohl. Ich gehe schlafen, umkränzt von den verblaßten Fahnen meiner zehntausend Regimenter, in deren Moder ich versinke! Was funkelt in der Nacht mein Monokel wie ein Meteor? Wir Menschen sind alles Lumpenhunde! Lumpenhunde! Lumpenhunde! *Er geht steif vor Sekt rechts hinaus.*

Der Fremde erhebt sich taumelnd in seiner lächerlichen Krone.

DER FREMDE *lallend* Das Kennwort wird sein: Da reute es Gott, daß er die Menschen gemacht hatte.

7

Zerfallene Straße. Männer und Weiber ziehen vorüber und singen:

Wir Menschen sind arme Teufel,
Geschwüre fressen unsre Leiber,
Wie Geier hocken auf uns die Zweifel,
Und tote Kinder gebären die Weiber.

Wir Menschen sind arme Narren,
Wir wähnen, wir seien zu Großem geboren,
Da schmeißt man uns auf den Totenkarren,
Verstopft mit Erde uns Maul und Ohren.

Wir Menschen sind arme Kinder,
Erdenken uns Gott und ewiges Leben,
Dann recken wir sterbend die Fäuste gen Himmel,
Und fluchen, daß er keine Gnade ergeben.

8

Riesiger Platz, von Moos überwuchert, riesige Sonnenblumen dazwischen. Menschenansammlung.

Einer predigt:

Hundekerle! Sündenböcke! Huren! Tut Buße, meine geliebten Brüder und Schwestern. Gleich springt die Welt in die Luft wie von der Tarantel gestochen und wir hintendrein. Ich bin ein Prophet! Ein zweiter Mohammed, Buddha, Napoleon. Alles in einer Person, wie Käs in der Schachtel. Ihr müßt an mich glauben. Was ist das: Glauben? Das ist, wenn ihr die Augen zutut und denkt, es sei wahr, was ich da rede, ihr Esel!

Andere stürzen herein:
Die Maschine ist über uns! Brennt nieder! Sauft! Hurt! Schlagt tot! Daß wir uns die ewige Verdammnis verdienen.

Gemetzel. Der Platz ist mit Leichen bedeckt. Der Soldat rollt sich mit seinem Armstummel auf einem niedrigen Wägelchen vorüber und darüber hin.

DER SOLDAT Tote Männer und Weiber und Blut dazwischen wie Rosen. Der Himmel darüber ein Sargdeckel. Letzte Zeit: Rosenzeit, schöne Zeit.

9

Nacht. Auf einer hohen Mauer der einbeinige Rasputin mit seiner Guitarre. Der Fremde kommt in einen schwarzen Mantel gehüllt.

RASPUTIN Heil dir, heiliger Vater der Ratten und Läuse, Kaiser der Kröten, König der Hungerleider, Verwalter des Elends auf Erden, Stellvertreter des Todes, Oberster der Narren und Schirmherr der Verzweiflung.

Du bist der König dieser Welt
Und ich dein erster Kanzler.
Dein Reich ist wohl bestellt,
Daß es jedem drin gefällt.

Du bist vom höchsten Narrenadel
Und im vollen Glanze,
Von der Sohle bis zum Nabel
Ein Richter ohne Furcht und Tadel.

Dein Generalissimus ist der Tod,
Ein sehr vortrefflicher Meister,
Schon sind viele Menschen tot,
Und immer weniger schreien nach Brot.

Die Totengräber sind deine Beamten,
Und die geliebten Untertanen,
Alle dem Mutterschoß Entstammten,
Von dir aus Gnade zum Tode Verdammten.

DER FREMDE Was willst du von mir mit deinem Singen?

RASPUTIN Ich bin der ärmste der Menschen, der traurigste auf Erden, also dein Minister und mein Holzbein das Szepter deiner Macht.

DER FREMDE Ich habe nichts mit dir zu schaffen.

RASPUTIN Sind wir nicht aus gleichem Stoff geschaffen und Narren geworden, du mit der Krone und ich mit dem Einbein da und meiner Guitarre?

DER FREMDE Laß mich meinen Weg gehen.

RASPUTIN Gehen wir nicht den gleichen Weg ins Grab?

DER FREMDE Verlange, was du willst, nur laß mich ziehen.

RASPUTIN Und wenn ich mich in eine andere Welt stehlen will und verlange, daß du mitkommst?

DER FREMDE Mein Weg ist noch nicht zu Ende.

RASPUTIN Du lügst, wenn du lebst!

DER FREMDE Ich lüge, wenn ich dorthin gehe, wo deine Sehnsucht ist.

RASPUTIN Erlöst der Tod nicht dich und mich? Komm in jene Welt, die ich dir zeigen will!

DER FREMDE Nicht mit dir, Schatten!

RASPUTIN Dann ist alles unaufhaltsam geworden und wird sich vollenden. Laß mich Abschied nehmen von dir, armer König auf dem Lumpenthron mit der papierenen Krone. Komm, meine Guitarre, erweise mir den letzten Dienst und begleite meine letzte Moritat:

Die Welt ist aus Glas,
Und alles geht vor die Hunde.
Gestern war sie noch lebendig,
Nun ist sie tot, seit einer Stunde.
Nore, o Nore!

Ihr wunderschöner Leib,
Den ich so gerne genossen,
Liegt in einem Kellerloch,
Ganz und gar verschossen.
Nore, o Nore!

Als mein Vater starb im Delirium,
sagte schon seine Frau:
Morgens rot und abends tot.
Teufel, das stimmt genau!
Nore, o Nore!

Alles ist verflucht vergänglich,
Man hat seine liebe Not:
Kaum ist einer gemacht,
Ist er schon wieder tot!
Nore, o Nore!

Und du, mein Holzbein, prügle mich armen Spielmann aus dieser Welt ins Jenseits hinüber, geradewegs ins Bett meiner kleinen blinden Hure. Meine Liebe zu ihr hielt mich am Leben und tötet mich jetzt!

Er wirft sich von der Mauer dem Fremden vor die Füße.

RASPUTIN Ich sterbe! Kann einer dich nicht hinabziehen?

Der Fremde stampft auf ihn mit Füßen.

DER FREMDE Hinab! Hinab! *Er wirft seinen Mantel über ihn.* Das ist das einzige, das ich dir geben kann!

10

Die Menschen im Anblick einer brennenden Stadt singen:

Wir beten an den großen Gott,
Gefügt aus Stahl und Eisen.
Sein Nam' ist Feuer, Qual und Tod,
Wir alle ihn lobpreisen.

Wir sind wie Fliegen an der Wand
Und wissen nicht, wann wir sterben.
Über uns droht seine Hand
Und stürzt uns in Verderben.

Seine Gnad' Zerstörung ist,
Wir strömen all' zusammen
Und hoffen, daß Erhörung ist
In seinen ewigen Flammen.

Wir fallen vor dir, großer Gott,
Auf unsre Knie und Hände:
Sieh auf uns gnädig in der Not,
Erlösung vom Elende!

Und wenn wir kommen all' zu Hauf,
Uns selbst als Opfer zu bringen:
Nimm, Herr Gott, du uns gnädig auf,
Du wirst uns all' verschlingen!

11

Verlies. In der Mitte ein elektrischer Stuhl. Hinten in der Mitte schwere Türe. Auf dem elektrischen Stuhl schläft ein Junge. Der Henker kommt und gibt ihm eine Ohrfeige.

DER HENKER Willst du vom elektrischen Stuhl herunter, Faulpelz, und mir die Pfanne bringen mit den Eiern?

Der Junge bringt die Pfanne mit den Eiern. Der Henker legt die Pfanne auf den elektrischen Stuhl.

DER HENKER Hol mir das Stück Butter, Esel, im Topf in der Ecke neben der Leichensalbe.

Er tut die Butter in die Pfanne.

DER HENKER Stell jetzt auf Eins, Schweinigel.

Der Junge stellt am Schaltbrett, das sich ganz links befindet, auf Eins.

Der Henker schlägt die Eier in die Pfanne.

DER HENKER Ein Ei, zwei Eier, drei Eier, vier Eier! Wenn ich Spiegeleier mache, was ist das, Schuft in der Ecke?

DER JUNGE Weiß nicht.

DER HENKER Weiß nicht! Was für eine blöde Antwort! Ich sollte dich durchprügeln, Nichtsnutz. Aber ich will Geduld haben, weil deine Mutter ein Kind von meinem Onkel hat. Also: Das ist Menschenliebe. Wenn ich die Platte nicht anwärme, kommen die Schurken mit kalten Hintern in die Hölle. Sieh einmal im Kalender, wen wir heute noch abkappen.

DER JUNGE Jeremias Nabelpfiff, Lustmörder.

DER HENKER Heller Unsinn! Suppe und Käse! Der ist schon

exekutiert! Das ist der, der so lachen mußte, weil du ihm zu wenig Strom hineingepfeffert hast, Tolpatsch! Der nächste!

DER JUNGE Der General der großen Armee.

DER HENKER Den werden wir so richtig vaterländisch abmurksen!

Es klopft.

DER HENKER Da kommen sie. Jetzt nichts wie ran. Es wird wieder abgestochen, daß die Balken krachen. Willst du gehen, Lausejunge, und die Türe öffnen. Aber daß du mir eine schöne Verbeugung machst!

Der Junge öffnet die Türe. Zwei Soldaten in zerrissenen Uniformen bringen den General und stellen sich gegen die Wand. Der Henker läuft mit ausgebreiteten Armen dem General entgegen.

DER HENKER Willkommen, lieber Herr, willkommen!

Er erwischt den Jungen beim Ohr und gibt ihm eine Ohrfeige.

DER HENKER Du hast dem Herrn deinen Bückling nicht gemacht, Frechdachs! Verbeuge dich, hopp! Der Herr ist gleich tot, da ist einer höflich zu ihm.

DER GENERAL Was ohrfeigst du den Kerl da? Heute hat der große General Feiertag.

DER HENKER Feiertag, mein Herr?

DER GENERAL Wenn ein General stirbt, hat der Pöbel Feiertag.

DER HENKER Sie sehen die Plage selber, Herr! Sie dürfen sterben, und wir haben die Arbeit.

DER GENERAL Bist du der Lumpenhund, der das langweilige Geschäft hat, mich auf Anordnung des Königs umzubringen?

DER HENKER Ich bin der Portier des Todes! Der Hohepriester der Vergänglichkeit und der Fußtritt, der dich in eine andere

Welt befördern wird. Aber was bist du für ein großer General? Ich habe die Zeitung schon lange nicht mehr gelesen, zu viel Arbeit. Hast du einen Krieg verloren?

DER GENERAL Ich habe die Maschine erfunden.

DER HENKER Herrlich! Heute haben wir ein Genie! Ich habe mir immer so ein saftiges Genie gewünscht. Aber will das Kamel die Pfanne mit den Eiern vom elektrischen Stuhl nehmen! Gleich setzt sich der Herr darauf.

Der Junge nimmt die Pfanne weg.

DER GENERAL Nicht der Mühe wert, mich hinzurichten. Ich hatte auf dem Weg zu dir einen Blutsturz.

DER HENKER Was denn! Was denn! Der Herr wird doch nicht vor seinem Tode sterben wollen!

DER GENERAL Der Lumpenhund kann sich nur eine Art von Tod denken: die Hinrichtung! Aber es ist schon recht. Ich bin immer ausschließlich für das Legale gewesen. Jeder Krieg, den ich führte, hatte den solidesten gesetzlichen Unterbau der Welt.

DER HENKER Ist alles bereit, Schlingel?

DER JUNGE Mhm.

DER HENKER Mhm! Mhm! Mhm! Kannst du nicht den Spruch hersagen, den ich gedichtet habe?

DER JUNGE

Der Stuhl ist frei,
Gott steh dir bei,
Den Weg allen Fleisches zu gehn.
Gleich kommt der Strom,
Trennt ab den Lebensstrom,
Im Himmel gibt's ein Wiedersehn.

DER GENERAL Es ist Sitte, den Henker zu belohnen. *Er gibt dem Henker ein weißes Couvert.* Und nun los mit der Hinrichterei!

DER HENKER Schnall dem Herrn jetzt die Füße fest und die

Arme. Aber sanft! Du hast gehört, der Herr hat einen Blutsturz gehabt. Da könnte er jeden Augenblick sterben, wenn du nicht vorsichtig genug bist. Will der Schweinekerl die Schalter loslassen! Den murkse ich ab! *Er springt zum Schalter und gibt dem Jungen eine Ohrfeige.* Was hast du am Schalter zu fingern? Bist erst eine Woche bei mir in der Lehre und willst schon so einen vornehmen Herrn abkappen, der dazu noch ein Genie ist! Dabei hat er vor einer Stunde nicht einmal einen Schneider um die Ecke bringen können! Ist der Herr bereit?

DER GENERAL Mach er nur.

DER HENKER Geehrter Herr General! Sie treten jetzt einen neuen, wichtigen Abschnitt Ihres Lebens an: Sie sterben. Bei dieser Gelegenheit ist es nicht unangebracht, einige Rückblicke auf Ihr bisheriges Leben zu werfen. Dazu wollen wir die Augen schließen, daß wir uns ungestört in die Vergangenheit versetzen können.

DER GENERAL Auch ich habe meinen Soldaten im gleichen Moment vom Heldentod gesprochen. *Er schließt die Augen.*

DER HENKER *leise zum Jungen* Sieh jetzt genau zu, Flegel. Wir wollen dem jetzt eine anständige Portion Strom in den Hintern jagen. Der hat einen Blutsturz gehabt, also müssen wir den Schalter nur auf Neun drehen, wie bei Schwangeren. Bei robusteren Naturen auf Elf, Zwölf oder Vierzehn. Einmal hatte ich einen, der war nur mit Siebzehn abzukappen. Ein verheirateter Priester, toller Kerl. Muskeln wie zehn Ochsen! Jetzt paß auf, daß du es das nächste Mal gut machst. Da machen die meisten Scharfrichter einen Fehler: Sie stellen von Null direkt auf Neun! Das ist falsch und gibt keine stilechte Hinrichtung. So macht man das: Du mußt zuerst auf Eins stellen, dann eine Sekunde warten, dann mit einem Ruck auf Neun und zurück auf Eins, zwei Sekunden warten und dann zurück auf Null. Wenn das sauber gemacht wird, kann einer gut sehen, wie der Schuft mit dem Kopf hochschnappt, der sogenannte Hops. Achtung. *Laut zum Gene-*

ral Unser Leben ist Mühe und Arbeit. Doch danken wir der Vorsehung für alle schönen Stunden, die dennoch vorhanden waren. In diesem Sinne wollen wir vom Leben Abschied nehmen: Viel Mist mit einigen Glasperlen darin.

Er dreht auf Neun und dann auf Null.

Der General stirbt.

DER HENKER Hast du gesehen? Der Hops!

Ein Soldat kommt aus dem Hintergrund.

DER SOLDAT Ist er tot?
DER HENKER Rühren Sie den an! Total krepiert.

Der Soldat geht mit dem andern hinaus.
Der Junge hebt einen Zettel auf, der aus dem Couvert des Generals gefallen ist, und schreit auf, wie er ihn liest.
Dann rennt er davon.

12

DER HENKER *hält den toten General in den Armen*
Einst war ich Liebling des Salomo,
Eia poppeia,
Prangte in Sammet und Seide,
Tausend Weibern schwur ich tausend Eide,
Eia poppeia,
Daß ich sie alle liebe.

Der Tod fuhr den feurigen Sichelwagen,
Eia poppeia,
König und Weiber in gelbem Geschmeide

Sanken hin wie reifes Getreide,
Eia poppeia,
Die Krone fiel in den Dreck.

Ich sprang in Gottes heiligen Tempel,
Eia poppeia,
Schrie zu ihm in Qual und Not,
Errette mich, o großer Gott,
Eia poppeia,
Er hatte keine Ohren.

Man flocht mir das Rad zwischen Himmel und Erde,
Eia poppeia,
Geier stießen aus Wolkendecken,
Tod ritt heran auf rotem Schecken,
Eia poppeia,
Der war mir gnädig.

Was ist der Mensch? Ein Gottesbild,
Eia poppeia.
Was da kriecht aus Mutterbauch,
Wird zu Asche, wird zu Rauch,
Eia poppeia,
Das ist der Mensch!

13

Das Gewölbe. Im Hintergrund die Maschine. Am Tisch der Fremde. Der Betrunkene torkelt daher.

DER BETRUNKENE
Unser Herrgott hat uns lieb,
Wunderschön, wunderschön,

Ach, er hat uns alle lieb,
Wunderwunderschön.

DER FREMDE Vom Abgrund weht ein Gesang heran, und es ist, als hätte ich ihn gehört, einmal, vor tausend Jahren!

DER BETRUNKENE

Auch Herr Christus hat uns lieb,
Wunderschön, wunderschön,
Ach, er hat uns alle lieb,
Wunderwunderschön.

Da bist du wieder, und da bin ich wieder und meine Trunkenheit und deine Nüchternheit, und der Kreis hat sich geschlossen.

DER FREMDE Ich habe auf dich gewartet und wußte es nicht.

DER BETRUNKENE Wir sind beide angekommen, wo wir nicht weiterkommen, nämlich an unser Ende!

DER FREMDE Setz dich zu meinen Füßen nieder, wie du es einst getan hast unter der Laterne.

DER BETRUNKENE Da bin ich wieder zwischen deinen Beinen. Eine schöne Niederkunft. Du und ich und meine Nase bilden die allereinfältigste Einheit, die einer sich denken kann.

DER FREMDE Woher kommst du getorkelt?

DER BETRUNKENE Meiner Nase nach. Ich bin ihr nachgesprungen.

DER FREMDE Was hast du gefunden auf deiner Wanderschaft?

DER BETRUNKENE Ich habe nichts gefunden. Die Menschen starren ins Leere, und rote Kometen kriechen über den Himmel. Aber du, auf deinem Thron, was machst du?

DER FREMDE Ich regiere die Menschen.

DER BETRUNKENE Eine erbärmliche Tätigkeit. Ich klage deine Untertanen an!

DER FREMDE Was haben sie dir getan?

DER BETRUNKENE Sie haben mich mit Füßen getreten und bespuckt mit ihrem Geifer.

DER FREMDE Bist du nicht ihr Bruder? Tun sie nicht so, weil sie sich selber hassen?

DER BETRUNKENE Sie haben die Liebe zur Hure gemacht!

DER FREMDE Haben sie nicht den getötet, der sie erlösen wollte?

DER BETRUNKENE Wir müssen von dieser Welt herunter.

DER FREMDE Ich bin angeklagt. Ich weiß nicht, von wem. Ich weiß nicht, warum und wozu. Ich weiß nur, daß ich des Todes schuldig bin.

DER BETRUNKENE Deine Schuld ist dein Traum. Es gibt keine Schuld.

DER FREMDE Sie ist das einzige, was ist.

DER BETRUNKENE So komm.

DER FREMDE Wohin führst du mich?

DER BETRUNKENE Geradewegs ins Nichts!

Sie schreiten eng umschlungen der Türe rechts zu. Sie wird aufgerissen. Der Fremde und der Betrunkene sinken von Gewehrsalven getroffen zusammen.

DER BETRUNKENE Kann ich mehr wünschen, als in deinen Armen zu sterben? *Er stirbt.*

Männer stürzen herein.

DER ERSTE Die Maschine kann nicht explodieren!

DER ZWEITE Der General hat gestanden!

EIN ANDERER Wir wollen tanzen! Wir wollen springen und singen! Und hüpfen auf einem Bein! Und lachen aus vollem Hals und wackeln mit dem Bauch!

EIN WEITERER Ist das eine lustige Welt! Ich setz mich auf den Kopf mit dem Hintern! *Er setzt sich auf den Tisch.*

Die Maschine fängt an zu heulen.

DER ERSTE Wir sind betrogen! Die Maschine explodiert! Das ist der Untergang!

DER ZWEITE Haltet die Ohren zu!
EIN ANDERER Das Meer, das Meer!
EIN WEITERER Ist das schön! Wie Sonn', die aufgeht, wie Stern, der platzt am Himmel!

14

DER FREMDE *dahingeschwemmt von den Wassern*

Getragen von immer neuen Wellen,
die über den sinkenden Kontinent
rollen,

Silberne Strudel,
die unersättlich die zerschmetterten
Städte verschlingen
und sich mit meinem Blut vermischen,

Umfängt mich die Unendlichkeit.

Unter mir die Tiefe des Abgrunds und über
mir die Tiefe des Himmels.

Unaufhörlich hebt mich die Welle, und
unaufhörlich sinke ich,
von Gnade und Fluch umspielt.

Ausgebrannt vom schattenlosen Licht fühle
ich die Kühle des Ozeans,
leise streift mich ein Fisch,
ein seelenloses Leben.

O dunkle Tiefe, unsagbares Licht, eins
ins andere verschlungen!

Die Meere treiben mich fort, eine neue
Erde wässernd.

Anmerkung zu ›Untergang und neues Leben‹

Die Anfänge dieser Komödie sind wohl schon im Herbst 1941 zu suchen. Ich hatte die Maturität bestanden, aber sah keine Möglichkeit, Maler zu werden, die Universität hatte noch nicht begonnen – das Wintersemester begann erst spät –, die Rekrutenschule drohte erst im nächsten Sommer. Ich schrieb an einer Weltuntergangskomödie herum, *Der Knopf,* wußte aber nicht, wie ich sie schreiben sollte; was entstand, waren Fragmente, mühseliges, gequältes Geschreibsel.

Im Wintersemester 1941/42 studierte ich in Bern bei Fritz Strich Germanistik, nach der Rekrutenschule, aus der heraus ich in den Hilfsdienst versetzt wurde, studierte ich 1942/43 in Zürich, wie meine Eltern glaubten, in Wirklichkeit hielt ich mich sehr selten in der Universität auf. Einmal hörte ich den alten Ermatinger, einige Male den damals hochpathetischen Staiger, einmal einen wirren Philosophen; in den Nächten hielt ich mich beim Maler Walter Jonas auf, bei dem ich mehr über Literatur lernte als auf den beiden Universitäten, die mich bis dahin gequält hatten, und den Rest der Nacht verbrachte ich damit, daß ich am *Knopf* weiterschrieb.

Am Weihnachtstag 1942 schrieb ich *Weihnacht, Der Folterknecht, Die Wurst, Der Sohn,* meine erste Prosa*. Mein Aufenthalt in Zürich wurde durch eine infektiöse Hepatitis beendet.

Den Sommer 1943 verbrachte ich im Wallis, den *Knopf* vollendete ich in Eison, einem kleinen Nest, das hoch am Osthang des Val d'Hérens klebt, auf das man wie auf eine Mondlandschaft hinunterblickt. Als Lektüre hatte ich mir einige Bände Jean Paul

* In: ›Aus den Papieren eines Wärters‹. Frühe Prosa. Werkausgabe Bd. 18, detebe 20848.

mitgenommen. Ein Einfluß auf die *Komödie,* wie ich das Stück nannte – den Titel *Der Knopf* hatte ich aufgegeben –, ist kaum festzustellen, wohl aber mögen der Zusammenbruch ringsumher einige Expressionisten, die ich aus Soergels ›Dichtung und Dichter der Zeit‹ kannte, und auch die Aufführung des ›Guten Menschen von Sezuan‹ im Schauspielhaus Zürich, die ich auf Anraten von Walter Jonas besuchte, Spuren hinterlassen haben, kommen doch in der *Komödie* Chansons vor. Doch soll man diese Einflüsse nicht überschätzen, es sind Einflüsse aus der Erinnerung her, nicht ein Abschreiben oder Nachschreiben.

Die *Komödie* gab ich wenigen zu lesen, die wichtigste Kritik stellte für mich jene meines Freundes T. S. dar: »Du hast wenigstens etwas fertiggeschrieben.«

Die vorliegende Fassung mit dem Titel *Untergang und neues Leben* ist 1951 in der ›Festi‹ über Ligerz am Bielersee entstanden. Ich hatte meine frühe Prosa *Die Stadt* herauszugeben und erinnerte mich meiner ersten Komödie. Die Handlung ließ ich, auch viele Szenen; neu ist eigentlich nur die Szene mit dem General, der in der ersten Fassung Valden hieß, der Name des Fremden war Adam, der der Maschine Yggdrasilus. Auch das Schlußgedicht schrieb ich 1951.

Geschrieben 1980 für die vorliegende Ausgabe.

Der Doppelgänger

Ein Spiel

Die Stimmen

Regisseur
Schriftsteller
Der Mann (Pedro)
Der Doppelgänger (Diego)
Die Frau (Inez)
Eine Frauenstimme

Geschrieben 1946

REGISSEUR Sie haben mir versprochen, eine Geschichte zu erzählen, Herr Hörspielautor. Ich bitte Sie darum. Ich verfüge über viele Stimmen, und ich darf sagen, daß es gute Stimmen sind.

SCHRIFTSTELLER Ich habe Ihnen versprochen, eine Geschichte zu erzählen, Herr Hörspielregisseur. Es ist eine dunkle Geschichte, die mir auf dem Herzen liegt, und eine seltsame, doch muß ich gestehen, daß ich nicht viel mehr von ihr weiß als das Motiv. Es macht dies aber nichts: Eine Handlung stellt sich immer zur rechten Zeit ein.

REGISSEUR Vorsicht. Ich bin verpflichtet, den Hörern ein geordnetes Spiel zu bieten, und eine verworrene Handlung wäre peinlich. Ich bitte Sie, dies zu bedenken.

SCHRIFTSTELLER Soweit es möglich ist, werde ich daran denken.

REGISSEUR Ich bitte Sie darum.

SCHRIFTSTELLER Ich denke mir einen Mann.

REGISSEUR Sein Name?

SCHRIFTSTELLER Ich kenne ihn nicht, denn sein Name ist gleichgültig. Er ist ein Mensch wie jeder von uns.

REGISSEUR Sein Beruf und seine Stellung unter den Menschen?

SCHRIFTSTELLER Auch dies ist unwichtig.

REGISSEUR Hm. Darf ich wenigstens das Land wissen, in welchem er lebt?

SCHRIFTSTELLER Nebensächlich.

REGISSEUR Irgendwo muß dieser Mensch doch leben.

SCHRIFTSTELLER Nun gut. Denken wir uns eine weite Hügellandschaft, sich irgendwo in trostlose Gebirge verlierend und dämmerhafte Seen, eine verlorene Großstadt vielleicht und anderswo Tannenwälder und eine unermeßliche Ebene, alles nun überglänzt von einem halbierten Mond zwischen jagenden Wolken.

REGISSEUR Wie im Traum.

SCHRIFTSTELLER Wie im Traum. Dann ein Zimmer, in welchem der Mann schläft.

REGISSEUR Bitte.

SCHRIFTSTELLER Es ist nur dreierlei bedeutend:
Die Nacht um ihn, die Einsamkeit seiner Seele und der Abgrund des Schlafes, in den er versunken.

REGISSEUR Sie schweigen?

SCHRIFTSTELLER Es fällt mir schwer, diese Geschichte zu erzählen, aus Furcht, nicht verstanden zu werden, und es ist wichtig, daß ich verstanden werde.

REGISSEUR Ich werde fragen, wenn ich Sie nicht verstehe.

SCHRIFTSTELLER Fragen Sie, und Sie werden mir helfen.

REGISSEUR Sie dürfen beruhigt sein.

SCHRIFTSTELLER Vor ihm, dem Schlafenden, zwischen dem Licht und dem Bett sitzt sein Doppelgänger, der ihn betrachtet, als dunkler Schatten vor der schwach brennenden Lampe.

REGISSEUR Sein Doppelgänger?

SCHRIFTSTELLER Sie scheinen dieses Motiv nicht zu lieben?

REGISSEUR Es ist ungewöhnlich, und ich liebe es nicht, weil es oft zu billigem Spuk mißbraucht worden ist.

SCHRIFTSTELLER Es würde mir großes Unrecht geschehen, wenn meine Geschichte so aufgefaßt würde. Ich weiß von der Ehrfurcht, mit der ein solches Motiv behandelt sein will.

REGISSEUR Dies wäre der Ausgangspunkt der Handlung?

SCHRIFTSTELLER Sind Sie damit einverstanden?

REGISSEUR Sie wissen, daß ich mein Unbehagen geäußert habe, und ich bitte Sie, die Erzählung fortzusetzen.

SCHRIFTSTELLER Ich brauche eine ruhige Männerstimme, in der wir eine gewisse Furcht zu hören vermeinen.

REGISSEUR Ich kann Ihnen dienen.

SCHRIFTSTELLER Der Doppelgänger sollte eine tiefere Stimme haben, bestimmt und groß.

REGISSEUR Wie Sie es wünschen.

SCHRIFTSTELLER Durch ein Geräusch erschreckt, erwacht der Mann und schaut nach seinem Doppelgänger, den er nicht erkennt. Er liegt unbeweglich, von der ersten Furcht gelähmt, so daß er nur langsam die Sprache findet. Dann aber spricht er ruhig und deutlich.

DER MANN Wer sind Sie?

DER DOPPELGÄNGER Sie sollen nicht fragen.

DER MANN Was wollen Sie von mir in dieser Nacht?

DER DOPPELGÄNGER Das werden Sie sehen.

DER MANN Sie sind ein Dieb?

DER DOPPELGÄNGER Nein.

DER MANN Warum sind Sie gekommen?

DER DOPPELGÄNGER Um Ihnen zu sagen, daß Sie zum Tode verurteilt worden sind.

DER MANN Sie kommen in der Nacht zu mir und sitzen an mein Bett. Ich kenne Sie nicht, und Sie sagen, daß ich zum Tode verurteilt worden bin.

DER DOPPELGÄNGER Es ist so.

DER MANN Wer hat mich zum Tode verurteilt?

DER DOPPELGÄNGER Ich kenne das Gericht nicht.

DER MANN Weshalb?

DER DOPPELGÄNGER Ein Mensch wurde getötet.

REGISSEUR Ich muß protestieren.

SCHRIFTSTELLER Ich kann Sie nicht daran hindern.

REGISSEUR Ich bin verpflichtet, meinen Hörern eine geordnete Geschichte zu bieten. Wenn jemand zum Tode verurteilt worden ist, muß man wissen, wer zum Tode verurteilte.

SCHRIFTSTELLER Ich möchte dieses Gericht lieber nicht ins Spiel ziehen.

REGISSEUR Vergreifen Sie sich nicht an den Gesetzen der Dramatik, mein Herr.

SCHRIFTSTELLER Wen schlagen Sie vor?

REGISSEUR Welche Frage! Irgendein hohes Gericht.

SCHRIFTSTELLER Gut. Das hohe Gericht.

REGISSEUR Fangen wir noch einmal an.

DER MANN Wer sind Sie?

DER DOPPELGÄNGER Sie sollen nicht fragen.

DER MANN Was wollen Sie von mir in dieser Nacht?

DER DOPPELGÄNGER Das werden Sie sehen.

DER MANN Sie sind ein Dieb?

DER DOPPELGÄNGER Nein.

DER MANN Warum sind Sie gekommen?

DER DOPPELGÄNGER Um Ihnen zu sagen, daß Sie zum Tode verurteilt worden sind.

DER MANN Sie kommen in der Nacht zu mir und sitzen an mein Bett. Ich kenne Sie nicht, und Sie sagen, daß ich zum Tode verurteilt worden bin.

DER DOPPELGÄNGER Es ist so.

DER MANN Wer hat mich zum Tode verurteilt?

DER DOPPELGÄNGER Das hohe Gericht.

DER MANN Weshalb?

DER DOPPELGÄNGER Ein Mensch wurde getötet.

DER MANN Was kümmert mich dieser Mensch. Ich habe nicht getötet.

DER DOPPELGÄNGER Ich habe getötet.

DER MANN Sie sind ein Mörder?

DER DOPPELGÄNGER Ich bin ein Mörder.

DER MANN So müssen Sie sterben.

DER DOPPELGÄNGER Das hohe Gericht bestimmte, daß es

Ihnen zukomme, meine Schuld zu tragen und für mich zu sterben.

DER MANN Ein Irrtum!

DER DOPPELGÄNGER Das hohe Gericht pflegt sich nicht zu irren.

DER MANN Ich bin unschuldig.

DER DOPPELGÄNGER Noch haben Sie mein Gesicht nicht gesehen, daß Sie so sprechen, denn es ist zwischen Ihnen und der Lampe. Ich ergreife das Licht und stelle es auf diesen Tisch. Nun fällt der Schein voll auf mein Antlitz.

DER MANN Mein Gott!

DER DOPPELGÄNGER Sie dürfen sich nicht fürchten.

DER MANN Ich sehe mich. Ich sehe mein Gesicht und meinen Leib.

DER DOPPELGÄNGER Ich bin Ihr Doppelgänger.

DER MANN So habe ich die Augen im Antlitz, so bewegt sich mein Mund, und so bewegen sich meine Hände über meine Stirne.

DER DOPPELGÄNGER Ihre Stimme zittert.

DER MANN Nehmen Sie das Licht fort, nehmen Sie es fort. Ich könnte mich in Ihnen hassen.

DER DOPPELGÄNGER So sehr verachten Sie sich?

DER MANN Nehmen Sie das Licht fort.

DER DOPPELGÄNGER Bitte.

DER MANN Wie haben Sie mich gefunden?

DER DOPPELGÄNGER Das hohe Gericht schickte mich.

DER MANN Das hohe Gericht. Immer wieder das hohe Gericht!

DER DOPPELGÄNGER Es schickte mich, Sie jenen auszuliefern, die an Ihnen das Urteil vollziehen werden.

DER MANN Ich bin unschuldig!

DER DOPPELGÄNGER Wir sind alle des Todes schuldig.

DER MANN Ich habe nicht getötet.

DER DOPPELGÄNGER Ich habe getötet.

DER MANN *verzweifelt* Was kümmert mich Ihre Tat? Was

kümmert mich Ihre Schuld? Was soll ich büßen für das, was Sie getan haben?

DER DOPPELGÄNGER *unbarmherzig* Sie hätten meine Tat begangen, wenn Sie versucht worden wären, wie ich versucht wurde. Meine Schuld ist Ihre Schuld. Wir sind gleich an Gesicht, gleich an Leib, gleich in unserer Seele und gleich in unserem Keim.

REGISSEUR Sie gestatten, den Gang der Handlung zu unterbrechen?

SCHRIFTSTELLER Sie tun dies in einem Augenblick, in welchem es mir schwerfallen würde weiterzufahren.

REGISSEUR Der Doppelgänger handelt im Namen des hohen Gerichts?

SCHRIFTSTELLER Möglich.

REGISSEUR Er redet ständig davon.

SCHRIFTSTELLER Sie haben ihm schließlich selbst das Stichwort geliefert.

REGISSEUR Es muß deutlich werden, ob dieses hohe Gericht wirklich oder nur eine Erfindung des Doppelgängers ist.

SCHRIFTSTELLER Das ist mir gleichgültig.

REGISSEUR Sie weichen aus.

SCHRIFTSTELLER Ich kann nur sagen, daß es wirklich in unserer Geschichte ist.

REGISSEUR Ich will es genauer haben.

SCHRIFTSTELLER Sie sind ein Pedant.

REGISSEUR Nein, aber ein Regisseur.

SCHRIFTSTELLER Nun gut. Denken wir uns ein kleines Rokokoschlößchen mit vielen Stukkaturen und einem Gerichtssaal, in welchem es eine etwas kitschige Statue der Gerechtigkeit gibt, alles halb versunken in einem weiten Park mit hohen Bäumen: Zedern, Akazien, Fichten, zwischen denen die schwarzen Automobile der hohen Richter stehen, wenn das Gericht einmal tagt. Irgendwo das Hämmern eines Spechts, irgendwo das Rufen eines Kuckucks am Abend, irgendwo etwas Sonnenschein und das Silber eines Springbrunnens.

REGISSEUR Wie im Traum.

SCHRIFTSTELLER Wie im Traum.

REGISSEUR Und dieses hohe Gericht hat den Mann zum Tode verurteilt?

SCHRIFTSTELLER Es scheint so.

REGISSEUR Weil alle Menschen des Todes schuldig seien?

SCHRIFTSTELLER Seine Behauptung.

REGISSEUR Diesen Satz kann man doch nicht wörtlich nehmen.

SCHRIFTSTELLER Das hohe Gericht nimmt ihn wörtlich.

REGISSEUR Und wie denken Sie sich die Handlung weiter?

SCHRIFTSTELLER Ich muß gestehen, daß sie mir erst in großen Zügen deutlich wird. Ich denke mir, daß bald darauf Männer in das Haus dringen und den Mann im Namen des hohen Gerichts verhaften.

REGISSEUR Und der Doppelgänger?

SCHRIFTSTELLER Ist verschwunden. Die Männer führen den Mann ins Gefängnis. Er versichert, unschuldig zu sein, aber sie zucken die Achseln. Er protestiert, man hört nicht auf ihn.

REGISSEUR Er wird sich einen Rechtsanwalt nehmen.

SCHRIFTSTELLER Die Rechtsanwälte lehnen die Übernahme seines Falles ab, da seine Schuld deutlich, das Urteil gefällt und die Behauptung, ein Doppelgänger habe den Mord begangen, nun doch zu billig sei.

REGISSEUR Dann wissen nur das hohe Gericht und er, daß es einen Doppelgänger gibt?

SCHRIFTSTELLER Niemand anders weiß es.

REGISSEUR Er wird sich ans hohe Gericht wenden.

SCHRIFTSTELLER Ans hohe Gericht kann man sich nicht wenden.

REGISSEUR Sie flößen mir über diese Institution eine merkwürdige Meinung ein.

SCHRIFTSTELLER Ich kann es nicht ändern.

REGISSEUR Der Mann wird unter so empörenden Zuständen des Rechts in diesem Lande die Beteuerung seiner Unschuld fortsetzen.

SCHRIFTSTELLER Immer wieder schreit der Mann in die Nacht seiner Zelle, daß er unschuldig sei.

DER MANN Ich bin unschuldig. Ich kann nur sagen, daß ich unschuldig bin. Ich weiß, daß ich keinen Glauben finde und daß die Ohren meiner Richter ohne Gefühl sind wie die Wände meines Kerkers. Aber ich bin unschuldig. Ich bin ein Mensch wie jeder von euch. Ich stehe am Morgen auf und schleppe mich durch den Tag, verdiene, um zu essen, esse, um zu verdienen, und freue mich, wenn es Stunden gibt, in denen die Freude glänzt. O fragen Sie nicht, warum ich hier bin, zwischen diesen kahlen Wänden aus Stein, ich will es nicht mehr wissen. Ich kann nur sagen, daß ich unschuldig bin und nicht getötet habe. Wie könnte ich töten, wie könnten meine Hände töten, die nie anderes getan haben denn die Arbeit, die mich nährte. Ich weiß, daß jeder, der mich hört, glauben muß, ich sei ein Schwindler oder ein Feiger, oder ein armer Irrer. Ich bin unschuldig. Mein Gott, ich bin unschuldig. Ich muß diesen Satz immer wieder in die Nacht hineinbrüllen: Ich bin unschuldig, um mich an diesem Wort aufzurichten, mein Recht zu verteidigen vor Gott und den Richtern: Ich bin unschuldig!

REGISSEUR Der Mann hat recht. Das sieht jeder, daß der Mann recht hat.

SCHRIFTSTELLER Die Nacht kommt, die dem Morgen seines Todes vorangeht. Er liegt auf einer Pritsche, das Gesicht gegen die Türe gerichtet, die sich öffnet. In dem schwarzen Viereck erblickt er den Doppelgänger, der sich langsam aus der Nacht löst.

DER MANN Sie sind noch einmal zu mir gekommen?

DER DOPPELGÄNGER Ich bin wieder bei Ihnen.

DER MANN Was wollen Sie noch von mir, wenn ich doch sterben muß?

SCHRIFTSTELLER Die beiden sprechen zu pathetisch. Zu viel Gefühl.

REGISSEUR Zu pathetisch? Zu viel Gefühl?

SCHRIFTSTELLER Sie sollten nüchtern und klar sprechen. Es geht um die Sache, nicht um ihre Gefühle.

REGISSEUR Wie Sie wollen. Bitte. Sie werden sprechen, als ginge es um irgendein Bankgeschäft.

DER MANN Sie sind noch einmal zu mir gekommen?

DER DOPPELGÄNGER Ich bin wieder bei Ihnen.

DER MANN Was wollen Sie noch von mir, wenn ich doch sterben muß?

DER DOPPELGÄNGER Ich bin gekommen, das Bekenntnis Ihrer Todesschuld zu hören.

DER MANN Ich muß sterben. Ich kann mich nicht wehren. Aber ich werde noch im Sterben schreien: Ich bin unschuldig.

DER DOPPELGÄNGER Sie bestehen darauf, unschuldig zu sein?

DER MANN Ich habe nicht getötet.

Der Doppelgänger löst die Fesseln.

DER MANN Sie lösen meine Fesseln?

DER DOPPELGÄNGER Stehen Sie auf!

DER MANN Wohin führen Sie mich?

DER DOPPELGÄNGER Was kümmert Sie das.

DER MANN Warum haben Sie die Macht, meine Fesseln zu lösen?

DER DOPPELGÄNGER Ich handle im Namen des hohen Gerichts. Kommen Sie mit mir. Schon durcheilen wir den langen Gang und gehen die Treppe hinab.

Schritte.

DER MANN Wir gehen die Treppe hinab, und niemand hält uns auf, und kein Wärter sieht uns. Was will das hohe Gericht von mir?

Schritte.

DER DOPPELGÄNGER Da Sie sich als unschuldig betrachten, hat das hohe Gericht Sie mir übergeben.

Schritte.

DER MANN Wir gehen über den Hof, und das große Tor öffnet sich von selbst.

Schritte.

DER DOPPELGÄNGER Wir betreten die Einsamkeit der Straßen und der Plätze, und Sie sollen noch in dieser Nacht erkennen, daß Sie des Todes schuldig sind.

Schritte.

DER MANN Wie soll ich dies erkennen?

Schritte.

DER DOPPELGÄNGER Sie werden einen Menschen töten.

Schritte.

DER MANN Ich bin kein Mörder.

Schritte.

DER DOPPELGÄNGER Was wissen Sie von dem, was in Ihnen verborgen ist? Wer kennt sich selber? Sie werden nach eigenem Willen handeln und zum Mörder werden.

Schritte.

DER MANN Wen werde ich töten?

Schritte.

DER DOPPELGÄNGER Wollen Sie das wissen?

Schritte.

DER MANN Ich will es wissen.

Schritte.

DER DOPPELGÄNGER Sie werden mich töten.

Schritte.

DER MANN Nie werde ich einen Menschen töten. Bei dieser Nacht und bei diesem Himmel schwöre ich: Nie werde ich einen Menschen töten.

Schritte.

DER DOPPELGÄNGER Was haben Sie in Gedanken erwogen, als ich Ihre Zelle betrat?

Schritte.

DER MANN Wie können Sie dies wissen?

Schritte.

DER DOPPELGÄNGER Ich kenne Ihre Gedanken.

Schritte.

REGISSEUR Schritte, nichts als Schritte. Erzählen Sie weiter.

SCHRIFTSTELLER Der Mann folgt seinem Doppelgänger, der ihn durch einsame Gassen führt, mitten durch die große Stadt, durch verlassene Parkanlagen und später durch Stadtteile, die der Mann noch nie gesehen und von denen er noch nie gehört hat, in denen die Häuser altertümlich sind, mit merkwürdigen Giebeln, die sich mit scharfen Zacken vom Himmel abheben, und gotischen Spitzbögen, die Fronten mit seltsamen Zeichen bemalt. Doch sind die Gassen leer und still, und nur der Widerhall ihrer Schritte ist um die beiden. Dann betreten sie ein Haus in einer kleinen gewundenen Gasse. Die Häuser sind grau und verwittert, und der Mann sieht an ihnen Spuren einer Zeit, von der wir kaum Kunde besitzen. Die Fenster sind leer oder mit Fellen verhängt. Das Haus aber, das sie betreten, besitzt gegen die Gasse keine Fenster, obgleich es die größte Fassade hat, die ohne Schmuck sich als eine dumpfe, vermoderte Fläche über die Gasse neigt, nur unterbrochen von einer Türe, die nieder ist und breit, gleich einem Joch, da die Schwelle sich unter der Höhe der Gasse befindet.

REGISSEUR Wie im Traum.

SCHRIFTSTELLER Immer wieder wie im Traum.

Man hört eine Türe sich öffnen.

DER DOPPELGÄNGER Achten Sie darauf, daß Sie nicht fallen.

DER MANN Wo sind wir?

DER DOPPELGÄNGER Wir sind mitten im Herzen der Stadt. Ich schließe die Türe wieder.

DER MANN Es ist dunkel.

DER DOPPELGÄNGER In der Halle ist Licht. Nur einige Schritte, und Sie werden das Licht sehen.

DER MANN Ist das Ihr Haus?

DER DOPPELGÄNGER Es ist mein Haus. Treten Sie in die große Halle ein.

DER MANN Ein großer Tisch aus schwerem Holz mit glatter Fläche und dunkle Bilder an den Wänden.

DER DOPPELGÄNGER Es geschieht selten, daß einer seinen Mörder willkommen heißt: Ich heiße Sie willkommen.

DER MANN Ich bin in Ihrer Gewalt.

DER DOPPELGÄNGER Ich bitte Sie, die Treppe nach oben zu sehen.

DER MANN Die Treppe endet in einer Empore, die sich im Dunkel verliert.

DER DOPPELGÄNGER Jemand erwartet Sie dort.

DER MANN Ich sehe eine Frau, die nun langsam aus dem Dunkel tritt.

DER DOPPELGÄNGER Sie steht unbeweglich oben an der Treppe und schaut nach Ihnen.

DER MANN Sie schaut mitten in mein Gesicht.

DER DOPPELGÄNGER Ist sie nicht schön?

DER MANN Sie ist schön.

DER DOPPELGÄNGER Haben Sie je ein schöneres Weib gesehen?

DER MANN Nie sah ich ein schöneres Weib.

DER DOPPELGÄNGER Sie winkt Ihnen.

DER MANN Was will sie von mir?

DER DOPPELGÄNGER Fragen Sie nicht. Gehen Sie hinauf zu ihr. Ich werde hier unten sein, an diesem Tisch, und die Hände auf seine Fläche legen und warten. Gehen Sie nun zu ihr.

EINE FRAUENSTIMME Wer sind Sie?

SCHRIFTSTELLER Sie werden mich entschuldigen, wenn ich unterbreche.

REGISSEUR Warum gerade jetzt?

SCHRIFTSTELLER Die Stimme der Frau denke ich mir anders.

REGISSEUR Meine beste Stimme, mein Herr.

SCHRIFTSTELLER Die Stimme ist zu mädchenhaft. Ich denke sie einer letzten Verzweiflung entsprungen und sehr zwingend.

REGISSEUR Ich werde Ihnen eine solche Stimme zur Verfügung stellen.

SCHRIFTSTELLER Ich danke Ihnen.

EINE ANDERE FRAUENSTIMME Wer sind Sie?

DER MANN Ich bin ein Mensch, wie es viele Menschen gibt: nicht mehr und nicht weniger. Es ist nichts, in welchem ich besser wäre, und nichts, in welchem ich schlechter wäre, aber dennoch ist großes Unglück über mich gekommen. Ich soll büßen für eine Schuld, die nicht die meine ist, und ich soll des Todes sterben für eine Tat, die ich nicht begangen habe.

DIE FRAU Ich bin eine Frau, wie es viele gibt auf dieser Erde und unter diesem Himmel. Ich bin schön, und wenn ich über die Straße gehe, sehen die Männer nach mir, und auf den Plätzen recken die Kinder die Hand nach mir. Ich habe geliebt, aber die Liebe hat mich getötet, und der Mann, den ich liebte, hat mich zerbrochen. Ich gehe und weiß nicht, wohin, ich lebe und weiß nicht, für wen. Meine Hände sind leer, und meine Augen sind blind. Der Kuß, den ich gebe, verführt, das Wort, das ich sage, verdammt, die Tat, die ich säe, richtet.

DER MANN Was wollen Sie von mir?

DIE FRAU Ich werde Ihnen die Hand geben und Sie führen.

Einige Schritte.

DER MANN Wo sind wir?

DIE FRAU Wir sind in meinem Zimmer. Ich werde eine Kerze anzünden, so sehen Sie mein Gesicht und ich das Ihre.

DER MANN Ich sehe Ihr Gesicht und Ihre Haare im Licht der Kerze und Ihren Hals und das Kleid, das niederfällt in weiten Falten.

DIE FRAU Warum schlagen Sie die Augen nieder, wenn ich Sie anschaue?

DER MANN Ich bitte Sie, mir zu sagen, was von mir verlangt wird.

DIE FRAU Wissen Sie das nicht?

DER MANN Ich weiß es nicht.

DIE FRAU Kommen Sie her zu mir. Ganz nah her zu mir. Küssen Sie mich.

DER MANN Ich habe Sie geküßt.

DIE FRAU Nun wissen Sie doch, was ich von Ihnen will.

DER MANN Sie sind sein Weib?

DIE FRAU Ich bin sein Weib.

DER MANN Er hat getötet, weil er Sie liebt?

DIE FRAU Ich habe ihn dazu gezwungen.

DER MANN Nun verlangen Sie von mir, daß ich ihn töte.

DIE FRAU Ich verlange es.

DER MANN Ich bin kein Mörder.

DIE FRAU Sie haben mich geküßt.

DER MANN Warum muß er sterben?

DIE FRAU Er liebt nur sich.

DER MANN Sie sagten, daß Sie ihn gezwungen hätten, einen Mord zu begehen?

DIE FRAU Ich konnte ihn zwingen, weil er nur sich liebt.

DER MANN Sie lieben ihn?

DIE FRAU Ich liebe ihn.

DER MANN Warum verlangen Sie dann von mir, daß ich ihn töte?

DIE FRAU Kann ich das wissen? Weiß ich, warum wir uns küßten und warum ich dies alles sage? Ich weiß es nicht. Warum ich bin und warum diese Kerze brennt und Ihr

Gesicht im Licht der Kerze ist, ich weiß es nicht. Ich weiß nur, daß er sterben muß und daß Sie ihn töten müssen.

DER MANN Was soll ich tun?

DIE FRAU Sie gehen hinunter zu ihm.

DER MANN Ich werde zu ihm hinuntergehen.

DIE FRAU Sie werden bei ihm sitzen und die Hände wie er auf den Tisch legen und mit ihm sprechen.

DER MANN Ich werde dies alles tun.

DIE FRAU Dann werde ich herunterkommen und bringen, was er verlangt. Zwei Gläser und Wein in einer Kanne und Brot auf einem Teller.

DER MANN Wein und Brot.

DIE FRAU In dem einen Glas wird Gift sein: Staub, der kaum den Boden deckt.

DER MANN Ich werde Sie erwarten.

REGISSEUR Nun wird er hinuntergehen zu seinem Doppelgänger.

SCHRIFTSTELLER Er wird hinuntergehen zu ihm, der am hölzernen Tisch sitzt in der großen Halle mit den dunklen Bildern.

REGISSEUR Ich möchte doch bemerken, daß mich die Art und Weise befremdet, mit der Sie vorgehen.

SCHRIFTSTELLER Ich bin kein Dichter.

REGISSEUR Ich bin kein Kunstrichter. Es scheint mir nur gewagt, die Gestalten so auftreten zu lassen, wie Sie es tun. Wie aus dem Nichts geworfen, stehen sie vor uns, und wir hören ihre Stimmen, als kämen sie aus dem Nichts. Wir erfahren ihre Namen nicht und nicht, wie sie leben. Ihr Schicksal wird nur angedeutet, und das Angedeutete nicht aufgehellt.

SCHRIFTSTELLER Sie möchten mehr über meine Gestalten erfahren?

REGISSEUR Man soll mit der menschlichen Neugier rechnen.

SCHRIFTSTELLER Ich gebe zu, daß es mir nicht schwerfallen würde, Namen zu erfinden und die Schicksale aufzuhellen. Doch bin ich der Ansicht, daß dies meiner Absicht schaden würde.

REGISSEUR Was ist Ihre Absicht?

SCHRIFTSTELLER Ein Gleichnis zu erzählen.

REGISSEUR Das Gleichnis vom Manne, dem Unrecht geschah.

SCHRIFTSTELLER Sie werden nun verstehen, warum nicht wichtig ist, was sonst wichtig wäre: um des Gleichnisses willen. Jeder von uns könnte der Mann sein, dem sein Doppelgänger begegnet.

REGISSEUR Zugegeben. Aber auf Namen sollten wir nie verzichten.

SCHRIFTSTELLER Sind Sie mit dem Namen Meier für den Mann einverstanden?

REGISSEUR Das ist kein Name für ein Hörspiel.

SCHRIFTSTELLER Pedro?

REGISSEUR Besser. Das klingt nach fremdem Lande.

SCHRIFTSTELLER Für den Doppelgänger Diego?

REGISSEUR Einverstanden.

SCHRIFTSTELLER Und Inez für die Frau.

REGISSEUR Erzählen wir weiter.

DIEGO Ich sah Sie die Treppe heruntersteigen, Pedro. Ich sah Ihnen entgegen. Ihr Gesicht sah ich und Ihre Hand gespreizt über dem Geländer.

PEDRO Ich bin müde.

DIEGO Nehmen Sie Platz.

PEDRO Ich danke Ihnen, Diego.

DIEGO Nun?

PEDRO Ich habe mit Inez gesprochen.

DIEGO Sie verlangt, daß Sie mich töten?

PEDRO Sie verlangt es.

DIEGO Dann werden Sie tun müssen, was sie verlangt.

PEDRO Ich sehe keinen Ausweg.

DIEGO Es gibt keinen.

PEDRO Ich höre Schritte die Treppe herunterkommen.

DIEGO Sie hören Schritte, und Sie wissen, was diese Schritte bedeuten. Werden Sie mit mir trinken?

PEDRO Ich werde mit Ihnen trinken.

DIEGO Du kennst meinen Gast. Du hast ihm mit der Hand ein Zeichen gegeben, und er ist zu dir gekommen.

INEZ Ich bin oben an der Treppe gestanden, und ich habe ihm ein Zeichen gegeben mit der Hand, und er ist gekommen, die Stufen hinauf und über den Gang in mein Zimmer.

DIEGO Er sagte mir, was du von ihm verlangt hast.

INEZ Deinen Tod.

DIEGO Meinen Tod.

INEZ Du hast diesen Mann in dein Haus geführt, damit ich dies von ihm verlange.

DIEGO Es ist so.

INEZ Du rechnest, und deine Rechnung stimmt.

DIEGO Ich täusche mich nie.

INEZ Nun mußt du sterben.

DIEGO Gewiß.

INEZ Auch die Rache hast du aus meinen Händen genommen. Nun ist alles dein Wille: dein Verbrechen und dein Tod, deine Schuld und deine Sühne. Dieser Wein und dieses Brot ist alles, was ich dir noch geben kann.

DIEGO Schenken Sie ein, mein Herr, schenken Sie ein. Sie sind mein Henker. Es ist an Ihnen, mir das Glas zu geben, aus dem ich trinken soll.

INEZ *hart* Schenken Sie ein! Geben Sie ihm das Glas, aus dem er trinken soll!

Es fällt ein Schuß.

REGISSEUR Ein Schuß ist gefallen!

SCHRIFTSTELLER Sie scheinen aufgeregt.

REGISSEUR Wieso ein Schuß?

SCHRIFTSTELLER Wie Inez gesprochen hatte, hielt Pedro eine Waffe in den Händen.

REGISSEUR Eine Waffe?

SCHRIFTSTELLER Die er in der halb offenen Tischschublade gesehen hatte.

REGISSEUR Er hat auf den Doppelgänger geschossen?

SCHRIFTSTELLER Er hat auf Inez geschossen.

REGISSEUR Auf die Frau?

SCHRIFTSTELLER Er richtete die Waffe langsam auf die Frau, und wie der Schuß sich löst –

Es fällt noch einmal der Schuß.

SCHRIFTSTELLER sinkt das Weib in die Arme Diegos zurück.

DIEGO *unbarmherzig* Sie ist tot.

REGISSEUR Ich verstehe nicht. Warum tötet Pedro die Frau? Es ging doch aus der Geschichte hervor, daß er seinen Doppelgänger töten sollte.

SCHRIFTSTELLER Er tötete Inez. Der Doppelgänger und Pedro heben die Tote empor und tragen sie durch die Halle auf eine Bank, die sich in einer Nische unter einem Bild befindet, das jedoch so dunkel ist, daß Pedro nicht zu erkennen vermag, was darauf dargestellt ist. Sie stehen beide vor der Toten und schauen auf sie, die still vor ihnen ausgebreitet liegt, mit weißem Gesicht und weißen Händen, und irgendwo durch ein fernes Fenster fällt das erste Grauen des Morgens.

PEDRO Ich habe getötet.

DIEGO Sie haben getötet, weil Sie nicht töten wollten. Sie wurden zum Mörder aus Furcht, ein Mörder zu werden.

PEDRO Auch Sie haben sich verrechnet.

DIEGO Ich habe mich nicht verrechnet.

PEDRO Was wollen Sie damit sagen?

DIEGO Ihre Tat war mein Wille, und Ihr Verbrechen mein Gedanke. Das Weib mußte sterben, denn es war der Grund des Verbrechens, das ich begangen habe.

PEDRO So bin ich nur ein Werkzeug gewesen?

DIEGO Das Beil, mit dem ich getötet habe.

PEDRO Sie haben mich überlistet.

DIEGO Sie können gehen. Ich brauche Sie nicht mehr.

PEDRO Sie sind ein Teufel.

DIEGO Nein. Aber ich kenne die Menschen.

Stille.

PEDRO Ich kann gehen?

DIEGO Bitte.

PEDRO Wohin?

DIEGO Wohin Sie wollen.

PEDRO Das hohe Gericht wird mich verhaften.

DIEGO Sie sind schließlich ein Mörder.

Stille.

PEDRO Wir werden diesen Wein zusammen trinken, und dann werde ich gehen.

DIEGO *wie mißtrauisch* Sie wollen trinken?

PEDRO Draußen steigt der Morgen herauf über die Stadt, mein Herr. Darauf wollen wir trinken.

REGISSEUR Und?

SCHRIFTSTELLER Der Mann, den wir Pedro nennen, steht vor

seinem Doppelgänger Diego, der sich wieder an den Tisch gesetzt hat. Er schaut ihn an. Dann setzt er sich an den Tisch, auf dem die beiden Gläser sind und die Kanne mit dem Wein, die er mit sicherer Hand faßt und die Gläser füllt.

REGISSEUR Sie trinken?

SCHRIFTSTELLER Sie trinken beide. Diego schaut Pedro an, schweigend, lange, mit unbeweglichen, drohenden Augen, zwei kalte Steine im mächtigen Gesicht, bis seiner Hand auf einmal das Glas entfällt und am Boden zerspringt.

Ein Glas zerspringt.

SCHRIFTSTELLER Er neigt sich über den Tisch und sinkt zusammen, den Kopf zwischen den Händen, die ruhig liegen. Pedro ist aufgesprungen. Die Kerzen sind niedergebrannt, die weißen Wände erloschen, und auf dem Tisch und auf dem Boden liegt der Wein in schwarzen Lachen. Der Doppelgänger richtet sich von neuem hoch, wenn auch mühsam und keuchend, und lehnt sich nach hinten in den Sessel. Sein Antlitz ist, wie immer, mit klaren steinernen Augen. Pedro umfängt den Sterbenden mit beiden Armen und schreit ihm ins Ohr, während von irgendwoher, immer mächtiger, immer bedrohlicher, ein milchiger Morgen hereinflackert.

PEDRO Sagen Sie die Wahrheit.

DIEGO *langsam* Der Morgen ist da, nicht wahr?

PEDRO Hören Sie meine Stimme?

DIEGO Mein Tod ist leicht, und ich höre, was Sie fragen, wenn auch wie von ferne.

PEDRO Wußten Sie, daß ich Sie töten werde, wußten Sie das?

DIEGO Ich habe es Ihnen gesagt.

PEDRO Warum haben Sie mich dann befreit, wenn Sie dies alles wußten?

DIEGO Es tut nicht gut, die Wahrheit zu wissen.

PEDRO Ich will sie wissen.

DIEGO Ich kam in dieser Nacht in Ihre Zelle, um für Sie zu sterben. Aber Sie haben meine Schuld nicht auf sich genommen.

PEDRO *leise* Ich habe Ihre Schuld nicht auf mich genommen.

DIEGO Wenn Sie dies getan hätten in der Nacht, die nun vergeht, wären Sie frei gewesen.

PEDRO Frei?

DIEGO Im Namen des hohen Gerichts. Ich wäre gern für Sie gestorben.

PEDRO Dies hatte das hohe Gericht bestimmt?

DIEGO Sein Wille.

PEDRO Sie sagen die Wahrheit?

DIEGO Sie haben sie gewollt.

PEDRO Und nun habe ich getötet.

DIEGO Inez und mich. Ich trank vom Wein, den Sie mir gaben.

PEDRO Was sind Sie für ein Mensch?

DIEGO Ein Mensch wie Sie, nichts weiter.

REGISSEUR Er stirbt?

SCHRIFTSTELLER Er stirbt.

REGISSEUR Zwei Morde in zehn Minuten. Wie im Kino. Sie machen Fortschritte.

SCHRIFTSTELLER Sie wünschten etwas Handfestes.

REGISSEUR Und Pedro erwacht.

SCHRIFTSTELLER *verwundert* Wie meinen Sie das?

REGISSEUR Alles war nur ein Traum.

SCHRIFTSTELLER *bestürzt* Wieso?

REGISSEUR Die Einsamkeit seiner Seele, der Abgrund des Schlafs, in den er versunken, die weite Hügellandschaft, sich irgendwo in trostlose Gebirge und dämmerhafte Seen verlierend, wie Sie sich auszudrücken beliebten, die verlorene Großstadt mit altertümlichen Häusern und merkwürdigen Giebeln, die sich von einem nächtlichen Himmel abheben, alles überglänzt von einem halbierten Mond: Kulissen einer Nacht, aus der man schreckhaft erwacht. Wie im Traum, waren Ihre Worte, immer wie im Traum.

SCHRIFTSTELLER Wie im Traum, gewiß, so kam alles dem Manne vor, doch das stille, weiße, tote Weib in der Nische unter dem dunklen Bild und sein Doppelgänger, zusammengesunken im Sessel am hölzernen Tisch, die blieben auch in der unbarmherzigen Fülle angeschwemmten Lichts.

REGISSEUR *verwundert* Was wollen Sie damit sagen?

SCHRIFTSTELLER Der Mann ging hin an diesem Morgen, der mächtig und silbern über der Stadt hing, und stellte sich dem hohen Gericht. Er bekannte sich des Todes schuldig.

REGISSEUR *bestürzt* Es war kein Traum?

SCHRIFTSTELLER Es hat sich nie um einen Traum gehandelt.

REGISSEUR Ich protestiere. Der Morgen mag noch so silbern und noch so mächtig über der Stadt hängen, und ich wette, gleich kommen Sie noch mit der plötzlich frei schwebenden Sonne. Eine billige Attrappe von etwas Nebel und Licht genügt nicht, den Schluß zu verherrlichen, den Sie Ihrer Geschichte geben wollen.

SCHRIFTSTELLER Wenn der Mann erwacht wäre, wenn alles nur ein Traum gewesen wäre, wären Sie zufrieden?

REGISSEUR Das wäre wenigstens eine Lösung gewesen. Im Traum ist alles erlaubt, auch das Ungerechte. In den Träumen ist das Gruseln legitim. Wenn Sie aber die Geschichte, die Sie mir da erzählt haben, aus dem Traum in die Wirklichkeit ziehen wollen, wird sie eine ärgerliche Geschichte.

SCHRIFTSTELLER Es ist mein Prinzip, nur ärgerliche Geschichten zu erzählen.

REGISSEUR Das haben Sie vollkommen erreicht. Dem Manne, den wir Diego genannt haben, ist Unrecht geschehen.

SCHRIFTSTELLER Sie meinen Pedro?

REGISSEUR Es ist mir gleichgültig, wie der Mann heißt.

SCHRIFTSTELLER Ich war auch immer der Meinung.

REGISSEUR Es geht mir um die Sache, nicht um Namen. Ich

gebe zu, daß der Mann zum Mörder wurde und daß er so schuldig geworden ist. Wir müssen jedoch die Hintergründe betrachten, die ihn zum Morde trieben, und wir müssen sagen, daß er unschuldig zum Mörder wurde. Er beging ein Verbrechen, weil er eine Schuld nicht auf sich nahm, die er nicht begangen hatte. Was von ihm verlangt wurde, kann nicht verlangt werden. Seine jetzige Schuld kann das Unrecht nicht aufheben, das an ihm begangen wurde. Ich will mit dem Mann sprechen. Er wird mir recht geben.

SCHRIFTSTELLER Sie wollen mit ihm sprechen?

REGISSEUR Bin ich nicht der Regisseur?

SCHRIFTSTELLER Sie haben recht. Sie sind der Regisseur.

REGISSEUR Sagen Sie mir, wo ich den Mann sprechen kann.

SCHRIFTSTELLER Wie der Doppelgänger starb, erhob sich der Mann und wandte sich gegen die Türe, die er unverschlossen fand. Er verließ das Haus und eilt nun durch die Stadt.

DER MANN Ich habe getötet! Hört, ihr Menschen, ich habe getötet! Ich eile durch die Gassen dahin und über die Plätze dahin, die vor mir liegen im Morgen. Ich bin schuldig, ich bin des Todes schuldig, denn ich habe eine Frau getötet und einen Mann. Ich habe getötet, ich muß immer wieder schreien: Ich habe getötet!

SCHRIFTSTELLER Er eilt durch die Straßen der Stadt, die Hände zum Himmel gereckt und die Augen weit geöffnet.

REGISSEUR Ich werde ihn an der Straßenecke erwarten.

SCHRIFTSTELLER Er wird vor Ihnen auftauchen aus den Schleiern von Licht und Nebel, und Sie werden sein Gesicht sehen.

Eilende Schritte, die sich nähern.

REGISSEUR Warten Sie! Ich bitte, warten Sie!

DER MANN Wer ruft mich?

REGISSEUR Ein Freund.

DER MANN Was wollen Sie von mir?

REGISSEUR Ich muß mit Ihnen reden.

DER MANN Ich habe getötet.

REGISSEUR Gehen Sie nicht von mir.

DER MANN Ich habe Ihnen nichts anderes zu sagen.

REGISSEUR Ich habe Sie an dieser Straßenecke erwartet, damit Sie wissen, daß ich zu Ihnen stehe. Ich werde Sie bis zum letzten verteidigen.

DER MANN Ich brauche keine Hilfe.

REGISSEUR Das Unglück ist groß und das hohe Gericht hierzulande offenbar allmächtig, wie es scheint. Aber wir werden viel erreichen, denn Sie sind unschuldig.

DER MANN Ich habe getötet.

REGISSEUR Sie sind verwirrt. Das Unglück ist über Sie gekommen und hat Sie verwirrt. Wenn Sie nachdenken, wird es Ihnen deutlich, daß Sie unschuldig sind. Zwar leugnen wir nicht, daß eine gewisse Schuld an Ihnen haftet, doch berücksichtigen wir das Vorgehen des hohen Gerichts und das ungerechte Todesurteil, das über Sie gefällt wurde. Wir wissen, daß Sie durch dieses Unrecht zum Verbrechen gezwungen wurden.

DER MANN Ich werde mich dem hohen Gericht unterwerfen.

REGISSEUR Das hohe Gericht ist ungerecht. Es hat schon zum vorneherein gegen Sie entschieden.

DER MANN Ich sehe heute, daß es recht hatte.

REGISSEUR Niemand kann auf eine Schuld hin zum Tode verurteilt werden, die er nicht beging.

DER MANN Ich war ein Mörder, ohne zu töten, ich war des Todes schuldig, ohne ein Verbrechen begangen zu haben.

REGISSEUR Das ist ungerecht. Vom Menschen aus gesehen, ist das ungerecht.

DER MANN Ich habe es aufgegeben, vom Menschen aus zu sehen.

REGISSEUR Was von Ihnen in jener nächtlichen Stunde im Gefängnis verlangt wurde, kann von keinem Menschen verlangt werden.

DER MANN Wurde von mir mehr verlangt als Glaube?

REGISSEUR *verwundert* Glaube?

DER MANN Glaube an die Gerechtigkeit des hohen Gerichts.

REGISSEUR Wenn Sie jetzt glauben, das hohe Gericht habe recht, müssen Sie sich aufgegeben haben.

DER MANN Ich habe mich aufgegeben.

REGISSEUR Gerade jetzt müssen Sie weiterkämpfen!

DER MANN Es ist Morgen, mein Herr.

REGISSEUR *unsicher* Gewiß. Es ist Morgen.

DER MANN Der Bote des hohen Gerichts wartet am Ende der Gasse.

REGISSEUR Ein schäbiger Polizist.

DER MANN Er wird mich zu meinen Richtern führen.

REGISSEUR Sie wollen sich dem hohen Gericht ergeben?

DER MANN Es gibt nichts Schöneres, als sich ihm zu ergeben. Nur wer seine Ungerechtigkeit annimmt, findet seine Gerechtigkeit, und nur wer ihm erliegt, findet seine Gnade.

REGISSEUR Sie sind unschuldig. Sie wissen doch, daß Sie unschuldig sind!

Schritte, die sich eilends entfernen.

SCHRIFTSTELLER Nun?

REGISSEUR *bitter* Der Kerl geht.

SCHRIFTSTELLER Sie wundern sich darüber?

REGISSEUR Es ist schändlich. Der Kerl kapituliert. Er glaubt, das hohe Gericht sei ein gerechtes Gericht.

SCHRIFTSTELLER Und Sie?

REGISSEUR Ich kann mir nicht leicht etwas Grausameres denken als dieses Gericht.

SCHRIFTSTELLER Weil Sie nicht an seine Gerechtigkeit glauben.

REGISSEUR Sie glauben daran?

SCHRIFTSTELLER Ich bin Schriftsteller. Ich stelle dar.

REGISSEUR Sie wollten mir durch diese Geschichte die Gerechtigkeit des hohen Gerichts beweisen.

SCHRIFTSTELLER Das hohe Gericht haben Sie ins Spiel gebracht, nicht ich.

REGISSEUR Um so besser. Nun haben wir wenigstens etwas, das wir anklagen können, und stehen nicht irgendeinem nebelhaften Gott gegenüber, oder was uns sonst ihr Schriftsteller als letzten Ausweg anzupreisen pflegt. Die letzte Instanz ist vorhanden, in einem Rokokoschlößchen mitten in einem weiten Park, wie ich mich erinnere, mit hämmernden Spechten und einem Kuckuck am Abend. Ich bitte Sie, mich dorthin zu führen.

SCHRIFTSTELLER *bestürzt* Sie wollen?

REGISSEUR Ich pflege die Schriftsteller immer beim Wort zu nehmen.

SCHRIFTSTELLER Ich kann Sie nicht hindern.

REGISSEUR Wir stehen im Park?

SCHRIFTSTELLER Wir stehen im Park. Irgendwo ein hämmernder Specht.

Man hört das Hämmern eines Spechts.

SCHRIFTSTELLER Das Rufen des Kuckucks.

Man hört einen Kuckuck rufen.

SCHRIFTSTELLER Seltsam zu dieser Tageszeit. Alles halb versunken. Zedern, Akazien, Fichten, die schwarzen Automobile der hohen Richter dazwischen. Nun etwas Sonnenschein, nun das Silber eines Springbrunnens und jetzt das Rokokoschlößchen, verschnörkelt, überladen, die Fassaden voller Putten, Götter, Nymphen, reichlich kitschig.

REGISSEUR Das Schlößchen, in welchem nun der Mann und der schäbige, hinkende Polizist verschwinden.

SCHRIFTSTELLER Die hohen verrosteten Türflügel des Hauptportals haben sie offen gelassen.

REGISSEUR Folgen wir ihnen.

SCHRIFTSTELLER Eine steinerne Treppe, ausgehöhlt von den unzähligen Tritten der Schuldigen, die über sie stiegen, weite Wände mit verblaßten, schnörkelhaften Fresken, leere Korridore, in denen sinnlos unsere Schritte verhallen, der Gerichtssaal endlich mit der verwitterten Statue der Gerechtigkeit.

REGISSEUR Leer. Alles leer. Keine Richter, kein Angeklagter, nur ein Fenster, das auf und zu klappt im Wind, mit verstaubten Scheiben.

SCHRIFTSTELLER Wo wir auch suchen, wohin wir auch gehen, in diesen Gängen und Sälen voll Gips, zerschlissenen Tapeten und morschen Böden, alles leer.

REGISSEUR *wütend* Und damit soll ich mich zufriedengeben?

SCHRIFTSTELLER Damit müssen wir uns zufriedengeben.

Anmerkung zu ›Der Doppelgänger‹

So schrieb ich denn unmittelbar nach *Es steht geschrieben* den *Doppelgänger*, ein Werk, das, ganz in meiner von Kierkegaard ausgelösten religiösen Dialektik verhaftet, sich in den christlichen Paradoxien herumhetzt, im Versuch, das Problem der Prädestination darzustellen. Die Prädestination prüft den christlichen Glauben auf eine unbedingte, ans Unmenschliche grenzende Weise, sie fordert einen Glauben an einen absoluten Gott, der so absolut ist, daß er auch die Freiheit eliminiert. Inwieweit der Glaube an die Prädestination mit einem überholten Begriff der Kausalität verknüpft ist, wage ich nicht zu entscheiden; sie mit Gottes Allmacht zu verknüpfen, scheint mir ein logischer Fehler zu sein, ähnlich jenem, der dann begangen wird, wenn wir Begriffe, die wir inzwischen mathematisch durchdacht haben, wie etwa ›unendlich‹, theologisch anwenden; doch gerade dazu neigt die Dogmatik.[1]
Ich bot das Hörspiel Radio Bern an, es lehnte ab. Ich kann mich nachträglich nur wundern, daß ich mit einem solchen Stoff ernsthaft versuchte, Geld zu verdienen, ist er doch nur jenen verständlich, die meine damaligen Produkte kennen: Weit mehr als *Es steht geschrieben* ist er meinen frühen Prosawerken

[1]Das dialektische Gegenteil eines solchen Glaubens ist nun der Zweifel um jeden Preis. Davon handelte das begonnene Stück Der Uhrenmacher, das nur nicht beendet wurde, weil Radio Bern den Doppelgänger ablehnte. (Er wurde erst fast fünfzehn Jahre später vom Norddeutschen Rundfunk angenommen, noch später fand er den Weg auf die Bühne, wo ich mich freilich hütete, ihn zu sehen.) Ich bereue es noch heute, den Uhrenmacher nicht geschrieben zu haben, doch als ich ihn hätte schreiben können, konnte ich es mir finanziell nicht leisten. Die Freiheit des Schriftstellers ist ein Märchen, das Sonntagsschriftsteller in die Welt gesetzt haben, nicht Berufsschriftssteller.

verwandt – ich denke etwa an den *Folterknecht**. Doch verweist der *Doppelgänger* auch auf spätere Werke, nicht nur auf den *Blinden*, sondern auch auf das Fragment *Der Uhrenmacher* und auf *Ein Engel kommt nach Babylon***. Ein Stoff ruft stets einen Gegenstoff hervor: Wer die Gerechtigkeit des Himmels unbegreiflich setzt, muß auch dessen Gnade unbegreiflich setzen; wer den christlichen Glauben als paradox hinstellt, muß es mit jedem Glauben tun. Prüft man die innere Thematik eines meiner Werke, wird man die der anderen finden. Von diesem Aspekt her ist der *Doppelgänger*, den ich mit fünfundzwanzig Jahren schrieb, für mich noch jetzt bemerkenswert: mehr ein Motivknäuel als ein Werk; die Jugend liebt es, gordische Knoten zu knüpfen.

Geschrieben 1980 für die vorliegende Ausgabe

* In: ›Aus den Papieren eines Wärters‹. Frühe Prosa. Werkausgabe Bd. 18, detebe 20848.

** Beide in: ›Ein Engel kommt nach Babylon‹. Werkausgabe Bd. 4, detebe 20834.

Bitte beachten Sie auch
die folgenden Seiten

Friedrich Dürrenmatt

Der Richter und sein Henker

Kriminalroman. detebe 21435

»Die Hauptthematik von *Der Richter und sein Henker* findet man unter anderem bei Dashiell Hammett, Rex Stout, Raymond Chandler und Georges Simenon. Grundthema: der Kampf zweier Parteien, deren eine ein einzelner Detektiv ist. Die ›gute‹ Partei, Inspektor Bärlach, ist todkrank, und es bleibt ihm nicht mehr viel Zeit, den Verbrecher Gastmann zu überführen.
Was für ein Mensch ist dieser Bärlach? In seiner Menschlichkeit erinnert er an Maigret. Wie dieser ist er von altem Schrot und Korn, ist in erster Linie ein konservativer Mensch, der nicht nach juristischen Regeln operiert, der von den modernen Techniken der Kriminologie wenig hält und lieber seiner durch Erfahrung gewitzten Nase und dem gesunden Menschenverstand folgt.« *Armin Arnold*

»Zusammen mit *Der Verdacht* ist dieses Werk zweifellos den wertvolleren Erzeugnissen dieser Gattung, wie sie etwa E.T.A. Hoffmann und G.K. Chesterton geschaffen haben, zuzuzählen.« *Kölnische Rundschau*

Der Verdacht

Kriminalroman. detebe 21436

»In *Der Verdacht* geht es nicht darum, herauszufinden, wer der Mörder ist, sondern darum, ob und wie Kommissär Bärlach wieder aus der Falle kommt, in die er hineingeraten ist. Bärlach hat eine Operation überstanden, und man nimmt an, daß er noch ein Jahr leben wird. Er liegt im Salemspital in Bern und liest symbolischerweise in der Zeitschrift ›Life‹. Ein Bild erweckt den Verdacht seines Arztes –, daß nämlich der berüchtigte Arzt Nehle, der im Konzentrationslager Stutthof ohne Narkose operierte, mit Dr. Emmenegger, dem

Vorsteher einer Zürcher Privatklinik, identisch sei. Bärlach hätte allen Grund, anderen die Prüfung dieses Falles zu überlassen: erstens ist er jetzt pensioniert, und zweitens hätte er wohl ein Recht darauf, sein letztes Lebensjahr in Ruhe zu genießen. Es ist keine moralische Verpflichtung, die ihn treibt, sondern ein unbändiger Trotz, ›in dieser Welt zu bestehen und für eine andere, bessere zu kämpfen, zu kämpfen auch mit diesem jammervollen Leib, an welchem der Krebs fraß‹. In der besten Tradition der ›tough private eyes‹.«
Armin Arnold

Friedrich Dürrenmatt im Diogenes Verlag

● Gesammelte Werke in sieben Bänden

Herausgegeben von Franz Josef Görtz
Leinen

● Das dramatische Werk

Achterloo
Komödie. Leinen

Es steht geschrieben / Der Blinde
Frühe Stücke. detebe 20831

Romulus der Große
Ungeschichtliche historische Komödie
Fassung 1980. detebe 20832

Die Ehe des Herrn Mississippi
Komödie und Drehbuch. Fassung 1980
detebe 20833

Ein Engel kommt nach Babylon
Fragmentarische Komödie. Fassung 1980
detebe 20834

Der Besuch der alten Dame
Tragische Komödie. Fassung 1980
detebe 20835

Frank der Fünfte
Komödie einer Privatbank. Fassung 1980
detebe 20836

Die Physiker
Komödie. Fassung 1980. detebe 20837

Herkules und der Stall des Augias
Der Prozeß um des Esels Schatten
Griechische Stücke. Fassung 1980
detebe 20838

Der Meteor / Dichterdämmerung
Nobelpreisträgerstücke. Fassung 1980
detebe 20839

Die Wiedertäufer
Komödie. Fassung 1980. detebe 20840

König Johann / Titus Andronicus
Shakespeare-Umarbeitungen. detebe 20841

Play Strindberg / Porträt eines Planeten
Übungsstücke für Schauspieler
detebe 20842

Urfaust / Woyzeck
Bearbeitungen. detebe 20843

Der Mitmacher
Ein Komplex. detebe 20844

Die Frist
Komödie. Fassung 1980. detebe 20845

Die Panne
Hörspiel und Komödie. detebe 20846

Nächtliches Gespräch mit einem verachteten Menschen / Stranitzky und der Nationalheld / Das Unternehmen der Wega
Hörspiele und Kabarett. detebe 20847

Friedrich Dürrenmatt & Charlotte Kerr
Rollenspiele
Protokoll einer fiktiven Inszenierung und Achterloo III. Leinen

● Das Prosawerk

Labyrinth
Stoffe I–III: Der Winterkrieg in Tibet / Mondfinsternis / Der Rebell. Leinen

Turmbau
Stoffe IV–IX: Begegnungen / Querfahrt / Die Brücke / Das Haus / Vinter / Das Hirn
Leinen

Versuche
Leinen

Durcheinandertal
Roman. Leinen

Aus den Papieren eines Wärters
Frühe Prosa. detebe 20848

Der Richter und sein Henker
Der Verdacht
Kriminalromane. detebe 20849

Der Hund / Der Tunnel / Die Panne
Erzählungen. detebe 20850

Grieche sucht Griechin / Mr. X macht Ferien / Nachrichten über den Stand des Zeitungswesens in der Steinzeit
Grotesken. detebe 20851

Das Versprechen / Aufenthalt in einer kleinen Stadt
Ein Requiem auf den Kriminalroman und ein Fragment. detebe 20852

Der Sturz / Abu Chanifa und Anan Ben David / Smithy / Das Sterben der Pythia
Erzählungen. detebe 20854

Theater
Essays, Gedichte und Reden. detebe 20855

Kritik
Kritiken und Zeichnungen. detebe 20856

Literatur und Kunst
Essays, Gedichte und Reden. detebe 20857

Philosophie und Naturwissenschaft
Essays, Gedichte und Reden. detebe 20858

Politik
Essays, Gedichte und Reden. detebe 20859

Zusammenhänge/Nachgedanken
Essay über Israel. Über Freiheit, Gleichheit und Brüderlichkeit in Judentum, Christentum, Islam und Marxismus. detebe 20860

Der Richter und sein Henker
Kriminalroman. Mit einer biographischen Skizze des Autors. detebe 21435

Der Verdacht
Kriminalroman. Mit einer biographischen Skizze des Autors. detebe 21436

Justiz
Roman. detebe 21540

Der Auftrag
oder Vom Beobachten des Beobachters der Beobachter. Novelle in vierundzwanzig Sätzen. detebe 21662

Minotaurus
Eine Ballade. Mit Zeichnungen des Autors detebe 21792

● Das zeichnerische Werk

Bilder und Zeichnungen
Mit einer Einleitung von Manuel Gasser und Kommentaren des Autors. Diogenes Kunstbuch

Die Heimat im Plakat
Ein Buch für Schweizer Kinder. Zeichnungen. Mit einem Geleitwort des Autors kunst-detebe 26026

Außerdem liegen vor:

Die Welt als Labyrinth
Ein Gespräch mit Franz Kreuzer. Broschur

Denkanstöße
Gedanken über Geld und Geist, Politik und Philosophie, Literatur und Kunst, Gerechtigkeit und Recht, Krieg und Frieden. Ausgewählt und zusammengestellt von Daniel Keel. Mit sieben Zeichnungen des Dichters detebe 21697

Über Friedrich Dürrenmatt
Essays, Zeugnisse und Rezensionen von Gottfried Benn bis Saul Bellow. Mit Chronik und Bibliographie. Herausgegeben von Daniel Keel. detebe 20861

Elisabeth Brock-Sulzer
Friedrich Dürrenmatt
Stationen seines Werkes. Mit Fotos, Zeichnungen, Faksimiles. detebe 21388

Dramen im Diogenes Verlag

● William Shakespeare

Dramatische Werke in 10 Bänden
In der Übersetzung von Schlegel/Tieck. Als Vorlage diente die Edition von Hans Matter. Jeder Band mit einer editorischen Notiz des Herausgebers und Illustrationen von Heinrich Füßli aus der Ausgabe von 1805
Romeo und Julia / Hamlet / Othello detebe 20631
König Lear / Macbeth / Timon von Athen detebe 20632
Julius Cäsar / Antonius und Cleopatra Coriolanus. detebe 20633
Verlorne Liebesmüh / Die Komödie der Irrungen / Die beiden Veroneser / Der Widerspenstigen Zähmung. detebe 20634
Ein Sommernachtstraum / Der Kaufmann von Venedig / Viel Lärm um nichts / Wie es euch gefällt / Die lustigen Weiber von Windsor. detebe 20635
Ende gut, alles gut / Was ihr wollt / Troilus und Cressida / Maß für Maß. detebe 20636
Cymbeline / Das Wintermärchen Der Sturm. detebe 20637
Heinrich der Sechste / Richard der Dritte detebe 20638
Richard der Zweite / König Johann Heinrich der Vierte. detebe 20639
Heinrich der Fünfte / Heinrich der Achte Titus Andronicus. detebe 20640

● Calderón

Das große Welttheater. In einer Nachdichtung von Joseph von Eichendorff. Mit einem Nachwort von Bernhard Michael Steinmetz detebe 21537

● Molière

Komödien in 7 Bänden
in der Neuübersetzung von Hans Weigel
Der Wirrkopf / Die lächerlichen Schwärmerinnen / Sganarell. detebe 20199
Die Schule der Frauen / Kritik der ›Schule der Frauen‹ / Die Schule der Ehemänner detebe 20200
Tartuffe oder Der Betrüger / Der Betrogene oder George Dandin / Vorspiel in Versailles detebe 20201
Don Juan / Die Lästigen / Der Arzt wider Willen. detebe 20202
Der Menschenfeind / Die erzwungene Heirat Die gelehrten Frauen detebe 20203
Der Geizige / Der Bürger als Edelmann Der Herr aus der Provinz. detebe 20204
Der eingebildete Kranke / Die Gaunereien des Scappino. Mit einer Chronologie und einem Nachwort des Herausgebers detebe 20205

Als Ergänzungsband liegt vor:
Über Molière. Zeugnisse von Voltaire bis Bert Brecht. Über Molière auf der Bühne und Molière in deutscher Übersetzung. Chronik und Bibliographie. Herausgegeben von Christian Strich, Rémy Charbon und Gerd Haffmans. detebe 20067

● Goethe

Faust. Der Tragödie erster und zweiter Teil. Herausgegeben von Ernst Merian-Genast detebe 20439

● Anton Čechov

Dramatische Werke in 8 Bänden
in der Neuübersetzung und -edition von Peter Urban: jeder Band bringt den unzensierten, integralen, neu transkribierten Text und einen Anhang mit allen Lesarten und Textvarianten, mit Auszügen aus Čechovs Notizbüchern, Anmerkungen und einem editorischen Bericht
Die Möwe. Komödie in vier Akten detebe 20091
Der Waldschrat. Komödie in vier Akten detebe 20084
Der Kirschgarten. Komödie in vier Akten detebe 20083
Onkel Vanja. Szenen aus dem Landleben in vier Akten. detebe 20093
Ivanov. Drama in vier Akten. detebe 20102
Drei Schwestern. Drama in vier Akten detebe 20103
Platonov. Das ›Stück ohne Titel‹ in vier Akten und fünf Bildern. Erstmals vollständig deutsch. detebe 20104
Sämtliche Einakter. detebe 20801

● Sean O'Casey

Purpurstaub. Eine abwegige Komödie. Aus dem Englischen von Helmut Baierl und Georg Simmgen. detebe 20002
Dubliner Trilogie. Der Schatten eines Rebellen / Juno und der Pfau / Der Pflug und die Sterne. Aus dem Englischen von Maik Hamburger, Adolf Dresen, Volker Canaris und Dieter Hildebrandt. detebe 20034

Friedrich Dürrenmatt

Achterloo. Komödie. Leinen
Dramatische Werke in 17 Bänden
Es steht geschrieben / Der Blinde. Frühe Stücke. detebe 20831
Romulus der Große. Ungeschichtliche historische Komödie. Fassung 1980 detebe 20832
Die Ehe des Herrn Mississippi. Komödie und Drehbuch. Fassung 1980. detebe 20833
Ein Engel kommt nach Babylon. Fragmentarische Komödie. Fassung 1980 detebe 20834
Der Besuch der alten Dame. Tragische Komödie. Fassung 1980. detebe 20835
Frank der Fünfte. Komödie einer Privatbank Fassung 1980. detebe 20836
Die Physiker. Komödie. Fassung 1980 detebe 20837
Herkules und der Stall des Augias / Der Prozeß um des Esels Schatten. Griechische Stücke. Fassung 1980. detebe 20838
Der Meteor / Dichterdämmerung. Nobelpreisträgerstücke. Fassung 1980 detebe 20839
Die Wiedertäufer. Komödie. Fassung 1980 detebe 20840
König Johann / Titus Andronicus. Shakespeare-Umarbeitungen. detebe 20841
Play Strindberg / Porträt eines Planeten Übungsstücke für Schauspieler detebe 20842
Urfaust / Woyzeck. Bearbeitungen detebe 20843
Der Mitmacher. Ein Komplex. detebe 20844
Die Frist. Komödie. Fassung 1980 detebe 20845
Die Panne. Hörspiel und Komödie detebe 20846
Nächtliches Gespräch mit einem verachteten Menschen / Stranitzky und der Nationalheld / Das Unternehmen der Wega. Hörspiele und Kabarett. detebe 20847
Achterloo IV. Eine Komödie in zwei Akten Mit einem Nachwort des Autors detebe 21789
Friedrich Dürrenmatt & Charlotte Kerr
Rollenspiele. Protokoll einer fiktiven Inszenierung und Achterloo III. Leinen

Alexander Sinowjew

Der Arm des Kremls. Komödie. Aus dem Russischen von G. von Halle. Broschur

Urs Widmer

Die lange Nacht der Detektive. Kriminalstück in drei Akten. Mit einem Vorwort des Autors. detebe 20117
Nepal. Stück in der Basler Umgangssprache. Mit der Frankfurter Fassung von Karlheinz Braun im Anhang. detebe 20432
Züst oder die Aufschneider. Ein Traumspiel Hochdeutsche und schweizerdeutsche Fassung. detebe 20797
Stan und Ollie in Deutschland. In: *Das Urs Widmer Lesebuch.* detebe 20783

Otto Jägersberg

Cosa Nostra. 3 Stücke aus dem bürgerlichen Heldenleben. detebe 20022
He he, ihr Mädchen und Frauen Konsum-Komödie. detebe 20552

Ian McEwan

Oder müssen wir sterben? Ein Oratorium Deutsch von Christian Enzensberger detebe 21212

Patrick Süskind

Der Kontrabaß. Ein Stück. Pappband

Roland Topor

Leonardo hat's gewußt. Ein Drama. Deutsch von Peter Fleischmann. Broschur

Gespräche im Diogenes Verlag